SUSANNE KRONENBERG
Kunstgriff

KUNSTFREUNDE Kunstraub in Wiesbaden. Ein wertvolles Gemälde des berühmten Expressionisten Alexej von Jawlensky wird gestohlen. Der Dieb fordert ein Lösegeld und droht andernfalls, das Kunstwerk zu zerstören. Ein neuer Fall für die Privatdetektivin Norma Tann, denn die Galeristin Undine Abendstern hat ihre guten Gründe, nicht die Polizei um Hilfe zu bitten.

Während Norma unter falschem Namen in eine Wohngemeinschaft zieht und die Spur des Bildes aufnimmt, werden die Kommissare Milano und Wolfert von einem unheimlichen Mord am Jagdschloss Platte in Atem gehalten. Geht im Taunus ein Mörder um, der seine Opfer mit Pfeil und Bogen jagt?

Zwei Fälle, die nichts miteinander zu tun haben? Norma macht eine Entdeckung und bringt damit Bewegung in die Ermittlungen der Sonderkommission. Ihrer gewagten Theorie allerdings will man dort keinen Glauben schenken. Bis Norma dem Mörder gegenüber steht ...

© Fotostudio Marlies

Susanne Kronenberg, in Hameln geboren und im Taunus heimisch, findet die Inspiration für ihre Romane in ihrer Wahlheimat. In ihrem neusten Kriminalroman führt sie ihre Wiesbadener Privatdetektivin Norma Tann in das berühmte Kloster Eberbach im Rheingau, der mit seiner anheimelnden Landschaft und historischen Bedeutung eine wunderbare Heimat für diesen Krimi bildet. Neben Kriminalromanen veröffentlichte die Autorin zahlreiche Kurzgeschichten in verschiedenen Anthologien sowie Jugendbücher, Fachbücher und Bücher zu regionalen Themen. Als Dozentin für Kreatives Schreiben gibt sie Kurse und Workshops. Sie ist Mitglied des »Syndikats« und Mitgründerin der Wiesbadener Autorengruppe »Dostojewskis Erben«.

SUSANNE KRONENBERG

Kunstgriff

Norma Tanns dritter Fall

GMEINER

Die Zitate des Malers Alexej von Jawlensky entstammen dem Buch:
Galka E. Scheyer & Die Blaue Vier. Briefwechsel 1924–1945.
Herausgegeben und kommentiert von Isabel Wünsche.
2006 Isabel Wünsche, Berlin, und Benteli Verlags AG,
Wabern/Bern, Schweiz.

Immer informiert

Spannung pur – mit unserem Newsletter informieren wir Sie
regelmäßig über Wissenswertes aus unserer Bücherwelt.

Gefällt mir!

Facebook: @Gmeiner.Verlag
Instagram: @gmeinerverlag
Twitter: @GmeinerVerlag

Besuchen Sie uns im Internet:
www.gmeiner-verlag.de

© 2010 – Gmeiner-Verlag GmbH
Im Ehnried 5, 88605 Meßkirch
Telefon 07575/2095-0
info@gmeiner-verlag.de
Alle Rechte vorbehalten
5. Auflage 2022

Lektorat: Claudia Senghaas, Kirchardt
Herstellung / Korrekturen: Daniela Hönig / Katja Ernst, Doreen Fröhlich
Umschlaggestaltung: U.O.R.G. Lutz Eberle, Stuttgart,
unter Verwendung eines Fotos von zettberlin / photocase.com
und Ausschnitt aus August Macke: Großer Zoologischer Garten /
www.zeno.org
Druck: Custom Printing Warschau
Printed in Poland
ISBN 978-3-8392-1048-2

Personen und Handlung sind frei erfunden.
Ähnlichkeiten mit lebenden oder toten Personen
sind rein zufällig und nicht beabsichtigt.

PROLOG

Im Schutz der jungen Buchen beobachtet er die beiden Wagen, die einzigen auf dem Parkplatz, ein dunkler BMW und ein zerschrammter Fiat, aus dem zwei junge Leute steigen. Das Mädchen zieht sich die Kapuze über den Kopf. Der junge Mann hebt nur die Schultern ein wenig an, als könne ihn der Regen nicht stören. Er hält einen Koffer mit beiden Händen. Das Wasser fließt über die blanken Beschläge. Das Mädchen blickt angespannt umher. Sie hebt die Hand und winkt dem zweiten Mann zu, der beim BMW wartet. Er steht dort schon länger. Über den Schultern ist die Jeansjacke dunkel vor Nässe, das gelbe Hemd darunter fleckig. Auf halber Strecke treffen sie sich. Das Gespräch fällt knapp aus. Der BMW-Fahrer übernimmt den Koffer, das Paar wendet sich ab.

Er streift den Armschutz über. Achtsam hebt er den Bogen und spannt die Sehne. Eine Autotür schlägt zu, der kleine Fiat heult auf. Die gelbe Knopfleiste erscheint im Visier. Über dem Herzen hebt und senkt sich der Stoff.

Der Regen lässt nach.

1

Sonntag, der 8. Juni

Das letzte Lebensjahrzehnt des großen Malers Alexej von Jawlensky war gezeichnet von Armut und Schmerz. In den Jahren zuvor erfuhr er Demütigungen und Missachtung. Was würde er empfinden, könnte er die Schar kunstbegeisterter Menschen erleben, die sich mehr als ein halbes Jahrhundert nach seinem Tod versammelt hatte, um den Ankauf eines Bildes zu feiern, das die namhafte Wiesbadener Sammlung ergänzte? Genugtuung? Stolz? Mit diesen müßigen Überlegungen folgte Norma den Besuchern durch die Säle mit Jawlenskys Werken. Bereichert wurde die Ausstellung von Gemälden weiterer Expressionisten wie Emil Nolde, Max Beckmann, Ernst Ludwig Kirchner und Paula Modersohn-Becker. Norma ließ sich Zeit für die jüngste Erwerbung. Tiefgründiges Blau schmiegte sich an erdiges Rot. Federleichte gelbe Tupfen schimmerten im umschließenden Grün, umrahmt von prägnantem Orange.

Sachte Schritte auf dem Parkett neben ihr. »Diese Ausdruckskraft der Farben! Meine Köpfe sind eine sehr schöne und tiefe Sprache, heißt es in seinen Briefen.«

Sie wandte sich Lutz Tann zu, ihrem Schwiegervater. Die Ereignisse um Arthurs Tod hatten sie nicht auseinander gebracht, sondern im Gegenteil ihre gegenseitige Achtung und die zarte Zuneigung füreinander vertieft. Als Sponsor hatte er das Museum beim Kauf unterstützt und Norma eingeladen, ihn zu diesem Empfang zu begleiten. Die

Reden waren gehalten, doch Lutz wusste noch einiges zu erzählen. Das Leben des Malers, der – 1864 in Russland geboren – im Jahr 1921 in Wiesbaden, der Wahlheimat vieler russischer Emigranten, ein neues Zuhause suchte, stand hier unter keinem guten Stern. Unter den Nationalsozialisten wurden die Meisterwerke des Expressionisten als ›entartet‹ geächtet. Obwohl er in Deutschland nicht ausstellen durfte, malte Jawlensky unermüdlich weiter. Gepeinigt von Polyarthritis und Behandlungsmethoden, die eher Öl ins Feuer der Krankheit schütteten als es zu löschen, gab er seine Berufung nicht auf. Im März 1941 fand er auf dem russischen Friedhof seine letzte Ruhe.

Normas Blick kehrte zum Bild zurück, auf dem sie unvermutet eine zarte Linie in Violett entdeckte, die das Gelb vom Grün trennte.

Lutz räusperte sich verlegen. »Ich rede und rede.«

»Einem Kenner höre ich gern zu. Obwohl, die Bilder sprechen eigentlich für sich. So schön, und gleichzeitig scheinen sie Schmerz und Trauer widerzuspiegeln.«

Sie deutete auf die Reihe der ›Abstrakten Köpfe‹.

»Es wäre einseitig, nur die tragischen Seiten zu sehen. Jawlensky wusste das Leben durchaus zu genießen.«

Sie lächelte. »Gemeinsam mit seinen Frauen? Von diesen Geschichten habe ich gehört. Was mich ein wenig wundert, sofern man nach seinem Äußeren geht. Auf den Fotos wirkt er, wie soll ich sagen, eher unscheinbar.«

»Mag sein. Trotzdem besaß er die bemerkenswerte Begabung, sich mit einflussreichen Frauen zu verbünden. Mit starken und selbstbewussten Frauen, die ihn nach Kräften unterstützten.«

»Was seiner Ehefrau nicht gefallen konnte. War sie nicht sein früheres Dienstmädchen, und er heiratete sie, als der Sohn bereits erwachsen war?«

Er behielt sein Lächeln bei. »Helene Nesnakomoff hielt trotz der Affären tapfer zu ihm.«

»Beziehungen, die seine Kunst förderten?«

»Ja, zum Beispiel mit Marianne Werefkin, die selbst Malerin war und mit der ihn eine angeblich rein platonische Freundschaft verband. Dort hinten hängt ein Bild von ihr. Dann gab es Emmy Scheyer, die seine Bilder in Amerika publik machen wollte.«

Norma hatte den Vorträgen aufmerksam zugehört. »Du spielst auf die ›Blaue Vier‹ an. Jawlensky tat sich in den 20er-Jahren mit Lyonel Feininger, Wassily Kandinsky und Paul Klee zusammen. Sie wollten ihre Bilder in den Vereinigten Staaten auf gemeinsamen Ausstellungen zeigen, die Emmy Scheyer organisieren wollte. Aber hör mal, sprach der Redner nicht von einer Galka Scheyer?«

»Ursprünglich hieß sie Emmy oder präzise: Emilie Esther. Jawlensky hat ihr den Namen Galka gegeben.«

»Was bedeutet Galka?«

Lutz überlegte. Er konnte es nicht leiden, keine Antwort zu wissen. »Etwas Russisches?«

Norma lachte. »Darauf wäre ich nicht gekommen.«

Er führte sie zu zwei Gemälden, ›Mystische Köpfe‹, die Emmy Scheyer und Marianne Werefkin zeigten. Es gebe ein wunderschönes Porträt von Lisa Kümmel, berichtete Lutz. In Gelb- und Rottönen gehalten, die Augen, Augenbrauen und den Schwung der Nase mit kräftigen dunklen Pinselstrichen angedeutet.

Norma überlegte einen Augenblick. »Lisa Kümmel? War das nicht die junge Frau, die ihr eigenes Talent zurückstellte, um ihm in seinen letzten Jahren beizustehen?«

»Indem sie ihm den Pinsel an den Händen festband.« Lutz zeigte auf die lange Reihe kleinformatiger Gemälde. »Sie rührte ihm die Farben an. Ohne die aufopfernde Lisa würde es diese zauberhaften ›Meditationen‹ wohl kaum geben. Undine liebt diese Bilder ganz besonders.«

Lutz' Lebensgefährtin, die Galeristin Undine Abendstern, galt als Expertin für die Expressionisten. Ihr großes Glück war ein eigener Jawlensky.

»Es wird sie ärgern, dass sie heute nicht dabei sein kann«, sagte Norma, um Freundlichkeit bemüht. Das Verhältnis zwischen ihr und der Galeristin ließ sich bestenfalls als neutral bezeichnen. »Obwohl sie so großzügig gespendet hat.«

»Nicht einmal Undine kann auf zwei Hochzeiten tanzen«, meinte Lutz gleichmütig. »Ein Opfer, das sie den jungen Südamerikanern sicher gern bringt.«

Sie war zu einer Ausstellung nach München gereist und wollte bis zum Abend zurück sein. Die Leidenschaft für die aufstrebende Kunstszene Südamerikas hatte sie mit Arthur geteilt, der in der Taunusstraße einen Kunst- und Antiquitätenhandel führte, bevor er ums Leben kam. Norma besaß ein Gemälde des Kolumbianers Pablo Lobo, das eine abstrakte Landschaft zeigte; in kräftig aufgetragenen und leuchtenden Naturtönen von Ocker über Oliv bis Rubinrot. Sie mochte es nicht.

Gemeinsam schlenderten sie an der Reihe der ›Meditationen‹ entlang.

»Undines ›Schweigendes Rot‹ soll auf Reisen gehen«, erzählte Lutz. »Das Kunstmuseum Basel möchte das Gemälde ausleihen.«

Norma beugte sich zu einem kleinformatigen Bild in düsteren Farben hinunter, das den Titel ›Erinnerung an meine kranken Hände‹ trug. »Undine wird hin- und hergerissen sein zwischen Sorge und Stolz. Wie eine Mutter, die ihr Kind auf Klassenfahrt schickt.«

Lutz lächelte vielsagend. »In Basel plant man eine

Sonderausstellung über die Klassische Moderne. Sie konnte nicht ablehnen. Zumal es ihrem Ruf nicht schadet, ein so bedeutendes Werk zu besitzen.«

Unverhofft wechselte er das Thema und erkundigte sich nach der Wohnung in der Taunusstraße. Sie lag über den Geschäftsräumen und war nach Arthurs Tod unverändert geblieben, bis Norma sich vor Kurzem endlich aufraffte und die Zimmer räumen ließ. Dabei hatte ihr Josef Brunner, Arthurs ehemaliger Geschäftspartner, tatkräftig zur Seite gestanden.

»Und …?«, fragte Lutz zögernd. »Ist alles raus?«

»Ja, bis auf den letzten Karton. Josef hat ganze Arbeit geleistet.«

»Ich war dir keine Hilfe.«

»Lutz, du hast getan, was du tun konntest.«

Es war ihm schwer gefallen, den Besitz seines Sohnes durchzusehen – schwerer als ihr selbst, die in diesen Räumen über Jahre gelebt hatte. Sie war ein Vierteljahr vor Arthurs Tod ausgezogen, hatte das Zusammenleben nicht länger ertragen. Bald darauf überschlugen sich die Ereignisse. Arthur verschwand nach einem Streit mit Norma spurlos. Seine Leiche wurde Wochen später unter bizarren Umständen aufgefunden. Norma wurde Zeugin eines Mordes und geriet selbst in tödliche Gefahr; dramatische Ereignisse, die sie endlich für sich abschließen wollte. Zehn Monate waren seither vergangen, in denen sie einen Fall übernahm und dem Schicksal einer vermissten Rheingauer Winzertochter nachspürte. Und den Prozess gegen den Mörder vom Weinfest überstand. Wider Erwarten, ohne vor Gericht von Panikattacken überfallen oder – von den Erinnerungen überwältigt – die Stimme, den Verstand oder beides zugleich einzubüßen.

Sie hatte alles ausgehalten.

Nach dem Prozess, bei dem sie als Hauptzeugin aussagen musste, nahm sie die Wohnung in Angriff. Alles musste raus. Den Anstoß gab ein Kunde Josefs, der nach der Trennung von der Ehefrau eine neue Bleibe suchte. Auch mit der Wohnungsauflösung war Norma besser klargekommen, als sie erwartet hatte. Nachdem das geschafft war, fühlte sie sich wie schwerelos. Aufgetankt mit Energie. Weit fort waren die Angstzustände, die sie seit Kolumbien gepeinigt hatten. Sie wollte die Welt umarmen, dazu Lutz und am liebsten auch Josef Brunner, der ›Tanns Antik und Kunst‹ nun allein betrieb und damit begonnen hatte, Arthurs Möbel, überwiegend kostbare Antiquitäten, und die Kunstsammlung mit der gebotenen Diskretion zu verkaufen.

Lutz hielt vor dem nächsten Bild inne. »Ich könnte dir einen Makler empfehlen.«

Mit zusammengesteckten Köpfen wie zwei Verschwörer betrachteten sie ›Die Winternacht, wo die Wölfe heulen‹ und nahmen den ›Rückblick‹ nebenan in Augenschein.

»Danke, ich habe bereits einen Mieter gefunden. Hast du über die Reise nachgedacht?«

Lutz ließ ein leises Schmatzen hören. »Florenz, wie wunderbar! Die Uffizien mit Botticelli, Michelangelo, da Vinci! Ein Traum!«

Fünf Tage inklusive Flug und Fünfsternehotel für zwei Personen! Bald sollte es losgehen. Das Resultat eines Preisausschreibens, zu dem sich Norma hatte überreden lassen. Mit der erlernten Skepsis einer Privaten Ermittlerin hielt sie den Brief zunächst für einen Trick und ließ sich erst von den Ergebnissen der eigenen Recherchen davon überzeugen, dass die Reise ein sauberer Gewinn und kein fauler Zauber war. Sie hatte Lutz eingeladen, sie zu begleiten.

Den schmeichelnden Worten zum Trotz, ließ seine Stimme die Begeisterung vermissen. »Ich würde nichts lieber als mit dir fahren! Aber du kannst es dir denken. Undine.«

Im Grunde hatte Norma nichts anderes erwartet. Er dürfte sich glücklich schätzen, würde Undine ihm nur die Augen auskratzen, falls er es wagen sollte, das Angebot anzunehmen.

Ein letzter Versuch: »Ich bin deine Schwiegertochter. Nicht deine Geliebte!«

»Du bist eine Frau, Norma.«

»Was du nicht sagst! Dein Leben ist dir also lieber als mein Glück?«

Er lachte leise. Wieder ernst bat er: »Nimm es einfach, wie es ist, Norma.«

Es war hoffnungslos. Sobald die Galeristin im Spiel war, ließ der gescheite, pragmatische Lutz jede Selbstachtung vermissen.

2

Montag, der 9. Juni

Der Morgen begann für Norma wie so oft mit Yogaübungen. Auf Empfehlung einer Yogalehrerin, die sie bei ihrem letzten Fall kennenlernte, war sie davon abgekommen, sich allein mit einem Buch zu behelfen, und besuchte jeden Mittwochabend einen Kurs, in dem man auch etwas über Atem- und Meditationstechniken erfuhr. Den Vormittag verbrachte sie damit, im Internet nach Informationen über Florenz zu stöbern. Zwischendurch kramte sie auf dem Schreibtisch herum in dem Bestreben, vor der Reise Ordnung zu schaffen. Dabei fiel ihr eine Visitenkarte in die Hände. Sie erinnerte sich gut an den Mann, der sie ihr gegeben hatte: untersetzte Gestalt, Markenjeans, ein weißes Hemd unter der schwarzen Lederweste und kurz geschorene Haare. Eine aufdringliche Designerbrille auf der Durchschnittsnase im Durchschnittsgesicht. Zwei Wochen mochte es her sein. Sie prägte sich die Äußerlichkeiten des Mannes ein, während sie ihn herein bat und auf den Besucherstuhl wies, dessen Kissen sie zum Glück kürzlich erst von den Überbleibseln von Leopolds Kartäuserpelz befreit hatte. Zu dieser Stunde ließ sich der Kater nicht sehen, streunte durch die Biebricher Hinterhöfe oder hielt sein Mittagsschläfchen bei Eva Vogtländer, der Vermieterin, zu der er eigentlich gehörte und die in der mittleren Etage über den Büroräumen wohnte.

Der Besucher sah sich um, registrierte mit abschätzigem Blick die erdbraunen Fliesen, die geweißten Wände, die

Reihen der Bücher und Zeitschriften auf dem gefliesten Sockel des ehemaligen Blumenladens und überreichte ihr seine Karte, bevor er sich setzte: Ralf Reisinger, Lebensmitteltechniker, dazu die Angaben vom Wiesbadener Amt und die private Adresse sowie eine Reihe von Telefonnummern und E-Mail-Adressen. Das lange Zeugnis allgegenwärtiger Erreichbarkeit und Wichtigkeit.

»Wie sind Sie auf mich gekommen, Herr Reisinger?«, begann sie das Gespräch.

»Spielt das eine Rolle?«, blaffte er.

»Was erwarten Sie von einer Privaten Ermittlerin?«

»Aufklärung, Hilfe, Unterstützung! Was soll die Frage?«

Norma lächelte ungerührt, nach ihrer Erfahrung die energiesparendste Reaktion auf arrogante Pampigkeit. »Möchten Sie einen Kaffee? Ist frisch gemacht.«

»Mit viel Milch, wenn's geht. Mein Magen …«

Sie nahm den Topf von der Warmhalteplatte, füllte eine dicke schaumige Milchhaube auf den Kaffee und reichte den Becher weiter. Abwartend setzte sie sich Reisinger gegenüber.

»Welche Art Aufklärung erhoffen Sie sich von mir?«

»Das ist heikel.«

»Heikle Aufträge sind meine Spezialität.«

Ohne den Hauch eines Lächelns probierte er den Kaffee und wischte den Milchschaum von der Oberlippe. »Ich arbeite als Lebensmittelkontrolleur. Einer meiner Kollegen macht – sagen wir – mir Sorgen.«

Sie zog das Notebook heran und rief eine Datei auf. »In welcher Weise?«

»Wir haben die gleiche Position, sind beide im Außendienst und erledigen die gleiche Arbeit. Wir bekommen gleich viel Gehalt. Nicht, dass ich mich beschweren will, ich komme mit meinem Geld aus. Mich wundert, was Pitt sich so leisten kann! Das geht nicht mit rechten Dingen zu.«

In Normas Erinnerungen tauchten unappetitliche Fernsehbilder auf von toten Puten in überquellenden Ställen und Türme verfaulender Fleischbrocken, die bei einer Vegetarierin zwiespältige Eindrücke auslösten. Sie musste sich keine Sorgen machen, womöglich verdorbenes Fleisch gegessen zu haben. Dafür fühlte sie Trauer und Zorn, weil die Tiere ohne Sinn und Zweck litten und starben.

»Sie halten Ihren Kollegen für kriminell? Vermuten, dass er sich bestechen lässt? Vielleicht das eine oder andere Verfallsdatum übersieht?«

»Irgendwoher muss das Geld kommen!«

»Kann es nicht sein, dass Ihr Kollege geerbt hat? Im Lotto gewonnen? Oder er führt ein seriöses Nebengeschäft?«

Reisinger neigte den rundlichen Schädel. »Nichts dergleichen. Davon wüsste ich.«

Norma nickte. »Weil Sie mit ihm befreundet sind. Eng befreundet?«

Ein abwehrendes Kopfschütteln folgte. »Inzwischen nicht mehr. Pitt, ich meine, Peter – Peter Metten – dieser Verräter …«

Er brach ab, als fehlten ihm die Worte für die Missetaten des Kollegen.

»Was hat Pitt Metten Ihnen angetan, Herr Reisinger? Um die berufliche Position wird es kaum gehen. Sie haben, wie Sie sagen, das gleiche Einkommen. Hat er Ihnen die Frau ausgespannt?«

Ein Versuch, der ins Schwarze traf. Reisinger errötete bis zu den randlosen Brillengläsern. »Mareike gehört zu mir. Wir lieben uns doch!«

Eine Vorstellung, die seine Frau nicht zu teilen schien.

Norma klappte das Notebook zu. Sie hatte bisher nur die drei Namen notiert, ergänzt von knappen Anmerkungen. Alles Weitere konnte sie sich sparen.

»Herr Reisinger, wenn Sie einen begründeten Verdacht gegen Ihren Kollegen hegen, erstatten Sie Anzeige bei Ihrer Behörde oder der Polizei. Bei mir sind Sie mit Ihren Anschuldigungen an der falschen Adresse. In Wahrheit geht es Ihnen um Ihre Ehe, habe ich recht? Glauben Sie mir, ich respektiere die verletzten Gefühle eines betrogenen Partners, muss Ihnen aber eines sagen: Ich übernehme keine Ehegeschichten.«

»Ich dachte, davon lebt ein Privatdetektiv in erster Linie?«

»Das ist ein Klischee«, widersprach sie gleichmütig, obwohl es so falsch nicht war.

Er sprang mit einem heftigen Armschlenkern auf. »Ich staune, dass Sie sich das leisten können: Einen Auftrag abzulehnen! So wie das hier aussieht.«

Sie behielt ihr höfliches Lächeln bei und dirigierte ihn zur Tür. Anschließend speicherte sie die Gesprächsnotiz samt der eingescannten Visitenkarte im Ordner ›NMF‹ ab, der nichts anderes bedeutet als ›Nicht mein Fall‹. Mareike Reisinger mochte triftige Gründe haben, den Partner zu wechseln. Vorausgesetzt, dieser Pitt war ein netterer Mensch als der Ehemann, wozu vergleichsweise wenig gehörte. Er hatte nicht unrecht in seiner Vermutung, sie würde als Privatdetektivin wenig verdienen. Arthurs Erbe ermöglichte ihr ein unabhängiges Leben, sofern sie es sparsam führte, was ihr nicht schwer viel. Sie mochte das einfache Büro, liebte den kurzen Weg hinunter zum Rheinufer und in den Biebricher Schlosspark. Es bereitete ihr eine harmlose Freude, vom Schreibtisch aus den Leuten auf der Straße zuzuschauen. Unter dem Dach lag ihr Biotop, wie

Lutz die bescheidene Wohnung mit zärtlichem Spott nannte und nicht einsehen wollte, warum sie die Enge unter den Schrägen der Großzügigkeit in der Taunusstraße vorzog.

Reisingers Karte landete im Papierkorb. Genug gekramt. Florenz! Die Museen, die Straßencafés. Dass sie darauf wieder Lust hatte! Der Gewinn war zur richtigen Zeit gekommen. Wenn Lutz den Mumm nicht aufbrachte, würde sie es sich allein gut gehen lassen. Sein Bier, sich von Undine am Gängelband führen zu lassen. Sie rief eine Website auf und wollte eine Beschreibung der Uffizien ausdrucken, als das Handy den Anruf von Josef Brunner anzeigte.

Er kam gleich zur Sache. »Herr Wagner war gestern Abend hier im Laden.«

Der verlassene Ehemann auf Wohnungssuche.

»Schön! Du hast ihm sicher gesagt, dass die Wohnung geräumt ist. Wann will er einziehen?«

»Nun, er hat sich mit seiner Frau versöhnt.«

»Soll das heißen, er wird bei ihr bleiben?«

»Bis zum nächsten Krach.«

»Das kann nicht wahr sein! Seit Wochen macht er Dampf und gibt keine Ruhe. Kaum ist die Wohnung frei, verträgt er sich wieder?«

»Gönne ihm das Eheglück«, entgegnete Josef friedfertig. «Wie geht's nun weiter?«

»Ich werde einen Makler anrufen. Trotzdem danke, Josef.« Sie würde Lutz um die Adresse bitten.

»Da ist noch etwas«, sagte Josef. »Ich war eben bei einer Kundin im Dichterviertel. Vor der Galerie Abendstern herrscht ein ziemlicher Aufruhr! Mit Feuerwehrwagen, Polizei und jeder Menge Blaulicht.«

Undine besaß eine Etage eines vierstöckigen Jugendstilhauses. Einen Teil der 200 Quadratmeter bewohnte sie, die übrige Fläche gehörte den Gemälden, Grafiken und Skulpturen überwiegend zeitgenössischer Künstler. Im Erdgeschoss praktizierten ein Zahnarzt und ein Heilpraktiker. In den oberen Stockwerken waren Wohnungen eingerichtet.

»Bloß kein Feuer! Das wäre schlimm für Undine.«

Die Galeristin hatte als Kind einen Brand miterleben müssen und hielt seitdem nicht einmal die Silvesterknallerei aus. Lutz fuhr mit ihr jedes Jahr in die einsamste Berghütte, die die Schweiz zu bieten hatte.

Im Vorbeifahren sei ihm kein Qualm aufgefallen, erklärte Josef.

Norma bedankte sich und rief sofort Lutz auf dem Handy an.

Er war bereits dort. Die Besorgnis war seiner Stimme anzuhören. »Aus zwei Dachfenstern kam Rauch, und die Feuerwehr hat vorsichtshalber das gesamte Haus räumen lassen. Du kannst dir Undines Aufregung vorstellen! Zum Glück nur ein falscher Alarm. Jemand hat sich mit zwei Rauchbomben einen schlechten Scherz erlaubt.«

Nur ein Scherz? In Normas Kopf setzte sofort der übliche Prozess ein: Wer? Wie? Warum? Das war ein Automatismus. Sie konnte nichts dagegen tun.

»Könntest du herkommen?«, fragte er drängend. »Undine braucht deine Hilfe.«

Verdient hatte sie es nicht. Normas Neugierde siegte. »In zehn Minuten, Lutz!«

Sie machte sich sofort auf den Weg.

3

Undine Abendstern hatte mit dem Kauf der Etage eine kluge Wahl getroffen. Das Haus lag im Dichterviertel inmitten einer geschlossenen Reihe repräsentativer Wohnhäuser, die Ende des 19. Jahrhunderts vom aufstrebenden Bürgertum errichtet worden waren und nun dank der Möglichkeiten der gut situierten Eigentümer eine gepflegte Gediegenheit ausstrahlten. Wie einige weitere Gebäude der Nachbarschaft trug das Haus unverkennbare Merkmale des Jugendstils, zu denen der gemauerte Rundbogen gehörte, der sich hoch über den Hauseingang wölbte, aber auch die blumigen Ornamente an der Fassade. Drinnen ließ sich Norma jedes Mal aufs Neue vom ausladenden Treppenhaus beeindrucken. Ihr gefielen die schmiedeeisernen Geländer und der Stuck unter der himmelhohen Decke. Undine war es mit vergnüglicher Leichtigkeit gelungen, die Ursprünglichkeit der Wohnräume mit Elementen zeitgemäßer Zurückhaltung zu verbinden und damit den idealen Rahmen für ihr eigenes Auftreten zu inszenieren. In der momentanen Situation jedoch fehlte ihr die Aura von Extravaganz und Professionalität. Sie wirkte höchst beunruhigt, beinahe fahrig, als sie Norma in den privaten Wohnraum führte. Dort wartete Lutz, der seine Schwiegertochter mit einem herzlichen Lächeln begrüßte, aber auf die übliche Umarmung verzichtete.

Feigling!, dachte Norma und bereute für eine Sekunde ihr Kommen.

»Einen Kaffee, meine Liebe?«, fragte Undine honigsüß.

»Lass mich das machen«, bot Lutz an und verschwand in der Küche.

Norma betrachtete das großformatige Ölgemälde zwischen den Fenstertüren, das keinen Konkurrenten in der Nähe vertragen hätte und den Raum mit seinen erdigen Farben und der dynamischen Pinselführung beherrschte. Der offene Kamin an der gegenüberliegenden Wand musste sich mit einem flüchtigen Blick begnügen. Den Jawlensky zeigte Undine hier nicht. Er lag wohl verwahrt in einem Banktresor.

Der Hausherrin war Normas Interesse nicht entgangen. »Das Bild stammt aus der ersten Ausstellung der Südamerikaner. Du weißt, ich wollte das damals gemeinsam mit deinem Mann organisieren. Arthur hatte so gute Kontakte nach drüben. Nach seinem Tod musste ich die Arbeit allein stemmen, was mir, wie ich sagen darf, passabel gelang. Dabei konnte ich günstig an diesen Lobo herankommen. Heute ist er ein Vielfaches wert. Das gilt sicherlich auch für das Bild, das Pablo dir in Kolumbien persönlich schenkte. Soll ich es bei Gelegenheit für dich schätzen lassen?« Eine Spur Neid schwang in der Stimme mit.

Norma wandte sich mit einem Lächeln um. »Danke, nicht nötig. Der materielle Wert kümmert mich nicht.«

So wie ihr das Bild als solches nichts bedeutete, jedenfalls nichts Gutes. Mit der Reise nach Kolumbien waren zu viele dunkle Erinnerungen verbunden, die niemanden etwas angingen.

Lutz balancierte ein Tablett herein, setzte es auf dem Couchtisch ab und gruppierte die Tassen um eine Aktenmappe herum, die dort bereit lag.

»Bitte, meine Liebe, setz dich erst einmal«, schnurrte Undine und wechselte einen vertraulichen Blick mit Lutz, der neben ihr auf dem Sofa Platz nahm.

Norma sank in ein extravagantes weißes Sitzmöbel

nieder. »Was soll diese Geheimniskrämerei? Ihr wollt doch nicht etwa heiraten?«

Lutz erlaubte sich ein Schmunzeln.

Undine überging den Scherz achtlos. »Ich bin bestohlen worden.«

Abwartend nahm Norma einen Schluck des Kaffees, der aus einer mutmaßlich 1.000 Euro teuren Maschine stammte. Lutz, der seinen Kaffee stets stark und unverfälscht schwarz trank, erschien es sicher wie Frevel, das Getränk für Norma unter einer Portion Milchschaum zu verstecken.

»Bedaure, ich kann jetzt keinen Auftrag annehmen. Ich fahre übermorgen in den Urlaub. Nach Florenz.«

Lutz wich ihrem Blick aus und griff nach seiner Tasse.

Undine zuckte zurück, ließ sich jedoch zu ein paar freundlichen Worten herab. »Wie wunderbar, ich liebe die Stadt. Und nach allem, was du durchgemacht hast mit diesem Prozess – das stand ja alles in der Zeitung – kann ich deinen Wunsch nachvollziehen. Trotzdem, wenn ich dich bitte, die Reise zu verschieben?«

»Kommt nicht infrage! Danke für den Kaffee.«

Sie wollte gehen. Lutz hielt sie zurück. »Bitte, Norma. Höre dir wenigstens an, worum es geht.«

Zögernd nahm sie ihren Platz wieder ein. »Was ist gestohlen worden?«

Undine zögerte mit der Antwort, bevor sie leise erklärte: »Der Jawlensky.«

»Wie bitte? Doch nicht das ›Schweigende Rot‹?«

Die Galeristin nickte betreten. Sie griff nach der Aktenmappe und überreichte Norma einen Fotoabzug. Selbst die einfache Kopie vermittelte eine Ahnung von der Wärme und inneren Kraft, die das Gemälde dem Betrachter schenkte, der Augen dafür besaß. Einmal hatte Norma das Original ansehen dürfen.

»Gerahmt hat das Bild eine Größe von etwa 50 auf 40 Zentimeter«, erklärte Undine, als wollte sie etwas verkaufen. »Es ist in Öl auf Pappe gemalt.«

»Ich dachte, es befinde sich so sicher wie die Kronjuwelen im Banktresor?«

»Dort war es bis heute Vormittag«, räumte Undine kleinmütig ein. »Ich selbst habe den Jawlensky abholen und hier in die Wohnung bringen lassen. In den nächsten Tagen sollte er nach Basel verschickt werden.«

»In die Kunsthalle, ich weiß. Lutz hat mir von der Ausstellung erzählt. Du hättest das Gemälde von einem Kunsttransporteur unmittelbar von der Bank in die Schweiz bringen lassen können. Was um alle Welt wolltest du mit dem Bild in der Wohnung?«

Undine knetete in einer Geste der Verzweiflung die Hände. »Es anschauen! Hier bei mir. In einem würdigen Rahmen und nicht, wie sonst, in diesem tristen Tresorraum.«

»Was ist das ›Schweigende Rot‹ auf dem Kunstmarkt wert?«

Undine schluckte. »Du kannst von mindestens 400.000 Euro ausgehen. Trotzdem geht es mir primär nicht um das Geld. Dieses Bild hat meine Leidenschaft für die Kunst geweckt! Meine Großtante war Mitglied einer Fördergesellschaft, die Jawlensky unterstützte. Man zahlte einen monatlichen Betrag und bekam dafür günstig ein Bild. Das ›Schweigende Rot‹ war das Lieblingsbild meiner Großtante, und sie hat es mir kurz vor ihrem Tod geschenkt.«

Norma stellte die Kaffeetasse zurück auf den Glastisch. »Wer hat den Jawlensky für dich abgeholt?«

»Das war Marco, mein Assistent. Ein Student, netter Junge, er hilft stundenweise in der Galerie aus. Das Bild kann er unmöglich gestohlen haben. Er war in meiner Nähe, als es verschwand.«

»Erzähle bitte der Reihe nach!«

Undine nickte zahm. »Marco arbeitet montags immer von 10 bis 13.30 Uhr in der Galerie. Gegen 10.15 Uhr schickte ich ihn los, um das Bild zu holen. Nach einer halben Stunde kam er damit zurück. Das Bild steckte gut verpackt im Transportkoffer. Ich habe kurz hineingeschaut, um mich zu vergewissern, ob alles in Ordnung ist. Danach brachte ich den Koffer in mein Schlafzimmer. Am frühen Nachmittag ist das Licht dort perfekt.«

»Du hast das Bild nicht ausgepackt?«

»Das wollte ich später machen, in aller Ruhe. Vorher musste ich einige Telefonate führen und ging deshalb in mein Arbeitszimmer.«

»Nicht zurück in die Galerie?«

»Nein, ich blieb im Büro hier in der Wohnung. Ich wollte ungestört sein. Marco hielt sich in der Galerie auf.«

»Er hatte also noch keinen Feierabend?«

Undine widersprach. »Eigentlich ja. Es war beinahe 14.00 Uhr. Aber ich hatte ihn gebeten, die Flyer für eine Ausstellung zum Versand vorzubereiten. Die Flyer waren zu spät fertig geworden und sollten unbedingt raus.«

»Und währenddessen gab es den Feueralarm?«

»Kurz nach 14.00 Uhr rauschte mit allem Brimborium die Feuerwehr heran. Ich wollte nur noch raus! Dabei muss ich versehentlich die Wohnungstür offen gelassen haben. Unverzeihlich!«

Sie warf Lutz einen unglücklichen Blick zu. Er tätschelte ihre Hand und lächelte aufmunternd.

»Bist du sicher, dass du die Tür nicht doch ins Schloss gezogen hast?«, fragte Norma zweifelnd.

»Ehrlich gesagt, ich weiß es nicht. Jedenfalls war die Tür angelehnt, als ich wieder ins Haus durfte. Obwohl sich das Bild in der Wohnung befand. Es gibt keine Entschuldigung dafür. Außer vielleicht der Tatsache, dass der Feueralarm mich kopflos machte.«

Die Gefühle von Panik konnte Norma nachempfinden – besser, als ihr lieb war. Eine Gemeinsamkeit mit der Galeristin, auf die sie gern verzichtet hätte.

»Und nachdem alles vorbei war, fehlte der Jawlensky? Mitsamt dem Bilderkoffer?«

Ein stummes Nicken war die Antwort.

»Reden wir über deine Hilfskraft. Wo war Marco, als der Alarm losging?«

»Er kam mir auf dem Hausflur entgegen, als die Feuerwehr die Wohnungen räumte, und wir liefen zusammen hinunter auf die Straße. Draußen hat er sich die ganze Zeit um mich gekümmert und ging später mit mir gemeinsam nach oben. Er kann das Bild nicht gestohlen haben.«

»So weit, so schlecht«, brachte Norma das Geschehen auf den Punkt. »Was erwartest du von mir? Das ist ein Fall für die Polizei und für die Versicherung. Dort hat man sich auf Kunstdiebstähle spezialisiert.«

»So einfach ist das nicht.«

Norma hob den Blick zur Pendeluhr neben dem Kamin. »Bitte komm zur Sache.«

»Es … hat mit Nina zu tun«, erklärte Undine zögerlich.

Die Tochter also! Norma hatte das Mädchen nie kennengelernt. Undine sprach kaum von ihr.

»Lebt sie nicht im Ausland bei ihrem Vater?«

Undine fingerte an der Leinenweste herum. »Es ging nicht gut mit den beiden, nicht einmal mehr an den Wochenenden. Unter der Woche war sie sowieso im Internat. Sie hat die Schule hingeworfen, träumt von einer Karriere als Modedesignerin. Völlig irrational, aber was soll ich machen? Das Mädchen ist volljährig.«

»Wo lebt sie jetzt?«

Undine stieß den Seufzer einer geplagten Mutter aus. »Hier in Wiesbaden.«

»In deiner Wohnung?«

Sie hob abwehrend die Hände. »Um Himmels willen! Keinen Tag würde das gut gehen. Nein, sie lebt mit ihrem Freund in einer Wohngemeinschaft. Ich habe ihr eine Lehrstelle als Verkäuferin vermittelt. In einer Modeboutique, die einer Freundin gehört. Falls ich sie inzwischen noch als Freundin bezeichnen darf.«

Sie lächelte gequält. Nina schien ein echtes Herzchen zu sein.

»Du zeigst nicht unbedingt Vertrauen in deine Tochter.«

»Ich habe mich bemüht von Anfang an«, verteidigte sich Undine. »Dieses Kind ist genauso stur und unzuverlässig wie ihr Vater.«

»Wie lange wart ihr verheiratet?«

Undine zupfte an einer Strähne der wie gemeißelt sitzenden Kurzhaarfrisur, die monatlich zwischen Rostrot, Aubergine und Blauschwarz wechselte. Zurzeit war der Rotton an der Reihe. »Drei zu lange Jahre. Der Mann war der größte Fehler meines Lebens.«

Lutz hatte sich bislang aus dem Gespräch herausgehalten. Nun nahm er Nina in Schutz. »Das Mädchen ist gar nicht verkehrt. Die Lehre hält sie bisher wacker durch und beweist eine für sie bemerkenswerte Ausdauer.«

»Leider umgibt sie sich mit den falschen Leuten«, wandte Undine ein. »Wie dieser Rico.«

»Du meinst, er könnte etwas mit dem Diebstahl zu tun haben?«, fragte Norma mit wider Willen wachsendem Interesse.

»Bestimmt hat er sie angestiftet!«

»Also verdächtigst du beide?«

Undine nickte entschlossen. »Nina wusste von der Ausstellung in der Schweiz und davon, dass ich das Bild am Montagvormittag in die Wohnung holen wollte. Und sie weiß genau, wie unüberlegt ich bei Feuer reagiere. Aber allein heckt sie so etwas nicht aus.«

»Deswegen willst du die Polizei raushalten?«

»Wie stehe ich da! Wer wird einer Galeristin, die so dämlich ist, ein wertvolles Bild bei offener Tür zurückzulassen, noch Kunstwerke anvertrauen? Damit es von der eigenen Tochter geklaut wird.«

»Musste Nina überhaupt auf die offene Tür spekulieren? Besitzt sie keinen Wohnungsschlüssel?«

Undine seufzte. »Ich habe ihr keinen gegeben. Vor allem, weil ich nicht heimlich Rico im Haus haben wollte. Allerdings war mein Ersatzschlüssel für ein paar Tage verschwunden. Ich dachte, ich hätte ihn verlegt. Es kann genauso gut sein, dass sie ihn genommen hat, um sich einen Nachschlüssel zu besorgen.«

»Was sagt Nina zu deinem Verdacht?«

Undine wechselte einen Blick mit Lutz.

Er übernahm das Wort: »Bitte versteh das, Norma. Mutter und Tochter haben mit Mühe zueinander gefunden. Derartige Vorwürfe, ob sie gerechtfertigt sind oder nicht, machen alles wieder kaputt.«

»Das ist doch nicht eure einzige Sorge?«

»Die Sache ist so«, setzte Undine umständlich an. »Rico geht es nur ums Geld. Er ist Leistungssportler, lebt auf zu großem Fuß und ist permanent pleite. Wenn es nach ihm ginge, würde er ein Lösegeld fordern, und ich bekäme das Bild zurück.«

»Und Nina?«

Undine seufzte angespannt. »So sehr ich den Jawlensky

liebe, so sehr hasst sie ihn. Schon immer wirft sie mir vor, das Bild sei mir wichtiger als sie selbst. Ich befürchte, in ihrer kindischen Eifersucht könnte sie es beschädigen oder zerstückeln.«

»Jemand muss den beiden auf den Zahn fühlen«, sagte Lutz. »So behutsam und vorsichtig wie möglich.«

»Und dieser Inquisitor soll ich sein?«

Undine wechselte den Tonfall, formulierte unverhofft milde: »Uns beiden ist klar, wir können nicht so gut miteinander, Norma. Aber du weißt, ich schätze Professionalität. In meinem Beruf wie in jedem anderen. Du verstehst deinen Job. Immerhin warst du früher Kriminalkommissarin. Und ich baue fest auf deine Verschwiegenheit.«

Damit der eigene Mangel an Professionalität in diesem Fall nicht ans Licht kam? »Wenn du die Polizei außen vor lässt, warum wendest du dich nicht wenigstens an die Versicherung?«

»Was sollte mir das nützen? Ich bin die Besitzerin eines Jawlenskys! Darauf kommt es mir an. Ich will das Bild wiederhaben und keine finanzielle Entschädigung.«

»Verstehe, sobald die Versicherung zahlt, ist der Jawlensky für dich verloren.«

Undine nickte bekräftigend. »Das ›Schweigende Rot‹ würde in den Besitz des Konzerns fallen, falls es irgendwann wieder auftaucht – was bei den meisten gestohlenen Bildern der Fall ist. Die Versicherung zahlt das Lösegeld an die Diebe.«

»Und diese kriminelle Energie traust du deiner Tochter zu?«, wandte Norma zweifelnd ein. »Einen Bilderdiebstahl zu organisieren? Verhandlungen mit der Versicherung zu führen und Lösegeld zu fordern?«

»Wie gesagt, gemeinsam mit diesem Rico! Darf ich mit deiner Hilfe rechnen?«

Norma erhob sich. »Bedaure, Undine. Ich mache erst einmal Urlaub.«

Undine schien verärgert, erwies sich aber als gute Verliererin. Höflich fragte sie: »Reist du allein?«

Norma lächelte Lutz zu. »Mal schauen, wer mich begleitet.«

Er blieb im Wohnzimmer zurück.

Undine begleitete Norma zur Tür. »Ich wünsche dir eine schöne Zeit in Florenz. Danke für dein Kommen. Kann ich mich darauf verlassen, dass die Geschichte unter uns bleibt?«

Norma versprach es. Eigentlich hätte die Angelegenheit damit erledigt sein müssen. Auf dem Weg nach unten drehten sich die Gedanken in ihrem Kopf. Wie wurde der Alarm ausgelöst? Wer schlüpfte in die Wohnung, um den Jawlensky rauszuholen? Wie kam der Dieb an der Feuerwehr vorbei? Oder hatte er das Bild auf dem Dachboden versteckt? Spannende Fragen in einem Fall, der verglichen mit der Vermisstensache vom Frühjahr harmlos klang. Stünde nicht die Reise an, sie könnte glatt schwach werden. Und sogar für Undine arbeiten.

4

Dienstag, der 10. Juni

Das Tier war gewaltig. Eine wilde Mähne umströmte den mächtigen Hals, und der wuchtige Rumpf ruhte auf Säulenbeinen. Wie ein Kinderspielzeug klebte der Sattel auf dem breiten Rücken, und wie ein Monument verharrte das Pferd neben der kleinen blassen Frau, die die Zügel mit beiden Händen hielt und unter dem Reithelm zu verschwinden drohte. Die rote Regenjacke leuchtete im Sonnenlicht. Rastlos trat die Reiterin von einem gestiefelten Bein auf das andere.

»Wie lange dauert das noch? Balthasar will nach Hause!«, rief sie den Kommissaren entgegen.

Ein Eindruck, den Dirk Wolfert nicht teilen mochte, obwohl er von Pferden nichts verstand. Das Tier musterte die Polizeiwagen mit erhabenem Blick, ohne auch nur eine Spur der Nervosität zu zeigen, die den Kommissar angesichts des Blaulichts und des geschäftigen Treibens der Spurensicherung nicht verwundert hätte. Die Ungeduld lag allein auf Seiten der Reiterin. Wie mag sie in den Sattel kommen?, fragte er sich und näherte sich dem Tier mit Argwohn, aber deutlich verwegener als Luigi Milano, der ausgerechnet hinter dem schmalen Rücken des Kollegen Schutz suchte.

»Ein Huftritt, Dirk, und du bist Mus«, brummte Milano. Er hatte sich soeben auf ein zweites Frühstück eingerichtet, als der Anruf kam. Entsprechend war seine Laune. »Spannt man so etwas nicht besser vor einen Brauereiwagen?«

»So etwas nennt man ein Shire Horse«, antwortete die Reiterin und bewies ein hervorragendes Gehör. »Dieses englische Kaltblut heißt Balthasar und ist mein Reitpferd. Wenn ich gewusst hätte, dass ich hier eine Ewigkeit warten muss! Ich wäre besser weitergeritten, als Alarm zu schlagen.«

Balthasar wandte ihnen den langen Schädel zu und schnaubte. Sein Fell war schokoladenbraun und von weißen Flecken überzogen wie bei einer Kuh.

Milano las den Namen vom Blatt, auf dem der Kollege der Schutzpolizei die Personalien notiert hatte. »Frau Dr. Roth, wie haben Sie den Toten entdeckt?«

Dass man sich endlich um sie kümmerte, besänftigte die Zeugin. Bereitwillig erzählte sie, sie sei wie jeden Morgen um 7 Uhr zu einem Ausritt aufgebrochen. Der Weg habe sie zum Waldparkplatz an der Platter Straße geführt, die man dort dank der Unterführung gefahrlos queren könne. Ob die Herren eine Ahnung hätten, was im Berufsverkehr dort oben los sei? Baltasar laufe am liebsten im gemütlichen Schritt, erklärte sie unter dem verständnisvollen Nicken der beiden Kriminalkommissare, und so bleibe ihr unterwegs genügend Zeit, die Gegend zu beobachten und im Unterholz nach Pflanzen Ausschau zu halten. »Die Botanik ist meine zweite Leidenschaft neben dem Reiten. Ich unterrichte Biologie und Latein.«

»Sie kamen also von dort drüben?« Wolfert zeigte mit ausgestrecktem Arm auf einen Waldweg, über den ein Fußgänger in wenigen Minuten das Jagdschloss Platte erreichen konnte.

Die Zeugin nickte eifrig. »Beim Näherkommen fiel mir etwas Blaues im Laub auf. Ein Müllsack, dachte ich, und dass jemand mal wieder seinen Abfall im Wald entsorgt hat.« Sie hatte die Buschgruppe passiert, die sich von

Balthasars Rücken aus gut überblicken ließ. Dabei war ihr die Jeansjacke aufgefallen. Der Mann lag unter Laub und Geäst verborgen und wäre von einem Fußgänger nicht so bald entdeckt worden. Das Gestrüpp wuchs zum Parkplatz hin sehr dicht.

»Wie ist er gestorben?«, fragte Frau Dr. Roth und veranlasste das Tier mit einem Stupser gegen die muskulöse Schulter, zurückzuweichen und die Sicht auf die Leute in Weiß freizugeben, die sich rings um den Fundort zu schaffen machten.

Milano behielt das Tier im Blick, während er die Frage mit der Floskel beantwortete, das würden die Ermittlungen zeigen. »Haben Sie jemanden gesehen, oder ist Ihnen etwas aufgefallen?«

»Rein gar nichts«, erklärte die Dame mit Nachdruck.

»Sie können weiterreiten, Frau Dr. Roth. Ihre Aussage nehmen wir später schriftlich auf.«

Er wandte sich ab und überließ es dem Kollegen, sich für die Hilfe zu bedanken.

Wolfert zeigte auf den Sattel, dessen Steigbügel sich in Kopfhöhe der Reiterin befanden. »Ziemlich hoch. Wie kommen Sie rauf?«

»Ich suche mir eine Bank oder einen gefällten Baumstamm. Denken Sie, ich klettere wie ein Äffchen hinauf?«

Eine derartige Aufsteighilfe war weit und breit nicht zu entdecken. Wolfert, der schon befürchtete, er müsste ihr in den Sattel helfen, sah erleichtert zu, wie sich die Frau mit dem Pferd am Zügel zu Fuß aufmachte.

Luigi wartete am Fundort und winkte ungeduldig. »Wo bleibst du, Dirk!«

Die Kollegen der Spurensicherung hatten ihre Arbeit so weit abgeschlossen, dass die Kriminalkommissare ohne Schutzkleidung an die Leiche herangehen durften.

Milano beugte den stämmigen Hals herab und schaute versonnen auf die dunkelbraunen Locken der Kollegin, die im weißen Overall neben dem Toten im Laub kniete. Der Mann lag auf dem Rücken, die Arme neben dem Körper und den Blick gegen den Himmel gerichtet. Er mochte Mitte 30 sein, schätzte Wolfert. Mit sportlicher Figur und einem attraktiven Gesicht.

Die junge Frau deutete auf den Handteller großen Blutfleck, der sich in der Herzgegend auf dem gelben Hemd ausgebreitet hatte. »Seht ihr diesen Riss?«

Wolfert begegnete ihrem Blick mit einem kollegialen Lächeln, während er für einen Augenblick versuchte, sich auf ihren komplizierten türkischen Nachnamen zu besinnen, bevor er sich auf den Blut durchtränkten Stoff konzentrierte. Man musste sehr genau hinschauen, um den knapp vier Zentimeter langen Riss zu erkennen. »Sieht aus wie mit einer Rasierklinge durchtrennt.«

»Oder mit einem Skalpell«, vermutete Milano.

Sema öffnete die Knopfleiste. Die Wunde selbst war so unscheinbar wie der Schnitt im Stoff. Wenn man von der großen Menge Blut absah, die sie verursacht hatte.

»Ein Messerstich«, brummte Milano.

»Könnte man meinen«, bestätigte Sema und stand auf. »Bis man das hier sieht! Wir haben ihn vorhin schon einmal umgedreht. Fass bitte mit an, Luigi.«

Milano half ihr, den Toten auf den Bauch zu drehen und Jacke und Hemd in Richtung Hals hinaufzuschieben. Dicke Blutflecken auch hier, auf den Stoffen und auf der Haut, aber nur wenige Tropfen im Laub und auf der Erde ringsherum.

Milano betrachtete das Opfer verblüfft. »Hat man ihn von beiden Seiten angegriffen? Mit zwei Messerstichen verletzt?«

Sema deutete auf die Wunde im Rücken, die der Verletzung auf der Brust glich. »Das glaube ich nicht. Ich denke eher, dass der Stich durch den Körper hindurchging. Von der Brust bis in den Rücken.«

»Aber nicht an diesem Ort«, warf Wolfert ein.

Sema teilte seine Annahme. »Wäre er hier getroffen worden, müsste mehr Blut im Laub sein. Die Kollegen haben drüben auf dem Parkplatz Blutflecken gefunden. Dort hinten starb er und wurde hierher geschleppt.«

Milano verschränkte die Arme über dem stattlichen Bauch. Er mochte keinen Widerspruch von jungen Kollegen, erst recht nicht, wenn sie weiblich waren. »Ein Stich durch den Körper hindurch? Wie soll das gehen? Mit einer Lanze, oder wie?«

Sema, die sich von seiner Arroganz nicht aus dem Konzept bringen ließ, zeigte eine Unbeirrbarkeit, die Wolfert an Norma erinnerte, als diese noch im Polizeidienst war – vor dem Geschehen in Kolumbien, das sie so aus der Bahn warf, dass sie den Dienst quittierte und sich seitdem als Private Ermittlerin durchschlug. Für Wolfert, der Polizist durch und durch war, bedeutete das eine sinnlose Verschwendung von Talent und Fachkenntnissen. Das Kommissariat hätte Normas Mitarbeit weiterhin sehr gut gebrauchen können. Auch in diesem Fall, war er sicher.

Sema kniete wieder im Laub. »Die Durchschlagskraft muss enorm gewesen sein. Ich weiß nicht, wie man das mit einer Lanze schaffen soll. Ich denke eher an eine andere Waffe.«

Skeptisch ließ Milano die Arme baumeln. »Ich lasse meiner Fantasie gern auf die Sprünge helfen.«

»Was war es deiner Meinung nach, Sema?«, fragte Wolfert, um väterliche Freundlichkeit bemüht.

»Ein Pfeil!«, erklärte die junge Kollegin selbstbewusst.

»Abgeschossen von einer Armbrust oder einem Jagdbogen.«

Milano schnaubte. »Du siehst zu viele Robin-Hood-Filme!«

Wolfert schickte ihm einen tadelnden Blick. »Gibt es irgendeinen handfesten Hinweis auf die Tatwaffe?«

Sema schüttelte den Lockenkopf. »Bislang nicht! Der Täter hat den Pfeil herausgezogen und vermutlich mitgenommen.«

Milano verdrehte die schwarzen Augen, enthielt sich aber eines Kommentars.

Wolfert half Sema, den Toten wieder in die vorige Lage zu bringen. »Fällt euch etwas auf? Seine Jeansjacke ist an den Schultern nass, nicht aber auf der Brust. Die Feuchtigkeit auf dem Rücken stammt vom Waldboden. Für mich sieht das aus, als habe er eine Weile im Regen gestanden.«

Sema stimmte ihm zu. »Es hat heute morgen geschüttet, sagt Eppmeier, der bei Regen in Taunusstein losfuhr. Als er um 7 Uhr die Platte überquerte, hörte der Schauer schlagartig auf. Danach blieb es trocken, sagen die anderen Kollegen, die hier vorbeigekommen sind.«

»Wer wohnt denn alles in Taunusstein?«, wunderte sich Wolfert.

»Hast du nichts von dem Stau auf der A3 gehört? Zwischen Idstein und Niedernhausen ist ein Lastwagen in ein Taxi gerauscht.«

Der Autobahnabschnitt galt als berüchtigte Unfallstrecke. Bei Staus wichen viele Autofahrer, die nach Wiesbaden wollten, auf die Platter Straße aus. Ein Auto nach dem anderen rollte vorüber, und zeitweilig kam der Verkehr ins Stocken. Aber das war unten vom Parkplatz aus eher zu hören als zu sehen. Das Niveau der Straße lag um einige Meter höher, und die Böschung wurde von einer Hecke gesäumt.

Sema schaute zur Straße hinauf. »Von dort oben sieht man gar nichts. Autofahrer, die etwas beobachtet haben, können wir vergessen.«

»Wann kam der Anruf der Reiterin?«, fragte Wolfert.

»Um 8.03 Uhr.«

»Na, das ist doch was! Dann starb der Mann, wie es aussieht, zwischen 7 Uhr, als es zu regnen aufhörte, und 8 Uhr.«

Milano zeigte auf den einzigen Wagen, der nicht mit dem Polizeieinsatz in Verbindung stand: Ein schwarzer BMW mit Wiesbadener Kennzeichen. Solange beim Jagdschloss genügend Platz war, parkten die meisten Spaziergänger und Jogger lieber dort. »Was ist damit?«

Sieht teuer aus, überlegte Wolfert, der sich nicht für Autos interessierte und aus Prinzip nichts davon verstehen wollte. Könnte zum Toten passen, dessen Hosen und Schuhe, selbst die Jeansjacke, nicht nach Billigware aussahen. Der Wagen war mitten auf der freien Fläche abgestellt, als sei der Fahrer nur eben ausgestiegen, um etwas zu erledigen.

»Hatte der Mann dazu passende Papiere bei sich? Schlüssel?«

Sema machte sich bereits wieder am Toten zu schaffen und deutete mit dem Daumen hinter sich. »Andere Baustelle! Frag Dieter.«

Kollege Eppmeier hielt sich bei den Einsatzfahrzeugen auf, die auf der Zufahrtstraße standen, um den Parkplatz freizuhalten, und lauschte andächtig in ein Handy. Als er die Kommissare bemerkte, beendete er das Gespräch und eilte ihnen entgegen. »Wir kennen die Identität des Toten. Und die des Wagenbesitzers.«

Milano schnaufte genervt. »Sprichst du von einer oder von zwei Personen? Geht's etwas präziser?«

Eppmeier grinste. »Ich mach's extra einfach für dich,

Luigi. Es ist ein und derselbe Mann. Der Führerschein steckte in der Jacke. Plus EC- und Kreditkarte, ein bisschen Bargeld. Die Auto- und Wohnungsschlüssel. Der Wagen ist auf ihn zugelassen.« Er zeigte mit ausgestrecktem Arm auf den BMW. Eppmeier war äußerst tüchtig und erfahren, kein Zweifel, hatte aber bei allem, was er tat oder sagte, etwas Ausschweifendes an sich. Wolfert mochte ihn nicht. Milano machte er wahnsinnig.

»Hat der Tote auch einen Namen?«, fauchte der dicke Kommissar.

»Hat er, hat er! Peter Metten. Gemeldet in Wiesbaden. Willst du die Adresse?«

»Nee, wozu? Was soll ich mit der Adresse? Was geht mich der Tote überhaupt an?«

Eppmeier schien seinen Spaß zu haben. Kein anderer wagte es, den bärbeißigen Kommissar zu reizen. Selbst Wolfert hätte nach den vielen Jahren der Zusammenarbeit Milano gegenüber keinen flapsigen Ton angeschlagen. Allerdings hätte er sich das niemandem gegenüber erlaubt. Spott und Provokation waren nicht seine Sache. Er bemühte sich stets um eine korrekte Sachlichkeit, was ihm den Ruf eingebracht hatte, farblos und langweilig zu sein. Eine Wirkung, die neben dem bulligen Milano besonders zum Tragen kam. ›Genie und Protokoll‹ wurden sie unter den Kollegen – mit mehr oder weniger heimlicher Ehrerbietung – genannt. Keine Frage, welcher Teil des ungleichen Paares die Rolle des Protokolls einnahm.

Peter Metten wohnte in der Nähe des Kurparks. Wolfert schrieb den Straßennamen in das Notizbuch, das er immer mit sich führte – eine altmodische Angewohnheit. Sorgsam fügte er die beruflichen Daten hinzu, die Eppmeier von der Visitenkarte ablas, die er zuvor mit einem Plastikbeutel geschützt hatte. Demnach arbeitete

Metten als Lebensmittelkontrolleur für eine Wiesbadener Behörde.

Milano fragte nach Angehörigen.

»Verheiratet war er nicht«, sagte Eppmeier und grinste beharrlich weiter. »Was heißt das schon.«

Milano fuhr. Wolfert rief von unterwegs im Kommissariat an. Für den Nachmittag sei die erste Fallbesprechung angesetzt, erfuhr er von Irene Maibaum. Milano fand einen Parkplatz vor Mettens Haus, das aus aufeinander gestapelten Bauklötzen bestand und Wolfert an die Gebäude erinnerte, deren Wohnungen er sich angesehen hatte, als er glaubte, sich mit dem Kauf einer Immobilie fürs Alter absichern zu können. Bis er ernüchtert feststellen musste, dass er sich ein solches Domizil niemals leisten könnte. Weder als Käufer noch als Mieter.

Milano legte den Kopf in den Nacken und beäugte misstrauisch die bodentiefen Fenster mit den davor montierten Holzjalousien. Die Edelstahlgeländer schimmerten im Sonnenlicht. »Alles vom Feinsten! Was mag einer verdienen, der sich um gammliges Fleisch kümmert?«

»Genug, wie es aussieht. Falls er nicht geerbt hat.«

»Oder seine Finger in unsaubere Geschäfte steckt«, ergänzte Milano und steuerte auf die Haustür zu. »Wer auf diese Weise stirbt, dem ist alles zuzutrauen.«

Es gab vier Klingeln. Milano stippte den wurstigen Zeigefinger neben das Schild mit der Gravur ›Metten‹. ›Reisinger‹ war auf einen Zettel gekritzelt und mit Tesafilm darunter geklebt. »Sieh an! Unser toter Freund wohnte nicht allein.«

Wolfert hoffte im Stillen, dass niemand zu Hause war, obwohl die Begegnung dadurch nur aufgeschoben wäre. Das Überbringen von Todesnachrichten gehörte zu den bedrückendsten Seiten des Polizeiberufs. Nach seiner

Einschätzung empfanden alle Kollegen so. Nur Milano beklagte sich nie und übernahm das Reden, wofür Wolfert ihm dankbar war.

Der Summer ertönte. Im Obergeschoss wurden sie erwartet. Hin und wieder verfiel Wolfert in die nutzlose Angewohnheit, sich vorab ein Bild zu machen. Meistens lag er daneben und wurde auch dieses Mal eines Besseren belehrt. Unter dem Eindruck des teuren Wagens und des schicken Hauses hatte er sich auf eine arrogante 20-jährige Blondine gefasst gemacht. Sie wurden von einer Frau um die 30 empfangen, mit kleiner, rundlicher Figur und weichen Gesichtszügen. Die Haare trug sie schulterlang und offen, mit der Farbe von poliertem Ebenholz. Allein das tiefgründige Blau der Augen traf seine Vorstellungen, übertraf sie sogar.

Milano warf ihm einen seltsamen Blick zu, streckte der Frau wohlerzogen die Hand entgegen und nannte seinen und Wolferts Namen. Sie stellte sich mit Mareike Reisinger vor.

Beim Wort ›Kriminalpolizei‹ zuckte sie zusammen. »Ist was mit Pitt?«

»Wie kommen Sie darauf?«

»Weil er vom Joggen noch nicht zurück ist und ich auf ihn warte. Wir wollten zusammen ins Büro fahren.«

»Dürfen wir reinkommen, Frau Reisinger?«, bat Milano höflich.

»Bitte!« Sorge und Beunruhigung schwangen in dem einzigen Wort mit.

Der Wohnraum entsprach Wolferts Vorstellungen. In Gedanken formulierte er für das Protokoll: Kalkweiße Wände, elfenbeinfarbene (nannte man das so?) Möbelbezüge, der Couchtisch zu kühl, der offene Kamin zu groß und offensichtlich ungenutzt. Das komplette Arrangement so kostbar wie glatt. Keine Pflanzen, keine Unordnung, kaum Persönliches. Auf der gläsernen Tischplatte lag der aktuelle Wiesbadener Kurier. Daneben stand eine Kaffeetasse.

Mareike Reisinger wies auf das Sofa. »Bitte, setzen Sie sich! Kann ich Ihnen etwas anbieten?«

»Danke nein«, entgegnete Milano und entschied sich für den Sessel am Kamin. »Machen Sie sich keine Mühe.«

Mareike Reisinger sank mitten auf das Sofa nieder. Wolfert scheute davor zurück, sich in die Nähe der jungen Frau zu setzen, die – je nach Temperament – sogleich in Tränen ausbrechen oder in eine Schockstarre fallen würde. Er trat an den Esstisch am Fenster heran und nahm sich einen Stuhl. Ein Hochlehner aus schwarzem Leder, nackt und kalt.

Mareike Reisinger beachtete ihn nicht. Sie hatte den Blick fest auf Milano gerichtet. »Sagen Sie mir endlich, was los ist!«

5

»Der abgelegte Ehemann, die holde Schöne und der Lover
gemeinsam an einem Arbeitsplatz! Wenn das keine explosive
Konstellation ist.«

Milano auf dem Beifahrersitz, den er mit seiner Masse
überflutete, blickte selbstgefällig geradeaus, wie Wolfert mit
einem Seitenblick feststellte, um sich gleich darauf dem Verkehr auf der Bierstädter Höhe zu widmen. Ralf Reisinger sei
auf dem Weg zu einer Nachkontrolle in einem griechischen
Lokal, hatte er einer verschlafenen Sekretärin entlocken
können. Um Reisinger nicht vorzuwarnen, rief Milano den
Restaurantbesitzer an und verlangte barsch einen Rückruf,
sobald sich der Kontrolleur blicken ließ. Er und Wolfert
kannten den Wirt, und beide hatten ein Auge auf ihn, seit
er Zeuge bei einem Einbruch war.

Milano klopfte sich den Bauch. »Petrus, dieser Ganove,
brutzelt das leckerste Gyros von ganz Wiesbaden. Wie
knurrt mir der Magen!«

Kein Wunder, es ging auf 12 Uhr zu, und sein zweites
Frühstück war ausgefallen. Wolfert hatte keinen Appetit.
Ihn beschäftigte die junge Frau, die während des Gesprächs
den Tränen nahe gekommen war und sich inzwischen
sicherlich die Augen ausheulte. Die Aufnahme des Toten,
die ihr die Kommissare vorlegten, zeige Peter Metten,
war ihrem Schluchzen zu entnehmen gewesen. Für diesen
Mann, den sie Pitt nannte, hatte sie vor Kurzem ihre Ehe
aufgegeben.

Wie steckt man das weg als Ehemann? Die Liebe verloren, die Lebenspläne zerstört, und dazu kam die Demüti-

gung vor den Kollegen. Lohnte es sich, für eine Frau wie Mareike Reisinger einen Mord zu begehen? Könnte überhaupt jemals eine Liebe den Tod wert sein? Wolfert seufzte unwillkürlich. Für derartige Vorstellungen mangelte es ihm an Leidenschaft wie an Erfahrung. Er konnte weder mit Heirat noch Scheidung aufwarten, und die einzige mehrjährige Beziehung seines Lebens – zu einer Ärztin namens Silke – hatte sich ohne größere Turbulenzen einfach aufgelöst. Er war überzeugt, Silke wusste so gut wie er, dass die Beteuerungen, der Arbeitsalltag sei Schuld, vorgeschoben waren. Seitdem glaubte Wolfert daran, zu den Menschen zu gehören, die ihr Leben nicht teilen konnten, und dass Silke ebenfalls diese Begabung fehlte. Deswegen war sie Single geblieben wie übrigens auch Milano. Wolfert war es ein Rätsel, wie manche Menschen es fertig brachten, als Paar zusammenzuleben. Womöglich über Jahrzehnte! Mareike und Ralf Reisinger hatten es ebenfalls nicht geschafft. Das zumindest stand fest.

Milano patschte mit der flachen Hand auf das Armaturenbrett. »Wir knöpfen uns den Reisinger vor, bis er gesteht. Heute Abend ist der Fall gelöst!«

Die Ampel am Moltkering zeigte Rot. Wolfert bremste und griff vorsichtig nach dem Schaltknüppel, um nicht gegen Milanos Oberschenkel zu stoßen. »Das glaubst du nicht wirklich, Luigi! Je einfacher es am Anfang aussieht, desto komplizierter wird's. Wäre schließlich nicht das erste Mal.«

»Rede den Ärger bloß herbei!«, murrte Milano.

Kaum sprang die Ampel auf Grün, ging hinter dem Opel eine Hupe los. In einem Streifenwagen passiert dir das nicht, dachte Wolfert, ohne wirklich sicher zu sein. Die Leute benahmen sich immer respektloser. Er ließ die Kupplung sehr, sehr langsam kommen. Milano hatte auf der Rückbank eine Packung Butterkekse entdeckt und zupfte geräuschvoll an dem Papier. In der Parkbucht vor dem Griechen war ein Platz frei. Der Opel war soeben zum Stehen gekommen, als es in der Ablage brummte.

Kauend reichte Milano das Telefon an Wolfert weiter. »Sema! Geh du ran.«

Wolfert drückte auf den Lautsprecherknopf. »Luigi hört mit!«

Die Kollegin von der Spurensicherung klang zufrieden. »Wir sind gut vorangekommen. Ihr könnt davon ausgehen, dass der Parkplatz der Tatort ist. Das Opfer wurde ins Gebüsch geschleppt. Die Blutspuren lassen keinen anderen Schluss zu, aber wir sichern das natürlich noch ab.«

»Augenblick!«, warf Wolfert ein. »Gehen wir wirklich von Mord aus? Könnte es nicht ein Unfall gewesen sein?«

»Willst du den Treffer mitten ins Herz ein Versehen nennen? Machst du Witze?«

Milano kraspelte mit der Kekspackung. »Unser Dirk ist ein Spaßvogel, Mädel. Ist dir das noch nicht aufgefallen?«

Ihr helles Lachen war zu hören. »Jeden Tag aufs Neue! Hört zu, der Rechtsmediziner lässt die Herren Kommissare lieb grüßen. Gegen unsere vermutete Tatzeit spricht nach seinen Erkenntnissen nichts, und das mit dem Regen habe ich noch einmal prüfen lassen. Demnach starb Peter Metten also am Dienstagmorgen zwischen 7 und 8 Uhr. Und er starb schnell.«

»Komm mir nicht wieder mit deinem Pfeil«, nuschelte Milano mit vollem Mund.

Sema verstand ihn trotzdem. »Und ob! Der Doktor zweifelt jedenfalls nicht daran. Der schmale Wundkanal lässt keinen anderen Schluss zu, sagt er. Außerdem befinden sich winzige Holzsplitter in der Wunde. Es ist Lärchenholz, wie die Kriminaltechnik im Vergleich schnell herausfinden konnte: Die bevorzugte Holzart für Jagdpfeile.«

»So ein Jagdpfeil wirkt tödlich?«, vergewisserte sich Wolfert.

»Man kann die Wirkung der Pfeilspitze durchaus mit einer Gewehrkugel vergleichen«, bestätigte Sema. »Vorausgesetzt, der Bogenschütze versteht sein Handwerk, wovon wir bei der Treffsicherheit ausgehen können. Der Doktor hat es so erklärt: Bei einem Schuss ins Herz kommt es zu einem starken Blutverlust. Damit wird die Sauerstoffzufuhr zum Gehirn abgeschnitten. Der Getroffene verliert innerhalb von Sekunden das Bewusstsein und stirbt.«

»Müssen wir davon ausgehen«, fragte Wolfert und spürte, während er nach den richtigen Worten suchte, ein Kribbeln im Rücken, »dass ein mordender Bogenschütze durch die Wiesbadener Wälder zieht?«

»Ich jedenfalls verzichte vorerst aufs Joggen. Tschüss, Jungs!«

Er bedankte sich und legte das Handy zurück. »Wieso hat Sema mit Dr. Vandenberg gesprochen? Das ist gar nicht ihr Part.«

»Der kurze Dienstweg.« Milano grinste. »An dir geht aber auch alles Zwischenmenschliche vorbei. Die kleine Sema hat was mit unserem Leichendoktor.«

»Was du nicht alles weißt.«

Im Stillen wunderte er sich, was die agile Sema an dem blassen Mediziner finden mochte.

Ein Mann Ende 30 überquerte die Straße und hielt forsch auf das Lokal zu. Die Aktentasche schlenkerte im Takt der Schritte. Die schwarze Lederweste, die er der Junisonne zum Trotz trug, kaschierte die gedrungene Gestalt ungenügend und ließ den Bauchansatz frei. Ohne sich mit der Speisekarte im Aushang aufzuhalten, betrat der Mann die Gaststätte. Gleich darauf meldete sich das Handy erneut.

Milano hatte für einen Augenblick von den Keksen gelassen und nahm das Gespräch an. Er brummte einen Dank und legte auf. »Maria, die Bedienung. Cheffe lässt ausrichten: Unser Freund ist da.«

Noch war wenig los, doch weil das Essen schmeckte und der Mittagstisch günstig war, könnte sich das Lokal rasch füllen. Reisinger wirkte wenig erfreut, das Interesse der Polizei zu wecken, schien aber nicht beunruhigt oder gar schuldbewusst. Widerstrebend begleitete er die Kommissare in eine hintere Nische

Wolfert wies auf die Bank. »Bitte setzen Sie sich!«

Reisinger war vor dem Tisch stehen geblieben. »Was soll das? Habe ich falsch geparkt?«

»Das ist kein Spaß!«, fauchte Milano. »Wir ermitteln in der Mordsache Peter Metten.«

»Mord?« Reisingers breites Gesicht erblasste. »Pitt?«

Ergeben rutschte er auf die Bank, flankiert von Milano und Wolfert.

Die Bedienung eilte mit den Speisekarten herbei.

Milano verscheuchte die Frau mit einem Wink. »Später!«

»Was ist mit Pitt?«, wiederholte Reisinger verunsichert. »Wieso Mordsache?«

»Kommt Ihnen Mettens Tod nicht gelegen?«, polterte Milano auf die ihm eigene charmante Art.

Reisinger starrte ihn misstrauisch an. »Was wollen Sie von mir?«

Wolfert fand es an der Zeit, sich einzumischen. Geduldig erklärte er: »Peter Metten wurde heute Morgen tot aufgefunden. Tod durch Fremdverschulden. Wie standen Sie zu Peter Metten?«

Reisingers entgeisterter Blick richtete sich auf Wolfert. »Wollen Sie behaupten, ich hätte Pitt umgebracht?«

Die Designerbrille auf Reisingers Nase erinnerte Wolfert daran, dass er selbst seit Langem zum Optiker wollte, sich aber nicht überwinden konnte. Seine runde Hornbrille war alles andere als zeitgemäß, hatte sich im Lauf der Jahre aber zu einem Teil seines Körpers entwickelt. Ohne die Brille fühlte er sich nackt und bloß, und ohne die starken Gläser war er hilflos und blind.

Er legte seine Autorität als Kriminalbeamter in die Stimme, als er fragte: »Haben Sie Peter Metten getötet?«

Reisinger fuchtelte mit den Armen. »Natürlich nicht! Wer behauptet das? Mareike?«

»Sie haben Metten bedroht. Mehr als ein Mal.«

»Sagt sie das? Zugegeben, ich bin eifersüchtig. Das kann man sich doch denken! Pitt hat meine Ehe kaputt gemacht. Natürlich bin ich sauer. Deswegen werde ich längst nicht zum Mörder!«

Milano wuchtete seinen Oberkörper in Reisingers Richtung. »Wie war Ihr Verhältnis zu Peter Metten, bevor er Ihnen die Frau ausspannte?«

»Alles bestens. Ein prima Kollege und …«

»Herr Reisinger«, unterbrach Wolfert ihn sanft, »wir werden mit der gesamten Behörde sprechen, wenn es nötig ist. Wir kriegen alles raus. Tun Sie sich selbst einen Gefallen und seien Sie von Anfang an ehrlich. Das spart uns allen Zeit. Also?«

Reisinger zögerte, sagte dann: »Früher waren wir befreundet, sind nach Feierabend zusammen ein Bier trinken gegangen und zum Fußball.«

»Und in letzter Zeit?«

»Pitt ist seit jeher ein Großmaul. Hält sich für einen tollen Kerl wegen seinem Sport. Er macht Triathlon, jetzt nur noch als Hobby, aber früher war er sogar Trainer. Das hat mir nie viel ausgemacht. Red du nur, hab ich gedacht. Er hatte immer was mit Frauen. Auch das war mir schnurz.«

»Bis was passierte?«

»Mareike. Er hat sich an meine Frau herangemacht. Sie war nicht die Erste, die verheiratet ist. Das ist für ihn so eine Art Wettbewerb. Als ob es ihm Spaß macht, anderer Leute Ehen zu ruinieren.«

»Er hatte also vorher etwas anderes laufen?«, warf Milano ein. »Und die Dame war ebenfalls liiert?«

Reisinger nickte. »Pitt hat sie sitzen gelassen, kaum dass sie alle Brücken hinter sich abgebrochen hatte, Kinder und Ehe, und sich nur noch für Mareike interessiert.«

»Diese Frau ist eine Kollegin?«

»Das nicht, aber man kennt sich durch den Job. Ihrem Mann gehören ein kleines Weingut und eine Weinstube in Eltville. Das Geschäft läuft schlecht, seit Solveig fort ist. Sie war die gute Seele, wie man so sagt. Rainald kann kochen, benimmt sich aber cholerisch und streitet mit den Gästen. Inzwischen steht er allein da mit Schulden bis über beide Ohren. Er hatte teuer umgebaut, bevor seine Frau ihn verließ.«

Wolfert wechselte einen Blick mit dem Kollegen und bat Reisinger um die Namen des Paares und die Adresse des Weinguts. Rainald und Solveig Beber, Eltville, notierte er in sein Notizbuch.

»Wo waren Sie heute am frühen Morgen? Zwischen 7 und 8 Uhr?«

Reisinger atmete erleichtert aus. »Zu der Zeit ist es passiert? Dann kann ich beweisen, dass ich nichts damit zu tun habe.«

»Also bitte!«, knurrte Milano.

»Ich bin früh aus dem Haus und zu Verwandten nach

Bad Camberg gefahren. Schon vor 7 Uhr war ich bei ihnen. Mein Patenonkel Herbert fliegt heute mit seiner Frau in den Urlaub. Sie haben mir erklärt, was mit den Blumen zu tun ist, und den Schlüssel übergeben, damit ich mich um die Post und das Aquarium kümmern kann. Danach haben wir zusammen gefrühstückt. Kurz vor 8 Uhr ist das Taxi gekommen, das sie zum Flughafen bringen sollte. Ich bin von dort aus ins Büro gefahren.«

»Machen Sie so etwas immer auf den letzten Drücker?«, fasste Milano nach. »Sie hätten doch gestern Abend hinfahren können.«

»Meine Familie gehört zu den Frühaufstehern.«

Wolfert ließ sich Name, Adresse und Mobilnummer des Patenonkels geben, der sich inzwischen auf dem Weg nach Gran Canaria befand. Das Lokal füllte sich. Zwei korpulente Damen steuerten die Nische an, als wollten sie sich dazugesellen, ließen sich aber durch Milanos tödlichen Blick abschrecken und sahen sich hilflos im Raum um, bis die Bedienung ihnen einen frei werdenden Sitzplatz am Fenster anbot.

»Wir werden Ihre Angaben überprüfen, Herr Reisinger«, erklärte Milano förmlich. »Nachher erwarte ich Sie im Kommissariat zur schriftlichen Aussage. Gib ihm die Karte, Dirk!«

Milano hatte nie welche dabei, und alles Erinnern half nichts. Wie selbstverständlich zückte Wolfert eine eigene Visitenkarte, die ordentlich im Notizbuch klemmte, schrieb in Druckbuchstaben Milanos Namen und die Telefonnummer auf die Rückseite und reichte sie an Reisinger weiter.

Danach erhob er sich. »Sie können gehen.«

Der Lebensmittelkontrolleur drückte sich an Wolfert vorbei und stürzte aus dem Lokal, die angekündigte

Kontrolle missachtend. Der Wirt Petrus kam, die Koch-schürze um die hageren Hüften geschlungen, hinter der Theke hervor und schaute Reisinger verdutzt nach.

»Schuldbewusst wirkte er nicht gerade«, meinte Wolfert und setzte sich wieder. »Entweder ist der eiskalt. Oder nicht unser Mann. Mal hören, was die Verwandtschaft zu sagen hat.«

Er wählte die Handynummer des Patenonkels und sprach die Bitte auf die Mailbox, sich mit dem Kommissariat in Verbindung zu setzen.

»Wir sollten diesem Winzer auf den Zahn fühlen«, schlug Milano vor.

»Vergiss die Frau Winzerin nicht. Sie hat ebenfalls allen Grund, auf Metten sauer zu sein.«

Milano zog das Handy hervor, um das Ergebnis des Gesprächs ins Kommissariat weiterzuleiten. Danach lauschte er aufmerksam ins Telefon.

»Steht die Sonderkommission?«, fragte Wolfert an-schließend.

Milano nickte und presste das Doppelkinn gegen den breiten Hals. »Wir sind im üblichen Team. Gert hat die Leitung übernommen.«

Gert-Michael Schneider als Leiter konnte Wolfert nur recht sein. Schneider galt als besonnener und erfahrener Kollege, der die Gruppe im Griff hatte, ohne den Chef herauszukehren. Selbst Luigi ließ sich von ihm etwas sagen. Gelegentlich jedenfalls.

Der Wirt näherte sich mit einem Tablett, auf dem er zwei Portionen Gyros mit Bratkartoffeln, zwei Biergläser und eine Flasche Ouzo samt der Gläser transportierte. Milano schnupperte erwartungsvoll.

Petrus stellte die Teller und die Getränke ab. »Für die Herren Kommissare!«

Wolfert stieg der Geruch von heißem Fett und gebratenem Fleisch in die Nase. »Ich habe nichts bestellt!«

»Lasst es euch schmecken!«, gurrte Petrus. »Geht aufs Haus.«

»Danke, wir müssen los!«

Milano seufzte. »Mach keine Hektik, Dirk! Ohne Essen kann ich nicht denken.«

Der Wirt wandte sich mit einem verschlagenen Grinsen ab.

»Du wirst das nicht annehmen, Luigi!«, zischte Wolfert.

Milano beugte sich vor und wedelte sich die Luft zu. »Hmm, wie das duftet!«

»Du lässt dich von diesem Halsabschneider nicht einladen!«

»Hab dich nicht so, Dirk!«, gab Milano mit listigem Blick zurück. »Gönne deiner Beamtenseele eine Prise Anarchie. Du wirst sehen, das tut nicht weh.«

»Ohne mich! Ich warte draußen.«

Wolfert verließ das Lokal. Zurück im Wagen, spürte er den knurrenden Magen. Während er die trockenen Kekse knabberte, stellte er sich Milano vor, der sich genüsslich über die zweite Portion Gyros hermachte und dazu das kühle Bier durch die Kehle rinnen ließ.

Das Leben machte es einem Beamten schwer, korrekt zu bleiben.

6

Mittwoch, der 11. Juni

Rätselhafter Mord beim Jagdschloss

Wiesbaden. Eine grausige Entdeckung machte eine Reiterin am gestrigen Morgen nur wenige Schritte vom Jagdschloss Platte entfernt. Ein Toter lag im Gebüsch am Rand eines Parkplatzes. Der Mann wurde inzwischen als der Lebensmitteltechniker Peter M. aus Wiesbaden identifiziert. Sein Tod gibt der Polizei Rätsel auf. Inzwischen steht fest, dass Peter M. von einem Jagdpfeil getötet wurde …

Von einem Jagdpfeil ermordet? Ungläubig ließ Norma die Seite sinken. Wie jeden Morgen hatte sie sich aus der Bäckerei gegenüber zwei Croissants geholt, um im Büro zu frühstücken, und dazu die Wiesbadener Zeitung mitgenommen. Eine kurze Meldung über den Toten im Wald stand auf der Titelseite, der Hauptartikel folgte auf der dritten Seite. Im Gehen überflog sie den Text. Als hätte er nur darauf gewartet, schnellte Leopold unter einem Auto hervor und strich ihr beim Aufschließen maunzend um die Beine, um danach das Büro zu erobern. Nach einem kurzen Kontrollgang sprang er auf den Besucherstuhl. Dort verharrte er wie die Sphinx und verfolgte Normas Tun mit kaltem Blick.

Sie legte die Zeitung auf den Schreibtisch und las den Artikel in Ruhe ein zweites Mal. ›Geht im Taunus ein unheimlicher Bogenschütze um?‹, lautete die Frage im nebenstehenden Kommentar. Sie bückte sich zum Papierkorb hinunter und fischte die Visitenkarte heraus. War Peter Metten gleich Peter M.? Hatte Reisinger die Nerven verloren?

Ein Anruf könnte ihr auf die Sprünge helfen. Milano oder Wolfert?, überlegte sie. Zu ihrer Zeit im Polizeidienst war sie mit beiden gut ausgekommen, bis sie während der Verwicklungen um Arthurs Tod selbst unter Mordverdacht geriet. Es waren demütigende Erfahrungen, die in die Beziehungen zu Dirk und Luigi tiefe Kerben geschlagen hatten, die sich erst glätteten, als sie im vergangenen Frühjahr auf die gegenseitige Unterstützung angewiesen waren. Milano und Wolfert beteiligten sich an der Suche nach Marika Inken, und dafür war Norma dankbar. Das Vertrauensverhältnis jedoch hatte seine Unbekümmertheit verloren.

Sie ging davon aus, dass beide Kommissare der Sonderkommission ›Bogenschütze‹ zugeteilt waren, die der Kurier erwähnte. Ihre jeweiligen Eigenheiten machten die Zusammenarbeit nicht unbedingt leicht. Trotzdem würde kein Kollege auf Wolferts analytische Begabung und Milanos Jagdinstinkt verzichten wollen. Milano trug eine Ruppigkeit vor sich her, die für seine Umgebung oft unangenehm war. Wolfert, der Pfennigfuchser, neigte dazu, es in manchen Dingen allzu genau zu nehmen. Dafür war er der weitaus höflichere Gesprächspartner am Telefon. Sie wählte seine Dienstnummer.

Er zeigte sich überrascht und zugleich erfreut. »Norma, lange nichts von dir gehört! Leider habe ich wenig Zeit.«

»Der Bogenschütze, ich weiß. Deswegen rufe ich an!«

»Wenn du Informationen willst, darf ich leider nicht …«

Typisch Wolfert: Diese ständige Sorge, man wollte ihm sein Wissen entlocken. »Dirk, nur eine harmlose Auskunft. Steht das M für Metten?«

Er stutzte. »Du kanntest Peter Metten?«

»Nicht persönlich. Vor zwei Wochen war ein Mann namens Ralf Reisinger bei mir. Mettens Kollege. Er behauptete, dass Metten auf größerem Fuß lebe, als er sich leisten könne, und wollte ihn deswegen drankriegen. Als Rache dafür, dass seine Frau ihn wegen Metten verlassen hat. Er war ziemlich aufgebracht.«

»Danke für den Tipp, Norma. Reisinger haben wir uns bereits vorgenommen.«

Wie immer ließ er sich alles aus der Nase ziehen. »Könnt ihr ihm etwas nachweisen?«

»Hast du Reisingers Auftrag angenommen?«

»Keine Sorge, Dirk. Er ist nicht mein Klient. Du darfst frei reden.«

Zögernd erklärte er: »Reisinger hat ein Motiv, wie dir bekannt ist, streitet den Mord aber ab.«

»Wie sieht es mit einem Alibi aus?«

»Angeblich war er bei Verwandten.«

Geduld, Norma, ermahnte sie sich still. »Wird seine Angabe von der Verwandtschaft bestätigt?«

»Das ist im Augenblick nicht möglich.«

»Warum denn nicht?«

»Das Ehepaar hatte auf dem Weg zum Flughafen einen Autounfall. Das Taxi war an einer Massenkarambolage auf der A 3 kurz hinter Idstein beteiligt.«

Sie hatte im Radio davon gehört. »Sind die Leute schwer verletzt?«

»Leider ja. Es wird Tage dauern, bis wir mit ihnen reden können.«

»Und sonst? Weitere Verdächtige?«

»Warum willst du das wissen?«, fragte er misstrauisch. »An welchem Fall arbeitest du?«

»An gar keinem. Ich fahre für fünf Tage nach Florenz«, lautete ihre fröhliche Antwort. »Mich treibt die unschuldige

Neugierde einer Ex-Kollegin. Du weißt, dass alles unter uns bleibt.«

Sie würde allein reisen. Am Abend war ein Anruf von Lutz gekommen. Die Diebe oder besser gesagt, die ›Entführer‹, hätten sich nicht gemeldet. Undine sei sehr beunruhigt, und er könne sie in dieser Situation unmöglich allein lassen. Er bedrängte Norma nicht, die Ermittlungen zu übernehmen, klang aber erleichtert, als sie versprach, sich nach der Reise sofort bei Undine zu melden.

Wolfert seufzte unwillig. »Wir haben zwei andere Verdächtige, einen Winzer und dessen Frau. Das hängt mit Mettens Privatleben zusammen, neutral ausgedrückt.«

»Und die Gaunereien, die Reisinger ihm anhängen wollte?«

»Wir sind dran. Ich muss weiter, Norma.«

»Bitte eines noch, Dirk! Was wisst ihr über die Tatwaffe? Ist das tatsächlich ein Flitzebogen?«

»Was du einen Flitzebogen nennst«, erklärte Wolfert ernsthaft, »war nach aller Wahrscheinlichkeit ein Jagdbogen mit einem Jagdpfeil. In den USA und in Kanada erlegt man damit sogar Hirsche und Bären. Bei uns in Deutschland ist die Bogenjagd verboten.«

»Also sucht ihr einen Jäger?«

»Den haben wir gefunden.«

»Du sprichst von Reisinger?«

Wolfert klang zuversichtlich, als er berichtete, dass Ralf Reisinger im Besitz eines Jagdscheins sei und ausgerechnet für die Gegend, in der Metten zu Tode gekommen war, einen Jagderlaubnisschein besitze. Diese Genehmigungen stellte das Forstamt gegen eine Gebühr aus; die erfolgreich abgelegte Jägerprüfung vorausgesetzt. »Solange das Alibi nicht hieb- und stichfest ist, bleibt er meine Nummer eins.«

»Ein eifersüchtiger Jäger als mordender Bogenschütze? Verrückt! Fehlt nur noch die Waffe.«

»Eine Frage der Zeit. Wollen wir mal wieder zusammen essen, wenn das hier vorbei ist?«

»Gern, sobald ich zurück bin. Bis dahin habt ihr den Täter bestimmt überführt.«

Sie wünschte ihm viel Glück und fügte einen Gruß an Luigi hinzu.

Beim Frühstück dachte sie darüber nach, warum Wolfert sich so gesprächig gezeigt hatte. War ihm endlich klar geworden, dass auf ihre Verschwiegenheit Verlass war? Eine Absicht verfolgte er mit seinen Auskünften sicher nicht. Strategien solcher Art lagen ihm nicht.

Durch das Schaufenster schien die helle Junisonne. Der Kater reckte sich und machte einen Buckel, bevor er zur Tür trottete und mit hellem Miauen lautstark verlangte, dass ihm geöffnet würde. Plötzlich bekam Norma Lust auf einen Ausflug und beschloss, in die Stadt zu fahren. Sie würde sich ein Kleid kaufen! Ein luftiges Sommerkleid für die Reise. Obwohl sie selten Kleider trug, für Florenz schien es ihr angemessen.

Das Telefon rief sie zurück an den Schreibtisch.

Die zaghafte Frauenstimme war ihr unbekannt. »Frau Norma Tann? Ich bedaure sehr, Ihnen sagen zu müssen, dass unsere Reiseleiterin erkrankt ist. Leider konnten wir so kurzfristig keinen Ersatz bekommen. Wir müssen Sie bitten, die Florenzreise zu verschieben.« Die Dame wiederholte ihre Beteuerungen, wie unangenehm ihr die Angelegenheit sei.

Undine und Lutz werden erleichtert sein, dachte Norma enttäuscht. Damit habe ich doch einen Fall. Bevor sie tatenlos abwartete, wollte sie lieber arbeiten. Selbst wenn es für die ungeliebte Galeristin war.

7

Marco Rossacker verschränkte die Hände ineinander; schlanke, agile Musikerhände, die zu der schmalen Gestalt passten wie die mädchenhafte Fönfrisur. Der junge Mann, nach eigenen Angaben Tenor-Saxofonist in einer Ethno-Jazzband und Musikstudent, gab sich gelassen, obwohl er offensichtlich nicht wusste, was er von der Privatdetektivin halten sollte, die ihn von der anderen Seite des Tisches mit zurückhaltendem Blick musterte. An diesem Platz führte Undine gewöhnlich die Gespräche mit Kunden.

Norma griff zum Handy, das auf dem Glastisch bereit lag, und wählte eine eingespeicherte Nummer. Gleichzeitig klingelte es in dem Rucksack, den Marco unter dem Tisch abgestellt hatte.

Norma lächelte aufmunternd. »Wollen Sie nicht rangehen?«

Der Junge bückte sich und kam mit dem Handy wieder hervor. »Kapier ich nicht! Warum rufen Sie mich an?«

Norma beendete das Klingeln. »Sie geben also zu, dass dieses Telefon Ihnen gehört?«

Er schaute sie verständnislos an. »Warum sollte ich das abstreiten?«

Sie ließ den Jungen einige Sekunden schmoren, bevor sie den Trumpf aus dem Ärmel zog, den sie den hervorragenden Beziehungen einer ehemaligen Kollegin zu verdanken hatte. Irene Maibaum war gutmütig und liebte es, Norma zu helfen. Zum Ablauf gehörte, dass Norma eine Weile bitten und betteln musste, bis Irene zur Tat schritt und die geheime Information besorgte, für die in diesem

Fall der Anruf bei einem befreundeten Mitarbeiter der Wiesbadener Berufsfeuerwehr erforderlich war.

Der junge Mann hob den Kopf und blickte zur Galeristin hinüber, die wie ein Tiger im Käfig an einer Reihe Aquarelle entlangwanderte und vor einer auf einen Sockel montierten Skulptur kehrtmachte, um die Runde aufs Neue anzugehen. Bei jedem Schritt klackerten die akrobatisch hohen Absätze. Ihr blaues Leinenkleid erinnerte Norma an ein aufgeschobenes Vorhaben. Undine wirkte angespannt und zugleich erleichtert, weil sie endlich Hilfe bekam. Von dem Bild fehlte jede Spur. Niemand verlangte ein Lösegeld.

Norma hatte sich für die Mittagszeit angekündigt und um das Gespräch mit der Aushilfskraft gebeten. Nun wartete sie geduldig, bis er sie wieder ansah. Jeder Polizist setzte in einer Vernehmung auf eigene Methoden. Der frühere Kollege Milano zum Beispiel schüchterte den Beschuldigten mit ruppiger Angriffslust ein. Dirk Wolfert brillierte mit scharfzüngiger Argumentation. Sie selbst hatte die besten Ergebnisse damit erzielt, schlagkräftige Argumente in eine unbeteiligt klingende Stimme zu verpacken.

Gleichmütig erklärte sie: »Mit diesem Handy wurde der Feueralarm ausgelöst.«

»Ich war das nicht!«, rief Marco erschrocken. »Ich habe die Feuerwehr nicht angerufen.« Das Handy sei ihm am Sonntagabend gestohlen worden, behauptete er schnell.

»Wo soll das gewesen sein?«

»Im Schlachthof. Meine Gruppe hatte dort einen Auftritt.«

Norma kannte das Gelände in der Nähe des Wiesbadener Hauptbahnhofs, das zum Kulturzentrum umgestaltet worden war. »Geht es ein wenig genauer?«

»Ich hatte meinen Rucksack hinter der Bühne abgestellt,

mit dem Handy im Seitenfach. Nach dem Konzert wollte ich einen Freund anrufen, aber das Handy war weg.«

»Fehlte sonst etwas?«

»Ein paar Euro aus demselben Fach. An den Rucksack konnte jeder drankommen, und es waren eine Menge Leute da.«

»Wie ich sehe, haben Sie das Telefon zurückbekommen. Wie und wann?«

»Es lag im Briefkasten, als ich am Montagnachmittag nach Hause kam. Meine Adresse steht auf dem Anhänger, sehen Sie! Ich lasse es öfter mal liegen.«

Der silberne Anhänger baumelte am Futteral, in dem das Telefon steckte. Norma betrachtete ihn aus der Entfernung. Marco wohnte in Ninas Wohngemeinschaft, hatte sie von Undine erfahren. »Welche Nummern wurden angerufen?«

»Nur die 112. Prüfen Sie das ruhig nach.« Er blickte hilfesuchend zu Undine hinüber. »Sie werden mich doch nicht anzeigen, Frau Abendstern? Bitte glauben Sie mir, ich habe mit dem verschwundenen Bild nichts zu tun. Ich bin kein Komplize von denen! Ich war die ganze Zeit bei Ihnen. Das wissen Sie doch!«

Undine antwortete nicht und befolgte wider Erwarten Normas Bitte, sich nicht unaufgefordert in das Gespräch einzumischen.

Marco schien ein intelligenter Junge zu sein und wäre kaum so dumm, einen falschen Alarm unter der eigenen Telefonnummer auszulösen. Es war offensichtlich, dass man ihn hereinlegen und den Verdacht auf ihn lenken wollte. Jemand aus seiner näheren Umgebung, der wusste, dass sein Handy gewöhnlich im Rucksack steckte und Marco montags um 13.30 Uhr Feierabend machte. Die Überstunden waren ein Glücksfall für ihn; sonst sähe es anders aus. Wie kommt es nur, dass mir sofort Undines Tochter und deren Freund einfallen?, überlegte sie sarkastisch.

»Waren Nina und Rico auf dem Konzert im Schlachthof?«

»Sie haben sich kurz blicken lassen, um mir einen Gefallen zu tun. Die beiden stehen nicht auf Jazz.«

Norma wollte sich seine Zweifel, ob sie ihm glaubte, zu Nutze machen. Vor dem Gespräch hatte sie im Internet gestöbert. Der Ethno-Jazzband, zu der außer Undines Assistent ein Ägypter, ein Marokkaner und eine bulgarische Sängerin gehörten, stand in wenigen Tagen eine Tournee durch Deutschland bevor. Vermutlich konnte die Gruppe trotzdem nicht von der Musik allein leben.

Marco zupfte mit einer kindlichen Geste an den blondierten Haarspitzen. Sie musste sich bremsen, ihn nicht spontan zu duzen. »Ich nehme an, Sie brauchen Ihren Job in der Galerie?«

Die Fönfrisur geriet in Unordnung. »Ich arbeite gern hier! Und ich muss mein Studium finanzieren.«

Sie ließ ihn noch einen Moment schmoren, bevor sie sagte: »Sie können die Arbeit behalten. Wenn Sie uns einen Gefallen tun.«

Artig legte Marco die Hände auf die Tischplatte. »Was verlangen Sie von mir?«

Norma bedachte ihn mit einem aufmunternden Lächeln. »Ich möchte, dass Sie heute noch zu Ihrer Tournee aufbrechen. Und passen Sie in Zukunft besser auf Ihr Handy auf.«

8

»Eine Querflinte. Eine Repetierbüchse der Marke ...«
Milano quälte sich in den Waffenschrank hinein, bis Wolfert
nur noch das ausladende Hinterteil zu sehen bekam. Dumpf
klang es aus dem Schrank heraus: »Der Marke Springfield.
So, so mit Nachtglas. Und hier, ein Kleinkalibergewehr mit
Zielfernrohr.«

Nebenan stand Reisinger und stierte auf den Metallschrank wie ein Kind, dem die Spielkameraden die Schatz-
kiste plünderten. »Die Büchse ist für Sauen und Rehwild,
und mit dem Kleinkaliber gehe ich auf Füchse.«

Mit geröteten Wangen tauchte Milano wieder auf.
»Öffnen Sie das Extrafach!«

»Was wollen Sie? Ich habe ein Alibi!«

»Das von Ihren Verwandten bislang nicht bestätigt
werden kann. Also bitte!«

Unwillig schloss Reisinger das Zusatzfach im Waffenschrank auf. »Hat alles seine Ordnung. Ich halte mich an
die Gesetze!«

Milano schnalzte mit der Zunge. »Sieh an, zwei nette
kleine Zugaben: Eine Glock 17, die Dienstpistole der öster-
reichischen Kollegen, und – na klar, muss ein richtiger
Kerl haben! – ein Revolver. Smith & Wesson Kaliber .44
Magnum. Hübsches Arsenal, zum Teufel!«

»Was soll das?«, fauchte Reisinger. »Als Jäger darf ich
zwei Faustfeuerwaffen besitzen. Den Revolver brauche ich
für die Sauenjagd. Haben Sie eine Ahnung, wie das ist, von
einem angeschossenen Keiler angenommen zu werden?
Da muss man sich wehren können. Alle Waffen sind

ordnungsgemäß angemeldet. Fragen Sie bei der Waffenbehörde nach!«

»Wir haben Ihre grüne Waffenbesitzkarte überprüft«, bestätigte Wolfert und blätterte in dem Aktenordner, den er in der Kommode entdeckt hatte. Gemeinsam mit Milano nahm er sich den Eingangsflur vor, während die Kollegen die Wohnräume durchsuchten.

Der Hausherr stemmte die Fäuste auf die fülligen Hüften. »Bei mir werden Sie nichts Illegales finden! Das hat alles seine Ordnung.«

Milano fuhr herum. »Sie spielen uns hier den vorbildlichen Bürger und Jägersmann vor. Alle Waffen brav registriert. Der Schrank der Norm entsprechend und hübsch abgeschlossen, die Patronen separat sicher im Tresor verwahrt. Alles an seinem Platz, wie es das Gesetz verlangt. Aber jede Wette, auch einer wie Sie hat seine kleinen Geheimnisse. Und Sie können mir glauben, die werden wir aufdecken. Wo haben Sie den Jagdbogen versteckt?«

Nach einer Geste, die seine Empörung unterstreichen sollte, ließ Reisinger die Arme fallen und wandte sich Wolfert zu. «Erklären Sie mir, was dieser Überfall soll! Sie haben kein Recht, mich zu verdächtigen.«

Reisingers Wohnung lag im Wiesbadener Stadtteil Rambach. Sie hatten ihn vor einer halben Stunde vor der Haustür abgepasst. Bewaffnet mit einem Durchsuchungsbeschluss und unterstützt von einem Trupp bestens geschulter Leute.

Wolfert legte den Ordner, der auf den ersten Blick nur bezahlte Rechnungen enthielt, zurück in die Schublade. »Wenn Sie zur Tatzeit im Wald waren, werden wir Zeugen finden.«

Wolfert ließ die Ankündigung einen Augenblick wirken. »Das Revier, in dem Sie jagen dürfen, grenzt an den Tatort. Sie müssen verstehen, das gibt uns zu denken. Zudem besitzen Sie eines der überzeugendsten Motive überhaupt: Eifersucht.«

»Trotzdem habe ich Pitt nicht erschossen!«, beteuerte Reisinger mit wachsender Beunruhigung, wie Wolfert zufrieden zur Kenntnis nahm. »Womit denn? Bei mir werden Sie keinen Jagdbogen finden!«

»Weil Sie die Waffe vernichtet haben. Nach dem Mord«, behauptete Milano.

»Weil ich nie einen solchen Bogen hatte!«, konterte Reisinger.

Eppmeier kam aus dem Schlafzimmer, in dem Reisinger sich einen Arbeitsplatz mit Computer eingerichtet hatte, und übergab Wolfert einen Stapel Papierausdrucke. Er nickte zuversichtlich. »Bisher nichts von einem Jagdbogen. Aber was sagt ihr dazu?«

Reisingers schweres Gesicht erblasste. »Das hat überhaupt nichts zu bedeuten!«

Wolfert blätterte die Papiere durch. Laut las er die Überschriften vor: »›Vorteile der Bogenjagd‹. Ein Ausdruck aus Wikipedia. Eine ›Abhandlung über die tödliche Wirkung der Jagdpfeile‹. ›Jagdreisen mit Pfeil und Bogen. In den USA und Afrika.‹ Und hier«, dabei hielt er ein Blatt Papier in die Höhe, »handelt es sich um das Angebot eines Online-Shops für Jagdzubehör. Jagdbögen und Pfeile.« Er musste an sich halten, um sein Gegenüber nicht mit höchster Zufriedenheit anzustrahlen. »Und Sie wollen uns weismachen, Sie hätten nichts mit Jagdbögen zu schaffen?«

»Das ist ein Missverständnis!«, beharrte Reisinger. »Dies sind nur Ausdrucke aus dem Internet. Daraus können Sie mir keinen Strick drehen!«

Milano schlug die Schranktür zu. »Reden wir Tacheles! Wo haben Sie den Jagdbogen gelassen?«

Als müsste er sich vor einem Angriff schützen, riss Reisinger die Arme vor das Gesicht. »Ich habe keinen Bogen, glauben Sie mir doch. Zugegeben, die Bogenjagd interessiert mich. Ich bin nicht der Einzige. Das Internet ist voller Foren und Websites darüber. Das Thema ist angesagt unter den Jägern.«

Bei dieser Aussage blieb er mit aller Beharrlichkeit. Die Ausdrucke blieben das wichtigste Ergebnis der Hausdurchsuchung. Ein Bogen oder Pfeil ließ sich nicht finden und auch kein weiteres Zubehör wie ein Armschutz, Visier oder Pfeilköcher. Enttäuscht brachen sie die Suche ab.

»Was hast du erwartet?«, fragte Milano auf dem Weg zum Wagen. »Reisinger ist nicht so blöd, die Tatwaffe unter das Bett zu schieben.«

Wolfert zückte den Autoschlüssel. Mit leisem Quietschen sprangen die Türschlösser auf. »Immer wieder machen Täter die dümmsten Fehler. Sonst hätten wir es noch schwerer.«

»Mal angenommen, er ließ den Bogen verschwinden. Warum hat er nicht die Texte ins Altpapier befördert? Die sind zwar kein Beweis, machen ihn aber verdächtig.«

»Vermutlich sah er dafür keinen Grund. Weil er sich sicher gefühlt hat. Oder er hat tatsächlich nichts mit Mettens Tod zu tun. Wer fährt?«

»Wer fragt, der fährt. Wir sollten uns dieses Winzerpaar vornehmen.«

Wolfert zog die Fahrertür auf. »Lass uns das mit Gert abklären. Immerhin ist er der Chef.«

»Was du nicht sagst!«, brummte Milano und stieg in den Wagen.

9

Sie trug die Yogamatte unter dem Arm und in der anderen Hand die Reisetasche, die sie für Florenz gepackt und um einen Pullover, Sportkleidung und das Notebook ergänzt hatte, die breiten Stufen des Treppenhauses hinauf. Marco ging voraus. Das Gebäude stammte aus derselben Zeit wie Undine Abendsterns Domizil, und beide Häuser lagen nur einen Straßenzug voneinander entfernt. Der herrschaftliche Anspruch dieses Bürgerhauses war mit den Jahren jedoch dem herben Charme der Vergänglichkeit gewichen. Im Vorbeigehen musterte Norma die abgestoßenen Wände und vernachlässigten Wohnungstüren, von denen sich die Farbe schälte. Das Treppengeländer schien vom Rost zusammengehalten, und in den ausgetretenen Stufen hätte man Kaulquappen aufziehen können, an denen die magere Katze Spaß gehabt hätte, die auf dem Podest lauerte und fauchend die rote Tatze nach Normas Waden ausfuhr.

Marco blieb auf dem Treppenabsatz stehen und warnte: »Fassen Sie das Biest besser nicht an.«

»Nichts liegt mir ferner.« Sie warf einen Blick auf das knurrige Katergesicht. »Er sieht aus, als hätte er wenig Gutes erlebt.«

»Muss wohl so sein. Er heißt Carlo und wird von den Leuten versorgt, die hier umsonst wohnen dürfen. Daniel hat ein Herz für Streuner.«

Norma staunte. »Daniel Götz verlangt keine Miete?«

Daniel war Ricos Bruder, wusste sie von Marco. Beide hatten das Haus gemeinsam von den Eltern geerbt und teilten sich die Wohngemeinschaft mit Nina und Marco.

Dieses Verhalten zweier Hausbesitzer machte sie neugierig.

Im Vorbeigehen deutete Marco auf zwei Türen im ersten Stock. »Daniel ist schwer in Ordnung. Diese beiden Wohnungen hält er für die Straßenkids frei. Rico hasst das. Andauernd streiten sie darüber. Rico will lieber von allen Wohnungen die Miete kassieren.«

Sie waren im oberen Geschoss angekommen.

»Vergiss unsere Abmachung nicht«, flüsterte Norma. »Wir sind per du.«

Marco nickte stumm und wandte sich nach rechts. Er schloss die Tür auf, hinter der sich ein langer, mit Kommoden und Kleiderschränken bestückter Flur auftat, auf dem er nun vorausging. Auf einer Zimmertür klebte mit Malerkrepp nachlässig angeheftet ein Che-Guevara-Poster; das berühmte Porträt des Revolutionärs auf rotem Grund.

Davor blieb Marco stehen. »Hier wohnt Daniel. Unser strenger Chef der WG.«

Die weiteren Türen gehörten zu Küche, Bad und Gästetoilette, sowie den Räumen von Nina, die sich nach ihrem Vater mit Nachnamen ›Santini‹ nannte, und Rico Götz.

Der junge Mann führte Norma ans Ende des Gangs. »Das ist mein Zimmer.«

Der Raum war geräumig und mit Bett, Schreibtisch, einigen Wandborden und dem Kleiderschrank übersichtlich möbliert. Auf dem Parkett lagen Kleidungsstücke verstreut, die Marco eilig zusammenraffte. »Entschuldigung, ich war nicht auf Besuch eingestellt.«

»Nett«, bekannte Norma erleichtert, die sich im Stillen für ein größeres Chaos gewappnet hatte. »Wie lange brauchst du zum Packen?«

Er nahm einen Koffer vom Kleiderschrank und legte ihn

auf das Bett. »Hier habe ich nicht viel. Die meisten Sachen sind im Proberaum.«

Es gefiel ihm nicht, sein Zimmer herzugeben. Die Aussicht, sonst den Job in der Galerie zu verlieren, ließ ihm keine Wahl. Er konnte bei einem befreundeten Musiker wohnen, bis die Tournee startete. Während er packte, betrachtete Norma die Bücherreihen auf dem Wandbord: Überwiegend Fachliteratur über Musik, unter die sich einige Kriminalromane geschummelt hatten. Im Regal befand sich eine reichhaltige CD-Sammlung.

Er warf der Privaten Ermittlerin einen bangen Blick zu, während er einen Stapel T-Shirts in den Koffer stopfte. »Du kannst dir von der Musik anhören, was du willst. Aber bloß nichts durcheinander bringen.«

Sie versprach, grundsätzlich nicht mehr anzurühren, als unbedingt notwendig war. Marco gab ihr eine kurze Einweisung über die Gepflogenheiten in der Gemeinschaft. Die Konflikte schienen um Putzen, Mülltrennung und Ordnunghalten zu kreisen. Die wohl unvermeidlichen Reibungspunkte in jeder Wohngemeinschaft.

Marco klappte den Koffer zu und hantierte an den Verschlüssen herum. Währenddessen wandte er sich um. »Frau Abendstern hat Nina in Verdacht, nicht wahr?«

Norma zog vorsichtig eine CD heraus: Nils Petter Molvaer, Khmer. Arthurs Lieblingsaufnahme. Lange nicht gehört. »Traust du es ihr zu?«

Er drückte sich vor einer klaren Antwort. »Nina braucht ständig Geld. Für Klamotten. Für Konzerte. Und Rico genauso. Aber die eigene Mutter beklauen? Wer macht so was?«

Sie schob die CD zurück. »Und dem Freund das Handy kurzfristig entwenden? Um damit den Feueralarm auszulösen? Kannst du dir das vorstellen bei Nina?«

»Weiß nicht.«

Besonders ergiebig war das nicht. Sie wollte nachfragen, als es klopfte und ein Mann ohne Aufforderung das Zimmer betrat. Der Ernesto verehrende Hausbesitzer? Ein Ledergürtel mit Silberschnalle fixierte die vom Alltag gebeutelte Jeans unter dem Bauchansatz. Über den stämmigen Rumpf spannte sich ein verwaschenes T-Shirt. Ein Silberring zierte die rechte Augenbraue. Als der Mann den Arm nach der Tür ausstreckte, bemerkte Norma die Schlange, die sich um den Unterarm wand. Das ausgefeilte Tattoo wirkte kunstvoll gegen die unscharfe kleine Zeichnung am Hals, die aus ihrer Sicht ebenso einen Käfer wie ein Ruderboot darstellen konnte. Auf jeden Fall etwas Ovales mit Ärmchen. Norma wandte den Blick ab, bevor ihre Neugierde auffiel.

Der Mann, den sie auf Mitte 30 schätzte, lächelte entschuldigend. »Ich bin der Daniel. Wenn ich gewusst hätte, dass Marco Besuch hat … Ich wollte nicht stören.«

Marco fing Normas Blick auf. »Das ist Mieke Lienhop. Kann sie hier wohnen, solange ich auf Tournee bin? Ab sofort, wenn du einverstanden bist?«

Die im Gegensatz zum kahlen Schädel üppig ausgeprägten Augenbrauen zogen sich zusammen. Der Ring schnellte in Richtung Nasenwurzel. »Wir hatten abgemacht, solche Untervermietungen miteinander abzusprechen. Und wieso sofort? Ich dachte, die Tournee beginnt erst in zehn Tagen.«

Marco hob den Koffer vom Bett und stellte ihn auf den Fußboden. »Der Zeitplan hat sich geändert. Was Mieke betrifft: Das ist eine Notlage. Sie braucht dringend ein Zimmer.«

»Ärger mit einem Kerl, oder wie?«

Norma lächelte besänftigend. »Entschuldige bitte, dass

ich hier so reinschneie. Es ist nur für ein paar Tage, bis ich was anderes gefunden habe.«

Er blieb skeptisch. »Wie klamm bist du? Marcos letzte Einquartierung hat den Kühlschrank leer gefegt und in Null-Komma-Nichts das Bier ausgeräumt, um sich danach aus dem Staub zumachen, ohne einen Cent rauszurücken. Von der Sauerei, die er hinterlassen hat, nicht zu reden.«

Offensichtlich endete die Großherzigkeit vor den eigenen vier Wänden.

»Mieke hat Arbeit«, warf Marco ein. »Sie übernimmt meinen Job in der Galerie, solange ich weg bin.«

»Ich werde meinen Kram sofort forträumen und den Putzplan einhalten«, versprach Norma und zog zwei Fünfziger aus der Geldbörse. »Hier, mein Anteil für die Gemeinschaftskasse. Sind 100 Euro fürs Erste in Ordnung?«

Nach gebotenem Zögern streckte der Glatzkopf die Pranke aus und nahm das Geld entgegen. »Willkommen in unserer kleinen Gemeinschaft. Kaffee?«

»Warum nicht?«

Er führte sie in die Küche, die dank des Erkers sonnig und überraschend komfortabel eingerichtet war. Die Kiefernholzmöbel glänzten wie frisch gewachst. Zum Biedermeiersofa im Erkerfenster gesellten sich ein ovaler Tisch und stabile Holzstühle.

Norma entschied sich für das Sofa, das fest und hoch gepolstert war, sodass ihre Zehenspitzen gerade so den Fliesenboden erreichten. »Das ist die hübscheste und aufgeräumteste WG-Küche, die ich je gesehen habe.«

Daniel hantierte an der Kaffeemaschine und wandte sich mit einem Grinsen um. »Sei vorsichtig, was du sagst! Ich bin wie der Teufel hinter der Unordnung her.«

Eine Antwort, die man auf gewisse Weise wörtlich nehmen sollte?, überlegte Norma, die nicht wusste, was sie von diesem schwergewichtigen und ordnungsliebenden Punker halten sollte. Seine körperliche Präsenz erinnerte an Milano, wenn auch ohne dessen Ruppigkeit, und ließ eine unterschwellige Aggressivität anklingen. Gepaart mit einer erstaunlichen Behutsamkeit, mit der er zwei randvolle Milchkaffeetassen auf dem Tisch abstellte.

Daniel ließ sich auf einem Polsterstuhl nieder. »Wie viele WGs hast du denn schon erlebt?«

Norma nahm die Tasse entgegen. »Genug, um zu wissen, worauf es ankommt.«

»Was ist deiner Meinung nach wichtig?«

Sie naschte vom Milchschaum. »Rücksichtnahme natürlich. Und dazu die Bereitschaft zum Kompromiss. Es könnte nicht schaden, wenn ich mehr über die anderen wüsste. Erzählst du mir ein wenig über euch?«

Er wirkte verwundert. »Ich dachte, du kennst Nina und Rico.«

»Wie kommst du darauf?«

»Na, du arbeitest doch in der Galerie, die Ninas Mutter gehört.«

»Ach deswegen!« Sie leckte den Löffel ab und lächelte. »Der Job hat sich spontan ergeben. Morgen ist mein erster Tag.«

Er betrachtete sie nachdenklich. »Hör zu, ich will keinen Ärger! Falls dein Typ auftaucht und das Mobiliar kurz und klein schlägt …«

»Mach dir deswegen keine Sorgen. Ich bin nicht auf der Flucht vor einem Kerl.«

Die Antwort beruhigte ihn nicht. »Oder hältst du dich vor der Polizei versteckt?«

»Wäre das ein Problem für dich?«

»Und ob! Die Behörden haben sowieso permanent ein Auge auf die Kids in meinem Haus. Alle Nase lang beschwert sich ein Nachbar, der aus Prinzip gegen das Projekt ist.«

Norma legte den Löffel zurück. »Marco hat mir erzählt, dass du die Straßenkinder umsonst hier wohnen lässt.«

Er reckte die kräftigen Schultern. »Arme Teufel, die Hilfe brauchen, sofern sie sich helfen lassen wollen. Das Jugendamt ist nicht mehr zuständig, aber im Herzen sind sie noch Kinder. Ich biete ihnen einen Platz zum Schlafen, etwas zum Essen, und was ich sonst tun kann.«

»Warum machst du das?«

»Das werde ich oft gefragt. Ich habe viele Antworten darauf, und keine überzeugt mich wirklich. Ich weiß nur, dass ich mir immer schon gewünscht habe, einmal ein offenes Haus zu besitzen. Durch das Erbe konnte ich mir diesen Traum erfüllen. Und damit das so bleibt, halte ich die Wohnungen sauber.«

»Ich habe nichts auf dem Kerbholz. Mach dir meinetwegen keine Gedanken. Ich brauche nur etwas Abstand vom Alltag. Das ist alles.«

Sein Blick blieb skeptisch. »Mieke Lienhop. So richtig hessisch klingt das nicht.«

Norma lachte. »Kein Wunder, ich stamme aus Niedersachsen, aus einem winzigen Nest an der Weser.«

Eine Antwort, die ihr leicht fiel, weil sie der Wahrheit entsprach. Selbst das Pseudonym war keine Erfindung, sondern eine Verknappung des vollständigen Namens: Norma Mieke Tann, geborene Lienhop. In den Zeitungsartikeln über den Prozess gegen den Weinfestmörder waren der Name der Zeugin Norma Tann und deren Beruf mehrfach genannt worden.

»Darf ich fragen, was du machst, wenn du nicht als Samariter tätig bist? Beruflich, meine ich.«

Er schmunzelte. »Kaum etwas anderes als hier im Haus.

Ich bin Sozialarbeiter und kümmere mich auch im Job um verlorene Seelen.«

Norma trank einen Schluck. Durch die heiße Milch schmeckte man den starken Kaffee. »Will man danach nicht seine Ruhe? Warum wohnst du in einer WG?«

»Neugierig bist du gar nicht.« Verstimmt setzte er die Tasse an.

Bei näherer Betrachtung entpuppte sich das Ruderboot als Käfer. Mit sechs Beinen und zwei spitzen Zangenarmen. Was trieb einen Menschen dazu, sich ein Kerbtier in den Hals ritzen zu lassen? Sie wandte den Blick ab. »Ich wüsste nur gern, mit wem ich hier zusammenlebe.«

»Was soll ich allein mit einer ganzen Wohnung? Mir genügt mein Zimmer. Und meinen Bruder habe ich gern in meiner Nähe.« Den letzten Satz unterstrich ein mehrdeutiges Lächeln.

Norma wagte einen zweiten Anlauf. »Und Nina und Rico? Was arbeiten die beiden?«

Er ließ sich auf die Frage ein. »Nina lernt Verkäuferin. In einer Boutique, die gehört der Freundin ihrer Mutter. Sonst wäre sie längst rausgeflogen. Man kann nicht behaupten, dass sie die Ausbildung ernst nimmt. Sie fühlt sich zu Höherem berufen. Modeschule. Paris. Etwas in der Richtung. Oder besser gleich in die weite Welt. Als würde man dort auf sie warten.«

»Und Rico?«

»Wir liegen uns ständig in den Haaren, so ist das unter Brüdern. Der Junge hat Biss, das muss ich zugeben. Wie ehrgeizig er seinen Sport angeht! Er betreibt Triathlon. Eine Schinderei, sag ich dir.«

Er ließ sich ausgiebig über alle Facetten dieser Sportart aus, die er – wie er freimütig einräumte – nur aus der Perspektive des Zuschauers kannte. Norma hatte bei den

Wiesbadener Wettbewerben zugesehen und war voller Anerkennung für die Leistungen der Sportler. Daniel meinte, zwar hin und wieder Kraftsport zu betreiben, es aber mit dem Laufen nicht so zu haben, wie sie gern glauben wollte.

»Kann Rico von seinem Sport leben?«

»Mehr schlecht als recht. Er hangelt sich von einem Wettbewerb zum anderen. Trotzdem müssen es immer die neusten Klamotten sein. Dafür nimmt er fast jeden Job an, den er kriegen kann.«

Marco kam herein und verkündete, er habe noch einiges mit Daniel zu besprechen. Norma bedankte sich für den Kaffee und ging in ihr Heim auf Zeit. Sie fühlte sich ein wenig verloren. War es richtig, sich hier einzuschleichen, um Nina und Rico zu belauern? Ein spontaner Einfall, der bei Undine auf fruchtbaren Boden gefallen war. Sie räumte ihre Sachen in den Kleiderschrank und schloss das Notebook in einer Schreibtischschublade ein.

Als sie in die Küche zurückkehrte, war Marco gegangen. Stattdessen saßen ein Mädchen und ein junger Mann bei Daniel am Tisch und musterten sie mit einer Allianz aus Neugierde und Ablehnung. Nach einem kurzen zähen Wortwechsel verließ sie die Küche. Sie konnte es noch rechtzeitig zur Yogastunde schaffen. Schnell zog sie sich um, nahm die Yogamatte und ging aus dem Haus.

Samstag, der 14. Juni

Den späten Samstagnachmittag verbrachte sie in Arthurs Wohnung. Der Makler hatte einen Interessenten angekündigt. Nachdenklich schlenderte sie durch die nackten Zimmer, die ihr fremd und abweisend erschienen. An die Aquarelle und Gemälde erinnerten nur noch die zarten Schatten auf den Wänden. Mit dem Inventar hatte sich alle Vertrautheit davongestohlen. In Arthurs früherem Arbeitszimmer zeichneten die Fenstersprossen ein verzerrtes Kreuz auf das Parkett. Als könnte sie über den Querbalken stolpern, stieg sie darüber hinweg und zog die Flügel auf. Auch draußen war die Luft stickig. Ein Gewitter kündigte sich an. Unten auf der Taunusstraße bemühte sich ein Lastwagenfahrer, ein Taxi aus einer Ausfahrt herauszuhupen. In das Getöse mischte sich das arbeitswillige Gurgeln der Kaffeemaschine, die sie sich ebenso wie Becher, Milch und Kaffeepulver von Josef Brunner ausgeborgt und auf die Fensterbank gestellt hatte. Er hatte ihr außerdem mit einem Klapptisch und Stuhl ausgeholfen und beides im Erker aufgebaut. Gerade als er den Laden schließen und sich in die Werkstatt begeben wollte, die wenige Schritte entfernt in der Nerostraße lag, hatte Norma an die Hintertür geklopft.

Josef stellte keine Fragen, doch sie hätte ihm sowieso nicht erklären können, dass Rico an den Samstagnachmittagen in einem Biebricher Studio trainierte und seine Radstrecke unmittelbar an ihrem Büro vorbeiführte. Hier konnte sie mit dem Notebook arbeiten und im Internet stöbern, während sie auf den Makler wartete. Wie man es von der Assistentin erwartete, war sie bis 16 Uhr in der Galerie geblieben und anschließend quer durch die Innenstadt in die Taunusstraße gefahren. Der unscheinbare Polo passte bestens zu Mieke, meinte sie. Allmählich fand sie Spaß an der Rolle. Als Mieke gab sie sich neugierig und mit einer gutmütigen Naivität gesegnet. Beim Sozialarbeiter Daniel weckte sie damit den Beschützerinstinkt. Er hatte am vergangenen Abend für sie gekocht und sie während des Essens eindringlich davor gewarnt, sich von der arroganten Galeristenzicke ausbeuten zu lassen.

Nina und Rico blieben auf Distanz. Sie schienen zu sehr mit sich selbst beschäftigt, um ein größeres Interesse für Marcos Stellvertreterin aufzubringen. Wenn Norma die Küche betrat, zogen sich beide umgehend in ihre Zimmer zurück. Da Undine ihre Tochter nicht auf den abhanden gekommenen Jawlensky angesprochen hatte, wusste offiziell niemand darüber Beschied, und der Diebstahl war selbstverständlich kein Thema. Norma brannte darauf zu erfahren, warum das junge Paar so angespannt wirkte – weit mehr als gewöhnlich, wie Daniel bestätigte, der die Unruhe auf die Streitereien mit dem Bruder zurückführte. Eine kritische Bemerkung oder provozierende Geste genügte, um einen Krach anzufachen, der sich jedes Mal zu einer Auseinandersetzung um das Haus entwickelte, bis einer der Brüder Türen schlagend aus der Wohnung stürmte. Norma hätte unter dieser vergifteten Atmosphäre gelitten. Mieke dagegen, unbedarft und ohne Vergangenheit, nahm alles, wie es kam, tat aber gut daran, sich die besonnene Privatdetektivin an die Seite zu rufen, als sie sich heimlich in den Zimmern umschaute. Sie hatte sich in Geduld üben und Undine vertrösten müssen, bis sich am Freitagabend endlich die Gelegenheit dazu ergab.

Daniel verabschiedete sich nach dem Abendessen zum Dienst. Extra für Mieke (das hatte sie mit Norma gemeinsam) kochte er vegetarisch: Ein leckeres Risotto, auf indische Art scharf gewürzt. Nina und Rico waren frühzeitig in ihren Zimmern verschwunden, um sich für eine Partynacht vorzubereiten. Bei dem Aufwand, den sie dafür betrieben, und gemessen am Ergebnis der Bemühungen, war nicht damit zu rechnen, dass sie die Unternehmung vorzeitig abbrechen und vor den Morgenstunden zurückkehren würden. Aus der Küche beobachtete Norma, wie beide vor dem Spiegel im Flur gegenseitig letzte Hand anlegten. Nina hatte ein gewagt knappes Kleid angezogen, das ihr verflucht gut stand, und die Haare im Stil der Amy Winehouse hoch über den Kopf gebauscht. Auch hinsichtlich des düsteren Make-ups schien sie vom berühmten Vorbild inspiriert. Rico trug eine schwarze Lederjeans zum strahlend weißen Hemd und brauchte eine kleine Ewigkeit, um die Fönfrisur in Form zu bringen, bis sie endlich eng umschlungen und grußlos aufbrachen.

In aller Ruhe räumte Norma die Spülmaschine ein, füllte den Rest des Abendessens in eine Schüssel und schrubbte den Topf blank. Ermutigt durch den Rheingauer Riesling, einem prickelnden Winkeler Hasensprung, den sie zum Essen spendiert hatte, lauschte sie an der Eingangstür. Im Treppenhaus war es still. Nicht einmal der rote Kater maunzte. Sie hatte es aufgegeben, in ihm wie in Leopold einen Freund zu gewinnen. Jede Annäherung beantwortete das Tier mit einem warnenden Fauchen und zeigte deutlich, was es von den Menschen hielt.

Ninas Zimmertür war abgesperrt. Norma holte ihr Einbruchswerkzeug, das sie zusammen mit dem Notebook im Schreibtisch aufbewahrte. Ihre praktische Übung damit hielt sich in Grenzen. Zum Glück verlangte das Türschloss keine Kunstfertigkeit. Mehr Geduld brauchte sie für den Raum selbst, der überfüllt und unübersichtlich wirkte. Die Tür des Kleiderschranks stand weit offen, und auf dem Bett und dem einzigen Sessel türmten sich Hosen und Röcke in allen Längen und Shirts und Blusen in allen Farben: Stumme Zeugen einer langwierigen Entscheidungsfindung.

Sie begann dort mit der Suche, wo sich ein Gemälde von etwa 40 x 50 Zentimeter verstecken ließe: unter dem Bett, hinter dem Kleiderschrank, im Schrank. Nichts. Danach durchstöberte sie das Zimmer nach noch so unscheinbaren Indizien. Zwischendurch flitzte sie zur Wohnungstür und lauschte ins Treppenhaus hinein. Der Einbruch war vergebens. Weiter in Ricos Zimmer! Anders als die Freundin legte er Wert auf Ordnung. Auffällig war die Menge an Medikamenten. Eine Reihe von Pillenschachteln und -dosen lagerte auf dem Wandbord, und ein Sortiment befand sich auf dem Nachttisch. Dass er eine weitere Pillensammlung in einer Metallschachtel unter dem Bett aufbewahrte, stimmte sie nachdenklich. Auf dem Schreibtisch lag eine ausgerissene Seite des Wiesbadener Tagblatts: Ein Bericht über den Toten vom Waldparkplatz. Nur dieses eine Blatt. Sorgsam legte sie es an seinen Platz zurück und verließ das Zimmer.

Vor der Tür mit dem Che-Poster war erst einmal Schluss. Dem Sicherheitsschloss war ihr Gerät nicht gewachsen. Stattdessen nahm sie sich die Kommode im Flur vor und stieß zwischen Handschuhen, Schals und Regenschirmen auf den Kellerschlüssel, wie der beschriftete Anhänger verriet. Daniel hatte ihn nicht herausgeben wollen, lieber ihre Reisetasche eigenhändig hinuntergetragen und grimmig gelächelt, als Norma scherzhaft fragte, ob er in der Abstellkammer den Nibelungenschatz einlagere. Er wolle nur vermeiden, dass jemand sein Gerümpel dort entsorge, behauptete er und lieferte ihr damit Grund genug für einen heimlichen Besuch. Auf dem Weg nach unten begegnete ihr ein Mädchen mit durchscheinender Haut und struppigem Haar wie das des roten Katers. Wie in Trance blickte sie an Norma vorbei und würde sich wohl kaum an die Begegnung erinnern. Der Kellerflur war mit verschiedenen Türen bestückt, und in die dritte passte der gefundene Schlüssel. Drinnen war es stockfinster, die Luft roch nach Staub und Schimmel. Norma tastete nach dem Lichtschalter, eine trübe Birne glomm auf. Der Raum war aufgeräumt, wie es von Daniel zu erwarten war. Kartons und Hausrat füllten einen Schrank ohne Türen. In einer Ecke stand ein betagter Kohleofen, auf dem ihre Reisetasche einen Platz gefunden hatte, und gegenüber befand sich ein Spind, der durch ein Vorhängeschloss versperrt war. Zu schmal, als dass der Jawlensky hineingepasst hätte, war Norma sicher, und sie verzichtete darauf, das Schloss zu knacken. Nun wusste sie wenigstens, dass hier unten nichts Lohnendes zu entdecken war.

Die Kaffeemaschine beendete ihre Arbeit mit einem Zischen, und unten auf der Taunusstraße war die Hupe endlich verstummt. Norma füllte einen Schuss Milch in den Becher und goss den Kaffee darauf. Das Notebook war hochgefahren; sie meldete sich an und öffnete das Internet. Unter dem Stichwort ›Rico Götz‹ fand sich eine Reihe von Einträgen, mit denen sie sich in der folgenden halben Stunde konzentriert beschäftigte. Das Talent des jungen Sportlers und sein fieberhafter Ehrgeiz fanden allgemeine Anerkennung. Im vergangenen Oktober startete er sogar beim Ironman in Hawaii, begleitet von verheißungsvollen Kommentaren. Er konnte die Erwartungen nicht erfüllen, schied im Marathon kurz vor dem Ziel aus. Ein körperlicher Zusammenbruch angeblich. Oder vorgeschoben? Von Doping würde gemunkelt, meldeten mehrere Fachartikel, und man habe die Sperrung von weiteren Wettbewerben angemahnt, obwohl sich keine Beweise finden ließen. Daraufhin kündigte ein wichtiger Sponsor die Verträge, hieß es in einer Pressemeldung.

Sie rief Ricos private Homepage auf und scrollte sich durch die Liste der Erfolge. Über Persönliches war wenig zu erfahren. Sie überflog den Lebenslauf, der aus einer öden Auflistung von Daten wie Geburtstag und -ort (Wiesbaden), Einschulung, Abitur und anderem bestand. Die Lehre als Bankkaufmann hatte er – zugunsten des Sports – nach der halben Zeit abgebrochen. Ein Link führte auf die Trainingspläne, die Jahre alt waren und ein imponierendes Programm aufzeigten, wie selbst Neider einräumen müssten. Der Webmaster hatte es sich leicht gemacht, einfach die Pläne mitsamt der handschriftlichen Anmerkungen gescannt und als PDF-Dateien eingefügt. Norma vergrößerte den Bildausschnitt und sah sich die Kritzeleien genauer an; allem Anschein nach Notizen des Trainers. Unter einem Blatt stand ein dickes Lob: ›Der Durchbruch! Weiter so, Rico!‹ Der Satz wurde umrahmt von einer Reihe Ausrufezeichen und war unterschrieben mit ›Pitt‹.

Pitt! Ein Zufall? Der Zeitungsartikel in Ricos Zimmer kam ihr in den Sinn. Aus welchem Grund mochte Rico den Text aufgehoben haben? Als Versuch schickte sie eine gemeinsame Suchanfrage für ›Rico Götz‹ und ›Pitt Metten‹ los. Bevor sie sich das Ergebnis vornehmen konnte, klingelte jemand an der Wohnungstür.

Der smarte Makler! Sie hatte nicht gewusst, wen der Makler mitbringen wollte, und stand unvermittelt dem Rechtsanwalt Eiko Ehlers gegenüber, der nicht minder überrascht schien, die unerwartete Begegnung aber mit zweifellos größerer Freude zur Kenntnis nahm.

»Die Herrschaften kennen sich also«, bemerkte der Makler säuerlich, als verabschiedete er sich in Gedanken von der Provision. Der Mann in den Vierzigern schien völlig unbelastet von dem einschmeichelnden Wesen, das sie von einem Makler erwartet hatte. Lutz hatte ihn empfohlen. Vermutlich gerade deswegen. Lutz schätzte Menschen, die sich nicht an Klischees hielten.

Norma war in Gedanken vor allem mit Eiko Ehlers beschäftigt.

»Du bist auf Wohnungssuche?«, bemerkte sie wenig geistreich, während sie fieberhaft überlegte, wie sie aus der Sache herauskommen könnte.

Ihr Verhältnis zu Ehlers war zwiespältig. Er hatte sie bei der Suche nach Marika Inken tatkräftig unterstützt und ihr nur kurze Zeit später im Gericht gegenübergestanden: Als Verteidiger jenes Mannes, der Arthurs Tod verschuldet und sie selbst in tödliche Gefahr gebracht hatte. Eiko Ehlers ging damit seiner Aufgabe nach – so engagiert und ehrgeizig, wie ein Mandant nur hoffen konnte. Norma, die ihm als Zeugin Rede und Antwort stehen musste, fühlte sich schutzlos und ausgeliefert. Seit den Verhandlungen war sie ihm nicht mehr begegnet.

»Ich schaue mich nach Räumen zum Wohnen und Arbeiten um«, erklärte er bester Laune. »Wie du dich vielleicht erinnerst, wohne ich seit der Scheidung im Büro. Zuerst war es eine Notlösung. Mit der Zeit habe ich mich daran gewöhnt. Die Kombination bietet viele Vorteile.«

Norma wusste, die Kanzlei lag im Schiffchen, wie die Wiesbadener jenen Bereich der Altstadt nannten, in dessen Häuserzeilen man die Form eines Schiffsrumpfs erkennen konnte, hatte ihn aber nie dort aufgesucht.

»Warum lässt du nicht alles, wie es ist?«

Er lächelte mit gespielter Zerknirschung. »Ich lebe aus der Mikrowelle, der Platz reicht nicht für eine Küche. Nichts gegen die Couch im Arbeitszimmer, aber auf Dauer hätte ich gern ein richtiges Bett.«

Der Makler besann sich auf seinen Auftrag. »Hier haben Sie allen Komfort, den Sie wünschen, Herr Ehlers. Frau Tann, darf ich?«

Er zwängte sich an Norma vorbei und wies einladend in den größten Raum, das frühere Wohnzimmer. Sie überließ ihm die Führung und kehrte an den improvisierten Arbeitsplatz zurück. Die Suchmaschine hatte eine Liste mit Links ausgeworfen. Ihr Herz schlug schneller. Volltreffer! Peter ›Pitt‹ Metten war der langjährige Trainer des Triathleten Rico Götz. Stellte sich nur die Frage, ob darin irgendeine Bedeutung für ihren Fall liegen mochte. Oder, auf den Punkt gebracht: Gab es einen Zusammenhang zwischen dem verschwundenen Bild und dem Mord auf dem Waldparkplatz?

11

Die Abendluft war erfüllt von schrillen Rufen in auf- und abschwingenden Wellen, wie Wolfert wusste, ohne die Stimmen hören zu können. Er malte sich aus, wie es sein mochte, ausschließlich nach dem Gehör zu jagen und als Schatten durch die Nacht zu segeln; hungrig und gierig auf Beute. Wieder flatterte einer der flinken Jäger vorüber. Er hob das Nachtglas in den Abendhimmel und versuchte, den rudernden Flügelschlägen zu folgen. Ein Großes Mausohr, so vermutete er. Die Rufe galten nicht der Verständigung untereinander, sondern ausschließlich der Jagd. Das Große Mausohr lebe und jage als Einzelgänger, hatte Wolfert gelesen.

Eine gefällte Buche genügte ihm als Sitzplatz. Das Weizenbier hatte er auf dem Stumpf eines Astes abgestellt, der die glatte Rinde wie eine winzige Tischplatte überragte. Über die Theatermulde hinweg schallte das Stimmengewirr aus dem Biergarten herüber, das Wolfert wie das Gurgeln eines Gebirgsbachs erschien und ihm das Gefühl vermittelte, ungestört, aber nicht einsam zu sein. Er kam gern auf den Neroberg für ein oder zwei Glas Bier, um die Fledermäuse zu beobachten, und er mochte den Ausblick. Unterhalb des Tempelchens, dessen Säulen im Nachtlicht wie Marmor schimmerten, breiteten sich die Lichter Wiesbadens und der Nachbarstadt Mainz aus.

An diesem Abend schenkte er der Fernsicht wenig Aufmerksamkeit. Kein Wunder, diese Müdigkeit nach so einer Woche, gestand er sich ein. Dies war sein erster freier Abend. Wie bei einer Sonderkommission unvermeidbar, wurde weit über die übliche Dienstzeit hinaus gearbeitet. Wolfert kümmerte es wenig. Zu Hause wartete niemand, und den Fledermäusen war es gleichgültig, ob er hier saß und sich für ihre Flugkünste begeisterte. Nach seiner Überzeugung gebührte jedem Opfer der höchstmögliche Einsatz aller Ermittler. Die Tatsache, dass die Aufklärung dem Opfer im Nachhinein nicht mehr helfen konnte, tat nichts zur Sache. Mutmaßungen, ob die Tat hätte verhindert werden können, führten zu nichts. Für ihn zählten die Angehörigen, denen sich eine Spur Genugtuung bot, wenn sie den Täter hinter Gittern wussten, und der Täter selbst, der bestraft und aus dem Verkehr gezogen werden musste. Kein Tötungsdelikt war wie das andere, und keines ließ ihn unberührt. Doch bei allem hatte er die größere Chance, die Tat aufzuklären, wenn er sich von Emotionen freimachte. Wenn er mit kühlem Kopf an die Aufklärung heranging, die Fakten sammelte und zusammentrug und immer wieder aufs Neue verknüpfte wie bei einer komplizierten mathematischen Aufgabe.

Er klemmte das Nachtglas in eine Astgabel, sodass es nicht abrutschen konnte, stärkte sich mit einem Schluck Bier und streifte die Weste ab, auf die er der drückenden Schwüle zum Trotz nicht hatte verzichten wollen. Allein im kurzärmligen Hemd wäre er sich unangezogen vorgekommen. Außerdem steckte in der Westentasche das Bestimmungsbuch für Fledermäuse, obwohl er es nur noch selten zu Rate ziehen musste. Auch das Notizbuch hatte er bei sich. Viele Kollegen waren auf ein Notebook umgestiegen. Wolfert konnte die Gedanken am besten ordnen, wenn er sie von Hand niederschrieb, und benutzte dafür stets einen Bleistift, der anders als ein Kugelschreiber nie den Dienst versagte, sofern man ein Taschenmesser zum Anspitzen parat hielt. Zudem ließ sich die Schrift ausradieren, wenn neue Erkenntnisse eine Korrektur erforderten. Mit jedem Fall begann er ein neues Heft, das nach Abschluss der Ermittlungen die kleine Reihe im Wohnzimmerschrank ergänzte. Die Notizen dienten ihm zudem als Gedächtnisstütze für die seitenlangen Berichte, die er für die offiziellen Fallakten verfassen musste. Polizeiarbeit hieß vor allem Schreibarbeit.

Konzentriert blätterte er in seinen persönlichen Anmerkungen zum Fall ›Bogenschütze‹. Seit er zum Tatort gerufen worden war, beschäftigte ihn das Verbrechen sogar in den wenigen freien Stunden. Er hatte in seinem Berufsleben viele Mordwaffen gesehen: Von der Axt über alle Arten von Schusswaffen bis hin zu einem Zaunpfosten, der einem Mann im Streit in den Leib gerammt worden war und eine tödliche Wunde zurückgelassen hatte. Ein Tötungsdelikt mit Pfeil und Bogen gehörte zweifellos zu den bizarren Vorkommnissen. Die bisherigen – ernüchternd dürftigen – Erkenntnisse ließen den Spekulationen freien Lauf. Dazu gehörte die am Rande diskutierte Frage, ob es überhaupt Mord war oder nicht vielleicht eine zufällige Tötung. Ein Unfall. Wie die meisten Kollegen fand auch Wolfert mittlerweile die Vorstellung, ein Wilderer streife durch den Wald und treffe aus Versehen einen Spaziergänger mitten ins Herz, im höchsten Maße absurd. Zudem die Nachfragen bei den Jagdpächtern und Förstern keinerlei Hinweise auf einen mit Pfeil und Bogen jagenden heimlichen Jäger ergeben hatten.

Die wenigen Kollegen, die die Unfalltheorie befürworteten, führten den Tatort als Argument ins Feld. Das Jagdschloss Platte sei als viel besuchter Startplatz für Wanderer und Jogger nicht die erste Wahl für einen Mord. Ein Argument, das sich ins Gegenteil umkehren ließ, meinte Wolfert und stand damit nicht allein. Metten fuhr regelmäßig vor Dienstbeginn zum Laufen hinauf zur Platte. Der Täter konnte ihm auf dem Parkplatz auflauern und sich die frühe Stunde zunutze machen, in der weniger los war – zumal bei dem Sauwetter an jenem Morgen. Im Lauf des Tages wäre Mettens Wagen nicht weiter aufgefallen, weshalb der Mörder darauf verzichten konnte, ihn wegzuschaffen. Er vertraute darauf, dass der Tote vorerst unentdeckt bliebe, und hatte eine Reiterin nicht in die Planung eingeschlossen. Ansonsten war seine Rechnung aufgegangen. Nicht einer der Zeugen, die sich zur Tatzeit in der Nähe aufgehalten hatten und den Aufrufen in den Tageszeitungen folgten, hatte etwas Verdächtiges melden können.

Was für eine Hitze, die durstig machte! Hoch über dem Pavillon sammelten sich die Gewitterwolken. Bislang donnerte es nicht. Er hob das Bierglas und nahm einen genussvollen Schluck, bevor er nachdenklich weiterblätterte. Solange die Zeugenaussagen nichts einbrachten, musste man sich eben verstärkt auf das Opfer besinnen. Und dort fand sich eine Reihe von Ansatzpunkten. Zwar war Pitt Metten weder vorbestraft noch aktenkundig, aber was hieß das bei einem Mann, dessen finanzielle Situation – wie Milano es nannte – unübersichtlich war? Dass Mettens Vermögen weit höher lag als sein Gehalt erwarten ließ, beflügelte die Fantasie jedes Kriminalisten. Die Aussage der Freundin Mareike Reisinger führte nicht weiter. Er hatte ihr eine Erbschaft vorgegaukelt, die nach den Ermittlungen jedoch auszuschließen war. Blieb zunächst als weitere Erklärung das Glücksspiel. Im Wiesbadener Casino war Metten unbekannt. Zwei Kollegen waren abgestellt, um sich um die Spielbanken in Mainz und Bad Homburg sowie weitere legale und illegale Spielclubs zu kümmern. Dieser Sisyphusarbeit war er entronnen, doch auch die ihm und Luigi übertragene Aufgabe erwies sich als mühevoll und betraf die kriminellen Möglichkeiten in Mettens Berufs-leben. Bisher ließen konkrete Ergebnisse auf sich warten. Falls Metten sich schmieren ließ und die eine oder andere Nachlässigkeit in den Restaurantküchen übersah, war er sehr geschickt vorgegangen, und die Gastronomen dachten im eigenen Interesse nicht daran, ihn nachträglich auffliegen zu lassen.

Wolfert erlaubte sich einen Seufzer. Ihn besorgte die Vorstellung, dass auch Luigi den einen oder anderen Gefallen annehmen könnte. Es ging nicht allein um das Essen beim Griechen Petrus. Ihn machten die verschwörerischen Blicke misstrauisch, die er zu erkennen glaubte, wenn sie die Spelunken aufsuchten, in denen der grantige Kommissar bekannt war wie ein bunter Hund. Mehrmals hatte er sich vorgenommen, mit Milano zu reden, bisher aber den Mut dazu nicht gefunden.

Wenn Milano recht behielt, führte der Korruptions-verdacht sowieso in eine Sackgasse. Er vermutete den Täter in Mettens privatem Umfeld, und hier verliefen die Ermittlungen nicht weniger zäh. Mit dem Winzerpaar kamen sie nicht weiter. Beide konnten ein Alibi vorweisen. Solveig Beber wohnte zur Zeit in Taunusstein-Wehen bei einer Freundin. Sie hatte den Wagen ihrem Mann überlassen und hätte sich das Auto der Freundin ausleihen müssen, um zum Tatort zu gelangen. Der Autoschlüssel befand sich angeblich die ganze Nacht in der Obhut der Freundin. Die zwei Frauen waren am Dienstagmorgen gegen 6.30 Uhr gemeinsam nach Wiesbaden zur Arbeit gefahren. Die Freundin hatte der Winzerin eine Stelle in einem Hotel vermittelt. Beide arbeiteten dort in der Küche und hatten diese zur Tatzeit nachweislich nicht verlassen.

Wolfert seufzte zum zweiten Mal und nahm zwei Schlucke Bier hintereinander. Rainald Bebers Alibi war lückenhaft. Er behauptete standhaft, die Tatzeit in seinem Haus im Rheingau verbracht zu haben – abgesehen von der halben Stunde zwischen 7.00 und 7.30 Uhr, während der er mit dem Hund draußen war. Für den Spaziergang führte er einen Zeugen an, ein Nachbar, der ihm unterwegs begegnet sein wollte. Wolfert wurde das Gefühl nicht los, dass der Zeuge dem Winzer einen Gefallen schuldig war. Für die Zeit davor, die Beber im Bett verbracht haben wollte, gab es keine Zeugen. Tatsache war, dass der Wagen des Winzers in der Werkstatt gestanden und der Besitzer auf einen Leihwagen verzichtet hatte. Wie also hätte er zur Platte kommen sollen? Ein Umstand, den er mit der Ehefrau gemeinsam hatte. Abgesehen davon fanden sich auf dem Weingut keinerlei Hinweise auf die Tatwaffe.

Einige Mitglieder der Mordkommission waren darauf angesetzt, in Pitt Mettens Privatleben weitere Hinweise aufzuspüren. Metten war über viele Jahre Leistungssportler und danach als Trainer im Triathlon tätig. Das legte den Gedanken an Doping nahe, und dass sich ein Sportler womöglich wegen krimineller Trainingsmethoden rächen wollte. Dagegen sprach, dass Metten seinen Trainerjob vor zwei Jahren niedergelegt hatte. Trotzdem eine Spur? Auf jeden Fall galt es, dem nachzugehen. Die dickste Fährte legte nach wie vor Ralf Reisinger, der Jäger mit der Neigung zum Bogenschießen, ohne dass es für einen Haftbefehl gelangt hätte. Man behielt ihn im Blick.

Betrübt stellte Wolfert fest, wie sich seine Gedanken im Kreis drehten, was er der Hitze und dem Alkohol zuschrieb. Das Glas war leer, und er vertrug nicht viel. Zeit zu gehen, bevor das Gewitter losbrechen würde. Er brachte das Bierglas in die Wirtschaft zurück und machte sich auf den Heimweg. Im Dämmerlicht stieg er den Fußweg zur Russischen Kirche hinunter und wanderte die

Nerobergstraße hinab. Bis zu seiner Wohnung war es ein Fußmarsch von 20 Minuten. Erstes Donnergrollen war zu hören und ließ seine Bedenken steigen, ob er es im Trockenen schaffen könnte. Er war in der Taunusstraße angekommen, als sich sein Handy bemerkbar machte. Das konnte nur Luigi sein. Oder die Mordkommission. Womöglich der Chef persönlich? Gert war es zuzutrauen, samstags um 22 Uhr anzurufen, weil ihm eine Detailfrage in den Sinn gekommen war. Wolfert – ohne Familie – galt als alle Zeit bereit. Private Anrufe bekam er so gut wie nie. Widerstrebend griff er in die Tasche. Niemand aus seiner Liste. Eine Wiesbadener Nummer.

Verwundert blieb er stehen. »Wolfert!«

Mareike Reisinger meldete sich. Er hatte ihr seine Karte gegeben mit der Bitte, sich zu melden, falls ihr noch etwas einfiele. Sie flüsterte aufgeregt. Die zarte Stimme war kaum zu verstehen. »Hier … ist jemand. Ein … Einbrecher.«

Unwillkürlich wurde auch er leiser. »Wo sind Sie?«

»In Pitts Wohnung! Die Balkontür stand auf und …« Der Satz brach mit einem unterdrückten Schrei ab.

»Frau Reisinger?«

Die Verbindung war tot. Wolfert riss das Notizbuch aus der Tasche und stellte im selben Atemzug die Verbindung zur Bereitschaft her. Er gab die Adresse durch. »Macht schnell. Der Täter könnte noch in der Wohnung sein!«

Der nächste Anruf galt Milano. Es dauerte eine kleine Ewigkeit, bis sich endlich eine schläfrige Stimme meldete: »Hat man nie Ruhe vor dir?«

»Wach auf, Luigi! Die Reisinger hat mich angerufen. In Mettens Wohnung wurde eingebrochen. Die Kollegen sind unterwegs. Womöglich ist der Kerl noch dort.«

Sofort klang Luigi hellwach. »Wann kannst du hier sein, Dirk?«

»Gar nicht! Du musst fahren.«

Ein grummelndes Lachen. »Du hast doch nicht getrunken?«

»Mach schon! Ich warte am Kureck!«

Milano wohnte im Bergkirchenviertel und war, der baulichen Enge zum Trotz, glücklicher Besitzer eines Parkplatzes. Wenige Minuten später rauschte ein schwarzer Audi heran und kam knapp neben Wolfert zum Stehen.

Milano fegte eine Kollektion von Papierkugeln und krümeligen Chipstüten in den Fußraum und schien für einen Augenblick sprachlos. »Von welcher Expedition kommst du denn?«

Wolfert nahm das Fernglas ab und schnippte einen vergessenen Schokoriegel vom Sitz, bevor er sich setzte.

Milano beobachtete sein Tun. »Was liest du da?«

Der Fledermausführer lugte aus der Westentasche heraus und ließ zwei behaarte Ohrspitzen erkennen.

Wolfert schob das Buch zurück. »Können wir endlich los? Wo ist das Blaulicht?«

Milano startete mit aufheulendem Motor. »Sieh unterm Sitz nach!«

Während sich der Wagen in die Kurven legte, fasste Wolfert unter sich in der Befürchtung, in eine Pappschale mit kalten Pommes zu greifen, ertastete schließlich Rundes. Mit einem weiteren Handgriff ließ er die Scheibe herab und platzierte das Blaulicht auf dem Autodach. Milano gab Gas. Die Fahrt zum Einsatzort war kurz. Ein Streifenwagen hielt vor Mettens Haus. Ein junger Kollege der Schutzpolizei lief ihnen entgegen. Wolfert kannte ihn vom Sehen.

Er begrüßte die Kommissare mit Namen. »Der Einbrecher ist flüchtig. Die Fahndung läuft.«

»Wie geht es Frau Reisinger?«

»Sie ist furchtbar erschrocken, aber unverletzt. Die Kollegin kümmert sich um sie.«

Wolfert bedankte sich und folgte Milano. Eine Polizistin öffnete die Wohnungstür. Mareike Reisinger wartete im Wohnzimmer. Der Schrecken stand ihr ins Gesicht geschrieben. Sie sah blass und verweint aus. Noch immer außer sich vor Angst, führte sie vor, wie der Täter sie auf dem Flur überrascht und zur Seite gestoßen hatte, bevor er durchs Treppenhaus flüchtete.

Milano wandte sich an die Kollegin. »Wie ist er hereingekommen?«

»Er hat die Balkontür aufgehebelt«, erklärte die Frau gelangweilt, als böte der Beruf keine Überraschungen mehr. »Dazu musste er die Fassade raufklettern. Erst mal oben, war die Tür selbst ein Kinderspiel. Anschließend hat er sich in allen Räumen umgesehen. Überall sind die Schränke aufgerissen. Als Frau Reisinger nach Hause kam, machte er sich gerade im Schlafzimmer zu schaffen.«

Gemeinsam sahen sie sich die Tür an und spähten auf den Balkon hinaus. Wind war aufgekommen, und über die Nachbardächer zuckte ein Blitz.

Wolfert wandte sich wieder Mareike Reisinger zu. »Sie waren zunächst nicht in der Wohnung?«

Die junge Frau antwortete mit schnellen aufgewühlten Sätzen: »Ich war heute Abend bei einer Freundin. Wir haben geredet, über Pitt und alles, aber ich wollte vor dem Gewitter zu Hause sein. Im Wohnzimmer ist mir gleich die offene Balkontür aufgefallen. Als ich noch überlegt habe, ob ich vergessen hatte, sie zu schließen, hörte ich dieses Klappen: Die Tür vom Kleiderschrank, wie mir sofort klar war. Ich habe bei Ihnen angerufen und bin raus auf den Flur, wollte aus der Wohnung rennen. Da kam er aus dem Schlafzimmer.«

»Haben Sie den Mann erkannt?«, fragte Wolfert.

Mareike Reisinger starrte ihn an. Die Wimperntusche war verlaufen und malte Kohleflecken auf die Wangen. »Ich hatte Panik. Er trug diese Maske. Und schwarze Handschuhe. Damit hat er mich zur Seite gestoßen.«

Wolfert fragte nach Einzelheiten: Größe, Alter, Kleidung. Mareike gab sich alle Mühe. Das Ergebnis blieb dürftig. Ein mittelgroßer Mann, schlanke Gestalt, geschmeidige Bewegungen, schwarze Sporthose, dunkles Sweatshirt. Das Gesicht hinter einer Strumpfmaske verborgen.

»Was macht Sie so sicher, dass es keine Frau war?«

Sie dachte nach. »Die Gestalt war männlich. Breite Schultern, schmale Hüften und so. Nein, das war bestimmt keine Frau.«

»Hat er etwas gesagt?«

»Kein Wort. Nichts. Kein Laut.«

Milanos Blick ruhte auf ihr. »Wieso haben Sie nicht die 110 angerufen?«

»Ich war so aufgeregt. Die Nummer von Herrn Wolfert hatte ich gerade erst ins Telefon eingespeichert. Visitenkarten verliere ich immer. War das ein Fehler?«

Sie wandte sich Wolfert zu.

Er lächelte nachsichtig. »Ist etwas gestohlen worden?«

Sie zuckte die Achseln. »Mir ist nichts aufgefallen. Aber besonders gut kenne ich mich mit Pitts Sachen nicht aus.«

»Sie wohnen weiterhin hier?«, vergewisserte sich Milano.

Mareike Reisingers Gesicht verzog sich. Sie kämpfte gegen die Tränen an. »Wo soll ich sonst hin? Zu Ralf kann ich nicht zurück. Ich will hier bleiben, so lange es geht.«

»Was wird aus der Wohnung?«

»Ich denke, Pitts Familie wird sie erben. Die Mutter und der Bruder. Oder sie fällt an die Bank.«

Wolfert wechselte einen Blick mit Milano. Das Darlehen war zu einem Drittel getilgt, hatten die Ermittlungen gezeigt.

»Wie geht es weiter?«, fragte Mareike verunsichert.

»Wir warten auf die Spurensicherung«, erklärte Wolfert. »Danach werden wir die Räume gründlich durchsehen. Vielleicht können wir gemeinsam herausfinden, ob etwas gestohlen wurde.«

Sie nickte nachdenklich und fragte zögernd: »Glauben Sie, der Einbruch hat mit Pitts Tod zu tun? War das Pitts Mörder?«

Eine Frage, die Wolfert ebenso beschäftigte. Wenn Mareike dem Mörder ihres Geliebten begegnet war, könnte sie mit großem Glück heil davongekommen sein. Für die Polizei bedeutete der Einbruch ein Geschenk. Eine Haarwurzel. Winzige Hautschuppen. Die Spezialisten suchten selten vergebens.

12

Sonntag, der 15. Juni

Norma erwachte früh nach einer unruhigen Nacht. Das Gewitter hatte sich mit voller Wucht über der Stadt entladen und mehrmals den morschen Fensterflügel in ihrem Zimmer aufgedrückt, bis sie ihn mit dem Besenstiel verkeilte, den sie in der Abstellkammer fand, als sie von dort Eimer und Putztuch holte, um das Parkett trockenzuwischen. Sie stieg aus dem Bett und entfernte die Barrikade. Vor dem offenen Fenster absolvierte sie wie jeden Morgen den Sonnengruß und fühlte sich danach frisch und gestärkt. Beim Duschen fiel ihr Eiko Ehlers ein, den sie mit dem Versprechen vertröstet hatte, sich Anfang der Woche zu melden. Zwischendurch kreisten ihre Gedanken um die Verbindung zwischen Rico und seinem ehemaligen Trainer. War Pitt Metten in den Kunstdiebstahl verwickelt? Als Komplize von Rico und Nina? Während sie die Haare föhnte, kam ihr die Idee, ob sie sich nicht die Besessenheit eines betrogenen Ehemannes zunutze machen konnte. Reisinger wäre nicht der Erste, der sich einem Rivalen an die Fersen heftete. Zurück im Zimmer, startete sie das Notebook und suchte in der Datei ›NMF‹ nach Reisingers Privatadresse.

Kurz nach 9 Uhr fuhr sie über die Sonnenberger Straße auf Wiesbadens nördlichen Stadtteil Rambach zu. Auf dem letzten Wegstück ging es steil bergauf; die Häuser gruppierten sich um die auf der Anhöhe gelegenen Kirche. Norma fand einen Parkplatz vor einem italienischen Restaurant und erreichte mit wenigen Schritten ihr Ziel, ein älteres mehrstöckiges Gebäude. Die Hausdurchsuchung konnte nichts ergeben haben, sonst säße Reisinger mittlerweile in Untersuchungshaft. Aber die Vernehmungen mussten ihm zugesetzt haben. Milano und Wolfert eilte der Ruf voraus, untadelig korrekt vorzugehen und dabei alle Möglichkeiten auszuschöpfen. Für einen bislang unbescholtenen Bürger keine leichte Begegnung.

Die Begrüßung fiel gereizt aus, was auch an der Uhrzeit liegen mochte. »Was wollen Sie?«

»Mit Ihnen reden.«

»Sie haben mir nicht geholfen, als ich Sie um Hilfe bat. Warum sollte ich Ihnen einen Gefallen tun?«

Die Tür nebenan öffnete sich einen Spalt, wie Norma bemerkte. Sie wandte sich erneut Reisinger zu. »Sie stehen unter Mordverdacht. Da kann jedes Gespräch nützlich sein.«

Nach einem Blick in den Hausflur zog er die Tür auf und führte Norma an einem wuchtigen Metallschrank vorbei in das Wohnzimmer, in dem sie sich aufgrund der weißen Schrankwand, des gigantischen Plasma-Fernsehers und der belanglosen Kunstdrucke an den Wänden in einen Möbelprospekt versetzt fühlte. Wäscheberge wuchsen aus der knallroten Sitzgarnitur. Auf dem Couchtisch standen ein Kaffeebecher und ein Teller mit einem angebissenen Brötchen, daneben ein aufgeschlagener Katalog. Die Doppelseite zeigte ein Jagdgewehr, dessen gemaserter Holzschaft und aufwendig gravierten Metallteile Norma auf die Frage brachten, wer eine solche Kostbarkeit für die Jagd verwenden wollte. Unter den Seiten schaute ein Prospekt über Jagdreisen hervor. In Europa und anderswo.

»Haben Sie schon einmal außerhalb Deutschlands gejagt?«

»Was dagegen? Im Ausland kann die Jagd noch ein

echtes Abenteuer sein. Das lasse ich mir nicht nehmen.«
Abwartend belauerte er sie.

»Ich störe wohl beim Frühstück.«

Reisinger schlug den Katalog zu und schob ihn über den
Reiseprospekt. »Ich will ins Revier. Fassen Sie sich kurz.
Was wollen Sie?«

Sie fühlte sich unangenehm beäugt durch die eckige
Brille, deren Bügel nach ihrem Geschmack deutlich zu
blau und zu markant ausgefallen waren.

»Können Sie sich vorstellen, dass Ihre Frau zurück-
kommt? Jetzt, da Metten tot ist.«

Er trat vor den Couchtisch und verschränkte die Arme.
Die fleischigen Ellenbogen drückten sich gegen das Hemd.
»Das geht Sie nichts an. Sagen Sie, was Sie wollen. Und
dann verschwinden Sie!«

Sie reichte ihm ein Foto, das sie aus dem Internet herunter-
geladen und ausgedruckt hatte. »Haben Sie diesen Mann
in der letzten Zeit vielleicht zusammen mit Pitt Metten
gesehen? Er ist 24 Jahre alt. Blonde Haare bis zum Kinn.
Mit ordentlich Gel drin. Trägt gern Schmuck.«

Er warf einen Blick auf den Ausdruck, wirkte plötzlich widerwillig interessiert. »Der Schönling ist mir vor
ein paar Tagen aufgefallen. Er hat sich mit Pitt in einer
Kneipe getroffen.«

»Sie sind Pitt also nachgegangen?«

»Was sollte ich sonst tun? Sie haben mich schließlich im
Stich gelassen, Frau Tann!«

Wohl um sie loszuwerden, nannte er den Namen des
Lokals und weitere Details. Pitt und Rico waren sich am
Freitagabend begegnet; drei Tage vor dem Einbruch bei
Undine.

»Gehen Sie jetzt!«

Norma bedankte sich. Vor der Tür wandte sie sich

um. »Glauben Sie, dass die beiden sich zufällig getroffen haben?«

»Nee, wie das aussah, waren sie verabredet. Es war berstend voll in der Kneipe, zum Glück, sonst hätte Pitt mich vielleicht bemerkt. Wer ist der Mann, nach dem Sie fragen? Hat er mit dem Mord zu tun?« Der entwürdigende Verdacht laste schwer auf ihm, fügte er pathetisch hinzu.

»Das kann ich Ihnen nicht sagen.«

»Aber mich ausquetschen, was? Hauen Sie endlich ab!«

Nein, du tust mir bestimmt nicht leid, dachte sie, als sie zum Wagen zurückging.

Was er wohl so Dringendes im Wald vorhatte? Sie stieg in den Polo und wartete. Nach einer Viertelstunde erschien Reisinger, beladen mit einem Rucksack sowie einer Tasche von offensichtlichem Gewicht und packte beides in den Kofferraum eines Subaru. Er hatte sich umgezogen und trug eine Camouflagehose zum olivgrünen Hemd. Norma ließ den Motor an und scherte aus, um in einer Einfahrt zu wenden und die Verfolgung aufzunehmen. Die Fahrt ging bergab zurück zur Hauptstraße und auf die schmale ruhige Straße im Goldsteintal, auf der Norma den Abstand vergrößerte. Das offene Tal bot genügend Sicht, sodass sie seinen Weg zum Schützenhaus aus der Entfernung verfolgen konnte. Im Wald schloss sie gerade rechtzeitig wieder auf, als er in einen Weg abbog und der Wagen dicht am Straßengraben zum Halten kam. Norma trat auf die Bremse. Wenn er sich umschaute, würde er den kleinen Wagen entdecken. Aber Reisinger war mit dem Ausladen seines Gepäcks beschäftigt. Er schulterte den Rucksack, griff nach der Tasche und machte sich auf den Weg.

Norma folgte zu Fuß. Bald verließ Reisinger den Waldweg und schlug einen rutschigen Pfad ein, der sich in den Hang schmiegte. Unter ihren Schritten quatschte das Laub.

Sie ließ Reisinger nicht aus dem Blick, dessen kräftige Arme im Rhythmus der strammen Schritte ruderten und die Tasche ins Schlenkern brachten. Der Marsch zog sich hin. Sie ließ ihn weiter vorausgehen, konnte ihn im weiten Buchenwald nicht so schnell verlieren. Als der Pfad auf eine Fichtenschonung zuführte, schloss sie näher auf. Die Voraussicht bewährte sich: Zielstrebig bog Reisinger ins Grün ab.

Norma spurtete hinterher. Sie hatte sich die Lärche mit der gebrochenen Spitze eingeprägt, auf deren Höhe Reisinger verschwunden war, und stieß auf einen Wildwechsel, der sich zwischen buschigen Fichten hindurchschlängelte. Gebückt schlich sie voran, die Hände schützend vor das Gesicht gehoben, und fühlte sich nackt und verletzlich, als die nassen Zweige ihre Arme streiften. Zwischen den Bäumen hielt sich die Kühle der Nacht. Die Luft schimmerte dunstig, und das Unterholz stand dicht. Bei jedem Schritt musste sie damit rechnen, auf den Verfolgten aufzulaufen oder mitten hinein in das Lager einer Wildschweinfamilie zu stolpern und den Zorn der Bache zu entfachen. Sie tastete nach der Gürteltasche. Etwas anderes als das Handy und Schlüssel, Klappmesser und ein Päckchen Taschentücher hatte sie zur Verteidigung nicht dabei.

Ein letzter Schlenker um einen Stamm herum, und die Schonung öffnete sich zu einer Waldwiese. Hier fiel das Gelände steil ab. Buschige Bäumchen erhoben sich über die Grashalme, als besäßen sie den eiligen Auftrag, die Fläche zu schließen. Sie sah sich nach Reisinger um und konnte ihn schließlich am oberen Rand der Lichtung vor einer Reihe ausgewachsener Lärchen ausmachen. Eine Holzleiter führte einen Stamm hinauf, an deren Fuß der Jäger stand, der den Rucksack abgelegt hatte und sich an der Tasche zu schaffen machte.

Im Schutz der Bäume pirschte Norma heran. Reisinger räumte Werkzeug aus der Tasche: Eine Kettensäge, einen wuchtigen Hammer und einen Fuchsschwanz, der im Sonnenlicht aufblitzte. Zum Schluss nahm er einen Kuhfuß heraus und machte sich daran, die unteren Sprossen von der Leiter abzuziehen.

Norma kam sich mit einem Mal lächerlich vor. Was hatte sie erwartet? Dass der Mordverdächtige eine Leiche verscharrte? Sie gab das Versteckspiel auf und trat auf die Lichtung hinaus. Die Sonne wärmte und trocknete die nassen Arme. Reisinger war so mit der Leiter beschäftigt, dass er ihr Kommen nicht bemerkte und zusammenfuhr, als sie ihn ansprach.

»Frau Tann! Sind Sie mir etwa nachgegangen?«

»Ich mache nur einen Spaziergang.«

»Aber nicht hier! Dies ist eine Wildruhezone. Hier hat niemand etwas zu suchen!«

»Es sei denn, man bringt einen Hochsitz in Ordnung!«

»Seit Wochen liegt das Holz bereit. Heute komme ich endlich dazu.« Er riss am Rest einer Leitersprosse, bis der rostige Nagel nachgab. »Das gehört zu meinen Aufgaben im Revier. Zum Lohn darf ich hier jagen.«

»Sie besitzen einen Jagderlaubnisschein?«

Er warf ihr einen argwöhnischen Blick zu, bevor er das Holzstück achtlos in den Wald schleuderte. »Was wissen Sie über die Jagd?«

»Was man so mitbekommt, wenn man auf dem Land aufwächst.«

Das könne wohl nicht viel sein! Er schlug einen dozierenden Ton an, der Norma jede Lust auf eine Unterhaltung verdarb. Sie ärgerte sich, ihn überhaupt angesprochen zu haben. Zumindest durfte sie davon ausgehen, dass er sich an diesem Vormittag nicht verdächtig machen würde. Sollte er sich nur weiter mit den maroden Sprossen abmühen. Weil sie seinen Vortrag ignorierte, wandte er sich um, streifte die Hände am verschwitzten Hemd ab und legte die Motorsäge zurecht. Norma solle beiseite treten, befahl er barsch, damit er die neuen Sprossen zuschneiden könne. Die dünnen Fichtenstangen, die – von der Rinde befreit – gegenüber der Leiter lagerten, waren offenbar als Ersatz gedacht. Er hob den oberen Stamm vom Stapel und lehnte das Ende gegen einen Baumstamm.

Mit einem knappen Gruß wollte sie sich abwenden, als sie einen kleinen dunklen Gegenstand bemerkte, der zwischen den Stangen gelegen haben musste und auf den Boden gerutscht war. Ein schwarzes Metallstück. Sie beugte sich über das Ding. Etwas Ähnliches hatte sie sich in verschiedenen Onlinekatalogen angesehen.

Reisinger gab sich fassungslos. »Nicht zu glauben!«

Norma dachte an die Säge und den Hammer und spürte ein Kribbeln im Rücken. »Sie kennen sich mit Pfeilspitzen aus?«

»Was ist denn dabei? Die Bogenjagd interessiert mich. Aber solange sie in Deutschland verboten ist, werde ich bestimmt nicht mit dem Bogen jagen. Wenn ich den Kerl erwische, der das hier verloren hat!« Er streckte die Hand aus.

Norma hielt ihn zurück. »Halt! Hände weg!«

»Was erlauben Sie sich? Das ist schließlich mein Revier!«

»Bitte, wenn Sie unbedingt Ihre Fingerabdrücke daraufbringen wollen.«

Das sah er ein und überließ es ihr, ein Papiertaschentuch aus der Gürteltasche zu ziehen und damit nach dem Metallstück zu greifen, das federleicht in ihrer Hand lag. Zwei messerscharfe Schneiden verliehen ihm die Form eines Blattes. Die Flächen waren durchbrochen, sodass nur die feinen metallenen Rippen stehen geblieben waren. Eine ebenso kunstvolle wie todbringende Waffe.

13

Montag, der 16. Juni

Eine Woche war seit dem Diebstahl verstrichen, und die Entführer ließen nichts von sich hören. Undines Unmut stieg von Tag zu Tag. Zu ihren Sorgen um das Gemälde kam die Schmach über ein peinliches Telefonat mit den Baseler Ausstellern, die sie mit einer Notlüge vertrösten musste. Am Montagvormittag schlich sie wie eine verletzte Tigerin durch die Galerie. Norma saß hinter der Stellwand am Schreibtisch und lauschte dem rastlosen Streifzug, während sie die Computerpost bearbeitete. Sie hatte Verständnis für Undines Ungeduld, war schließlich selbst verstimmt, weil es überhaupt nicht voranging. Anstatt ihren eigenen Fall zu lösen und das Bild aufzuspüren, half sie der Sonderkommission ›Bogenschütze‹ auf die Sprünge. Wie gut, dass Undine nichts von der seltsamen Fügung wusste. Es hätte ihr gar nicht gefallen. Die Galeristin teilte nicht gern.

Mit der Pfeilspitze in der Gürteltasche war Norma zügig zum Auto gejoggt und ins Kommissariat gefahren. Für die Sonderkommission gab es keine freien Tage. Norma platzte mitten in eine Besprechung hinein.

Die Männer und Frauen, die seit Dienstag an dem Fall arbeiteten, schienen dankbar für die Unterbrechung und empfingen sie mit herzlicher Freundlichkeit. Selbst Eppmeier ließ sich zu einem Handschlag bewegen. Eine hübsche junge Frau, die sich als Sema vorstellte, behauptete, schon viel von der ehemaligen Kommissarin gehört zu haben – nur Gutes selbstverständlich, wie sie verschmitzt hinzufügte. Milano schnitt eine Grimasse, die vermutlich ein Lächeln darstellen sollte. Wolfert schien kurz davor, sie in die Arme zu schließen, wich wie vor sich selbst erschrocken zurück und rettete sich in ein verlegenes Hüsteln. Der Chef Gert-Michael Schneider trug persönlich einen Kaffee mit extra viel Milch heran.

»Dabei wisst ihr noch gar nicht, was ich euch mitgebracht habe«, sagte sie, von so viel Fürsorge gerührt.

Unmittelbar darauf kam die Übelkeit. Ihr wurde heiß, dann eisigkalt. Das Herz begann zu rasen, und sie spürte, wie alle Energie über Brust und Bauch in die Beine sackte und im Fußboden zu versickern schien. Kraftlos rettete sie sich auf einen Stuhl, erfüllt von Scham und Zorn. Deswegen hatte sie den geliebten Beruf aufgeben müssen. Weil sie die Enge und die Menschen nicht ertragen konnte. Sie schloss die Augen, zählte langsam von zehn auf eins herunter und zwang sich zu atmen. Als sie die Augen wieder aufschlug, fühlte sie alle Blicke auf sich gerichtet. Zur Ablenkung langte sie in die Gürteltasche und legte das Taschentuch mit einer knappen Erklärung auf den Besprechungstisch. Die versammelte Mannschaft steckte die Köpfe darüber zusammen. Als sie Reisingers Namen nannte, herrschte kurzfristig angespanntes Schweigen, das gleich darauf in eine hitzige Diskussion umschlug. Offenbar war sein Alibi bisher nicht bestätigt worden und die Verwandtschaft noch nicht vernehmungsfähig, schloss sie aus den Bemerkungen der Kollegen.

»Damit kriegen wir ihn!«, rief Sema angriffslustig.

Norma musste raus, traute aber den Beinen nicht. Gert klopfte ihr kameradschaftlich auf die Schulter. Das könne der Durchbruch sein, verkündete er zuversichtlich mit der Bitte, ob sie die Kollegen umgehend zum Fundort führen wolle. Sie nickte wortlos und fing Wolferts besorgten Blick auf. Sema erhielt den Auftrag, das Indiz der Kriminaltechnik zu überbringen und sich anschließend mit den Kollegen der Spurensicherung die Gegend rund um den Hochsitz vorzunehmen. Mit aufgestachelter Motivation strebte die Gruppe aus dem Zimmer. Norma blieb am Besprechungstisch sitzen und sammelte Kraft. Sie atmete. Konzentriert und tief. Zehn, neun, acht …

Mit einem Mal saß Wolfert an ihrer Seite und reichte ihr ein Glas Wasser. »Du siehst aus wie eine Wasserleiche. Algengrün im Gesicht.«

»Danke für das Kompliment.« Was war mit dem los? So etwas hätte er früher nicht gesagt. Sie schaffte ein dünnes Lächeln, trank einen Schluck und stemmte sich hoch. »Ich muss an die Luft!«

Er begleitete sie ins Freie und unternahm den Versuch, sie zu stützen, was sie nicht zuließ.

»Geh nur an deine Arbeit«, bat sie, als sie im Hof auf den Wagen wartete, der sie und Sema zum Stadtwald bringen sollte. Ihr war bewusst, dass sie ihm von der Verbindung zwischen Rico und Metten erzählen müsste, brachte die Energie dafür aber nicht auf.

Die Augen hinter den Brillengläsern verschwammen zu blassblauen Scheiben. »Bist du überhaupt in der Lage, mit den Kollegen rauszufahren?«

»Das geht schon wieder. Mach dir keine Gedanken, Dirk.«

»Wird das niemals besser?«

Sie war ihm die Antwort schuldig geblieben. Was hätte sie auch sagen sollen? Die alten Kollegen waren ihr so herzlich begegnet, und es gab keinen Grund für das erneute Versagen. Sie schämte sich für die Angstzustände, die sich unberechenbar verhielten und ihr keine Erklärung dafür lieferten, warum sie sich an manchen Abenden unbeschwert in einer Weinstube aufhalten konnte, in der sich die Gäste um die Tische drängten, und an anderen Tagen kaum Lutz in ihrer Nähe ertrug. Kriminalhauptkommissarin Norma Tann hatte den Polizeidienst aufgrund ihrer psychischen Erkrankung aufgeben müssen, das war allgemein bekannt. Wolfert und Milano wussten zudem, dass sie durch die Entführung in Kolumbien aus der Bahn geworfen worden war, ohne die Einzelheiten zu kennen. Die Tage in Kolumbien bereiteten der Ehe mit Arthur und ihrem Leben als Polizistin das Ende. Sie ertrug keine Hierarchien mehr, keine Befehle und keine Bevormundungen. Letzteres, musste sie einräumen, war ihr von jeher schwer gefallen. Diese Erfahrungen hatten die Bedenken vor dem Prozess geschürt. Ihre Sorge, den Befragungen nicht standzuhalten, schien ihr durchaus berechtigt. Die Tage vor Gericht waren ihr wie eine Prüfung vorgekommen, eine Bewährungsprobe, und sie hatte so sehr gehofft, mit dem Prozess auch die Panikattacken hinter sich zu lassen. Der Rückfall im Kommissariat stach tief. Für einen Augenblick gab sie sich dem kindischen Wunsch hin, in Zukunft als Mieke Lienhop durchs Leben zu gehen. Als die naive Landpomeranze, die keine Angst vor gar nichts hatte und deren Seele ein unbeschriebenes Blatt war.

Mit ›Lienhop‹ meldete sie sich nun, als das Telefon klingelte. Ein Herr Dr. Regert wünschte die Galeristin Frau Abendstern zu sprechen.

»In welcher Angelegenheit?«, fragte Norma zuvorkommend.

»Es betrifft den russischen Expressionisten Alexej von Jawlensky.«

Norma sprang auf und winkte Undine heran, die wie alarmiert an den Schreibtisch stürmte.

»Die Entführer?«, flüsterte sie aufgeregt.

»Gut möglich«, raunte Norma. Das Display zeigte eine Handynummer an, die sie flink notierte. Sie drückte auf das Lautsprechersymbol und gab das Telefon weiter.

Undine schluckte und holte tief Luft. »Abendstern. Was kann ich für Sie tun?«

Es sei sein größter Wunsch, einen Jawlensky zu erwerben, verkündete der Anrufer, und Undine sollte ihm dabei behilflich sein.

»Wie kommen Sie auf mich?«, fragte sie misstrauisch.

»Sie wurden mir als fachkundig empfohlen. Ich habe gehört, dass Sie selbst einen Jawlensky besitzen. Ein Stillleben, sofern ich richtig informiert bin. Das ›Schweigende Rot‹. Ist das Bild vielleicht verkäuflich?«

Undine erblasste und warf einen hilflosen Blick auf Norma, die den Kopf schüttelte. Dr. Regert vermittelte nicht den Eindruck, als wollte er ein Lösegeld fordern. Ein harmloser Interessent.

Undines Nervosität legte sich. »Das ›Schweigende Rot‹ ist unverkäuflich. Dürfte ich Ihnen einen anderen Expressionisten vermitteln?«

»Ich bin in erster Linie an Jawlensky interessiert. Wie stehen meine Chancen, ein Bild zu erwerben?«

Ein reines Geschäftsgespräch also. Norma wandte sich dem Computer zu. Undine schaltete den Ton aus, sodass nur noch ihre Stimme zu hören war, deren berufsbedingte Höflichkeit sehr einnehmend klang. Ohne etwas zu versprechen, machte sie dem Kunden Hoffnungen auf einen lohnenden Kauf.

»Ein Mediziner«, erklärte sie, nachdem sie das Telefonat beendet hatte. »Ein freundlicher Mann, wirklich angenehm. Und er klingt nach Geld. Viel lieber wäre es mir allerdings, die Kidnapper würden sich endlich rühren. Das Warten zermürbt mich.« Sich sammelnd, schloss sie die perfekt geschminkten Lider und erklärte, als sie die Augen wieder aufschlug: »Ich denke, es ist das Beste, wenn du Nina und diesem nichtsnutzigen Rico so richtig Dampf machst!«

Aus der Sicht ihrer Auftraggeberin konnte Norma den Wunsch nachvollziehen. Bislang hatte sie im Verborgenen agiert und viele Stunden als heimliche Beobachterin verbracht. Herausgekommen war nicht mehr als die Erkenntnis, dass Nina tagsüber mit störrischer Miene den Dienst in der Boutique verrichtete und in der Freizeit durch die Modehäuser streifte. In ihrem Kopf schien es wenig Raum für andere Themen zu geben als Klamotten und Rico, der wiederum sein Leben dem Sport gewidmet hatte. Norma ging seinen Wegen zwischen Wohnung, Kraftstudio und Schwimmhalle nach. Bei seinen Trainingsstrecken zu Fuß und auf dem Rad musste sie von vornherein passen. In der polizeilichen Datenbank gebe es über ihn keinen Eintrag, hatte Irene Maibaum überprüft, die liebste ehemalige Kollegin. In Normas Gegenwart gab Rico sich unbekümmert. Vielleicht fühlte er sich sicher und sah in der neuen Mitbewohnerin keine Gefahr? Sie spielte ihre Rolle gut und nahm den Job in der Galerie ernst. Dort ließ Nina sich hin und wieder blicken, um einen Fünfziger von der Mutter zu schnorren.

Ergiebiger waren die Nachforschungen über Daniel, den wohltätigen Hausbesitzer. Erneut war Irene behilflich und übermittelte in einer Mittagspause flüsternd über das Handy, was die Einträge über den Sozialarbeiter verrieten. Vor Jahren hatte er eine Bewährungsstrafe wegen Körperverletzung erhalten. Steckten womöglich alle drei unter einer Decke? Oder alle vier, wenn sie Metten dazurechnete? Wo mochte das Gemälde geblieben sein, das Norma weder in der Wohnung noch im Keller hatte finden können, worüber sie sich nicht wunderte. Es gab sicherere Verstecke für Diebesgut als das eigene Zuhause.

Sie warf einen Blick zum offenen Fenster hinüber, das das Krächzen der Krähen hereintrug, die sich auf den Dächern stritten. »Soll ich meine Tarnung als Mieke Lienhop hinwerfen? Ist das dein Wunsch?«

»Natürlich nicht!« Undine schlug in einer Geste der Ratlosigkeit die Hände zusammen. »Und wenn ich mir Nina selbst vorknöpfe? Sie unverblümt mit meinem Verdacht konfrontiere?«

»Wir haben darüber gesprochen, was passieren könnte, wenn Nina sich in die Enge gedrängt fühlt. Darf ich dich daran erinnern?«

Ein zu großes Wagnis, räumte Undine ein, die unter der Befürchtung litt, das Bild könnte in einer muffigen Garage lagern oder der Sonne ausgesetzt sein. »Wie sieht es mit den Händlern aus? Tut sich wenigstens dort eine Spur auf?«

Unter dem Pseudonym Nora Baum hatte Norma eine E-Mail-Adresse angelegt und Anfragen nach einem expressionistischen Werk im internationalen Kunstmarkt ausgestreut. Um keinen Verdacht zu wecken, nannte sie als ihre Favoriten neben Alexej von Jawlensky auch August Macke, Alfred Kubin und Robert Delaunay. Der Erfolg erschien ihr zweifelhaft. Das Risiko eines Hehlers, ein so bekanntes Bild wie das ›Schweigende Rot‹ illegal an den Mann zu bringen, war hoch, und ein Kunstliebhaber, der sich daran ergötzte, im heimischen Keller gestohlene Schätze zu verwahren, mochte in Romanen und Kinofilmen eine Rolle spielen. Reale Kunstdiebe scherten sich nicht um die Sammler. Sie waren auf ein Lösegeld aus, verhandelten mit dem Besitzer oder – in den meisten Fällen – direkt mit den Versicherungen. Die Angebote, die bisher eingetroffen waren, klangen durchweg seriös.

In Undines dunkle Augen kam Leben. »Lass mal sehen!«

Sie seien sich ähnlich, was ihren Jagdtrieb betreffe, hatte Lutz einmal scherzhaft behauptet, wobei Normas Eifer den Verbrechern und Undines Streben außergewöhnlichen Bildern gelte. So wie jetzt. Vielleicht erhoffte sie sich nebenbei ein lohnendes Geschäft?

Norma startete den Drucker. »Wir müssen abwarten, Undine. Irgendwann werden die Entführer sich melden. Das ist unsere Chance, sie zu fassen.«

»Geduld gehört nicht zu meinen hervorstechenden Eigenschaften«, antwortete Undine, während sie mit trommelnden Fingerspitzen auf die Ausdrucke wartete.

Norma wappnete sich für ein Anliegen, das sie ihrer Klientin lieber erspart hätte. »Kennst du einen Peter Metten? Auch Pitt Metten genannt?«

»Du meinst den Toten vom Waldparkplatz? Persönlich kannte ich den Mann nicht.« Undine nahm die Blätter aus dem Drucker und fragte, während sie die Angebote überflog: »Worauf willst du hinaus?«

»Metten und Rico kannten sich. Pitt war bis vor zwei Jahren Ricos Trainer, und neulich haben sie sich getroffen. Drei Tage vor dem Diebstahl. Dafür habe ich einen Zeugen.«

Undine warf ihr einen anerkennenden Blick zu. »Womöglich bist du dein Geld doch wert. Wer hat das beobachtet?«

»Ralf Reisinger, der Ehemann von Mettens Geliebter.«

»Rico kannte den Ermordeten?« Undine hüstelte nervös. »Willst du damit sagen, der Freund meiner Tochter könnte in einen Mordfall verstrickt sein?«

14

Undine nahm die Wanderung wieder auf, bis sie abrupt Halt machte. In ihrem Blick lag Panik; eine bemerkenswerte Regung der Galeristin, die ihre Gefühle gewöhnlich kühl kalkulierte. Selbst bei den Streitereien mit Lutz verlor sie selten die Beherrschung, und alles Knurren und Zetern schien kalkuliert. Brachte die Sorge um Nina sie so aus der Fassung? Nein, eher bangte sie um den eigenen Ruf. Offensichtlich war ihr soeben klar geworden, dass sie den Bilderdiebstahl nicht länger unter Verschluss halten konnte.

»Ich verstehe, worauf du hinaus willst, Norma. Womöglich haben Nina und Rico den Diebstahl gemeinsam mit Pitt Metten ausgeheckt. Und am Tag darauf liegt Metten im Wald. Tot. Mit einem Pfeil in der Brust. Was für eine Katastrophe, meine Tochter ist Teil eines Komplotts!«

Norma beruhigte sie. »Die Polizei hat einen Verdächtigen im Visier: Ralf Reisinger, den eifersüchtigen Ehemann.«

Die Galeristin atmete auf. »Gott sei Dank! Dann besteht doch kein Zusammenhang.«

»Mir kommt es auf etwas anderes an«, wandte Norma ein. »Falls Pitt Metten wahrhaftig in den Diebstahl involviert ist, hat er womöglich den Jawlensky versteckt. Das könnte bedeuten, dass seine Kumpane keine Ahnung haben, wo er das Bild gelassen hat, und sich deswegen nicht melden. Wer weiß, wann und wie es gefunden wird? Willst du es auf einen Zufall ankommen lassen? Abgesehen davon zählt bei Mord jedes Detail. Wir haben keine Wahl.«

Undine strich sich resignierend über die Stirn. »Also gut. Wenn du das übernehmen könntest?«

Norma beugte sich über den Schreibtisch und tastete nach dem Handy, das irgendwo unter den Papieren liegen musste. Undine schaute mit Unbehagen zu. »Wenn der Kunstraub bloß nicht an die große Glocke gehängt wird!«

»Versprechen kann ich dir nichts«, warnte Norma und zog das Telefon schließlich unter dem Stapel der Jawlensky-Biografien und anderer Bücher über den Maler hervor, in denen sie in jeder freien Minute las. Mit wachsendem Interesse an dem Künstler und längst nicht mehr nur, um Hintergründe zu recherchieren, die für ihre Ermittlungen vielleicht hilfreich sein könnten. Sie rief Wolferts Mobilnummer auf. Im Hintergrund erklang Gemurmel, als er sich nach langem Klingeln meldete.

»Norma, ich stecke mitten in einer Teambesprechung«, flüsterte er. »Wir haben Reisinger festgenommen.«

»Hat er gestanden?«

»Bisher streitet er alles ab. Unsere Beweislage ist mehr als dünn. Wenn außerdem das Alibi bestätigt wird, müssen wir ihn laufen lassen.«

»Ihr habt bisher nicht mit der Verwandtschaft sprechen können?«

»Das Ehepaar ist nicht vernehmungsfähig. Ein, zwei Tage kann es noch dauern, schätzt der Arzt.«

»Was ist mit der Pfeilspitze?«, fragte sie gespannt. »Gibt es Fingerabdrücke?«

»Leider nicht von Reisinger. Wir können sie nicht zuordnen. Dafür haben wir weitere Spuren darauf gefunden.«

»Lass mich raten! Blut?«

»Tierblut. Von einem Reh. Ich muss weiter, Norma.«

»Moment, Dirk! Ich habe noch etwas für euch. Aber nicht am Telefon.«

»Du wirst mir langsam unheimlich!«, raunte er. »Warte mal!«

Der Lärmpegel stieg an. Deutlich konnte sie Milanos Bass heraushören, ohne die Worte zu verstehen.

Dann wieder Wolfert: »Wo bist du?«

»In der Galerie Abendstern.« Sie nannte die Straße im Dichterviertel und hatte dabei das Bild vor Augen, wie Wolfert die Adresse mit gespitztem Bleistift in sein unvermeidliches Notizbuch kritzelte.

»In einer Stunde? Ich bringe Luigi mit.«

»Bis dann!« Norma warf einen Blick auf die Uhr. »Zwei Kriminalbeamte werden gegen 12 Uhr hier sein. Wolfert und Milano, meine Kollegen von früher.«

Undine überlegte. »Am liebsten würde ich Lutz dazubitten. Wenn es kritisch wird, tut mir seine Gegenwart unendlich gut. Sag mal, was hat es mit der Pfeilspitze auf sich?«

»Polizeiinterna«, antwortete Norma ausweichend.

Undine fragte nicht nach. Sie beschäftigte sich bereits mit den Angeboten, die auf die fingierte Anfrage eingegangen waren. Ein Blatt hielt sie staunend in die Höhe. »Hast du das gesehen? Hier wird eine wahre Kostbarkeit angeboten, aus der Reihe der ›Meditationen‹. Du weißt, diese Bilder im kleinen Format, auf das Wesentliche reduziert und dadurch unglaublich kraftvoll, die Jawlensky in Wiesbaden malte, obwohl er bereits sehr an seiner Krankheit litt. Lisa Kümmel musste ihm den Pinsel an den Händen festbinden.«

Norma erinnerte sich gut an den Titel über die schmerzenden Hände, der im Museum hing. Über die junge Lisa hatte sie in den Biografien und Briefwechseln gelesen. »War sie nun seine Geliebte, oder nicht?«

Undine lächelte hintergründig. »Fest steht, dass sie sein Leben sehr bereicherte. Lisa war 33 Jahre jünger als er, und ihrer Beziehung sagt man nach, dass sie geradezu symbiotisch gewesen sein soll. Für ihn hat sie alles aufgegeben. Ihren

Beruf, eine eigene Familie. Ohne Lisa hätte er in den letzten schweren Lebensjahren nicht mehr arbeiten können.«

»Willst du das Bild kaufen?«

»Als ob ich mir das im Augenblick leisten könnte! Aber vielleicht ist Dr. Regert interessiert?«

»Sofern er eine so hohe Summe investieren möchte. Was hat er über sich erzählt?«

»Dass er vor Kurzem die Liebe zu den Expressionisten entdeckt hat! Allen voran für Jawlensky. Er ist Mediziner und war lange in den USA in der Stammzellenforschung beschäftigt. Seit ein paar Jahren arbeitet er in einem Frankfurter Institut.«

Die Türglocke kündigte Besucher an. Undine ließ ein älteres Paar herein, das sie mit Namen begrüßte. »Sie kommen oft und haben noch nie etwas gekauft«, raunte sie Norma ins Ohr und verließ die Galerie, um im privaten Arbeitszimmer mit Lutz und Dr. Regert zu telefonieren.

Norma blieb am Schreibtisch zurück, behielt die Gäste im Blick und erledigte dabei in ihrer Rolle als Assistentin einige Anrufe, um die Undine sie gebeten hatte. Mittendrin meldete sich das Handy. ›Eiko Ehlers‹ war auf dem Display zu lesen.

Musste das sein? Sie wollte im Augenblick nichts entscheiden. Eine irrationale Abneigung. Eiko war zuverlässig und zahlungsfähig; ein Mieter, nach dem sich andere Wohnungsbesitzer die Finger geleckt hätten. Sollte sie ihm einen Konkurrenten vorgaukeln? Als sie endlich abnahm, hatte sich bereits die Mailbox eingeschaltet. Sie ließ fünf Minuten verstreichen, bevor sie zurückrief.

»Die Wohnung ist wie gemacht für mich«, schwärmte er, »und die Taunusstraße eine gute Adresse. Also, sind wir uns einig?«

»Einen Augenblick bitte, Eiko! Ich melde mich sofort wieder.«

Der Besucher war an den Schreibtisch herangetreten und bat um einen Kaffee für sich und seine Begleiterin, die es sich bereits in der Sitzecke bequem gemacht hatte und in einem Katalog blätterte. Froh über die Unterbrechung, stand Norma auf und ging zur Kaffeemaschine in der Fensternische. Ihr Verhalten Eiko gegenüber war ebenso kindisch und unberechenbar wie die Panikattacke im Kommissariat. Lutz würde darauf drängen, dass sie die Therapie wieder aufnahm, falls er davon erführe. Sie hatte nicht die Absicht, ihm davon zu erzählen. Ebenso wenig würde sie sich einem Therapeuten anvertrauen. Sie musste allein damit fertig werden, wollte sie sich ihre Selbstachtung bewahren.

Vor dem Prozess hatten sie sich einige Male zum Essen und auf ein Glas Wein getroffen. Eiko Ehlers war sympathisch, humorvoll. Doch in ihrem Kopf hatte sich ein Bild festgesetzt: Ehlers und sein Mandant, die in der schmucklosen Besprechungszelle die Köpfe zusammensteckten. Ganz im Vertrauen, Herr Anwalt … Während der Kaffee in die Tassen tropfte, sackte ihr das Blut in die Beine. Auf der Stirn sammelte sich kalter Schweiß. Sie suchte Halt auf der Fensterbank. Atmen!

Die Besucherin eilte heran, umfing sie mit mütterlicher Sorge. »Meine Liebe, wie blass Sie aussehen!«

Norma hielt sich fest und lächelte schwach. »Nur die Sommergrippe. Milch? Zucker?«

»Danke. Schwarz. Ja, man sollte sich hüten bei diesem Wetter. Überlassen Sie das mir.« Fürsorglich nahm sie die Tassen entgegen und trug den Kaffee zum Glastisch hinüber.

Auf unsicheren Beinen kehrte Norma zum Schreibtisch zurück und griff nach dem Handy. »Eiko? Vielleicht möchte ich lieber selbst einziehen.«

»Hör mal, Norma, das fällt dir früh ein! Wieso hältst du mich hin?«

»Ich halte dich nicht hin!«

»Nicht? Wie auch immer! Also muss ich mich anderweitig umschauen. Mach's gut, Norma!«

Die ersehnte Erleichterung blieb aus. Wenigstens machte der Blutstrom nicht mehr vor dem Gehirn Halt. Der Schwindel ließ nach und damit die Sorge, ohnmächtig auf das Parkett zu sinken.

Sie erhob sich. Das Paar wollte sich verabschieden.

Kurz darauf kehrte Undine zurück. »Lutz wird gleich hier sein. Ist dir nicht gut?«

»Alles in Ordnung. Hast du Regert erreicht?«

Dr. Regert zeige sich höchst interessiert an der ›Meditation‹, antwortete Udine zufrieden. Sie habe umgehend mit dem Anbieter, einem Schweizer Kunsthändler, gesprochen.

»Du hast Nora Baum einfach übergangen?«, fragte Norma verwundert. »Macht das den Händler nicht misstrauisch?«

»Keine Spur.« Undine erzählte, was sie dem Kunsthändler aufgetischt hatte. »Nora Baum ist eine gute Freundin, die sich inzwischen für ein anderes Objekt entschieden und aus lauter Freundschaft die Information an mich weitergegeben hat. Dem Schweizer ist es gleich, an wen er verkauft. Solange das Geld stimmt!«

Auf Regert komme außerdem eine Provision zu, die sie für sich aushandeln müsse, erklärte sie.

Inzwischen war es wenige Minuten vor 12 Uhr. Lutz und die beiden Kommissare trafen gleichzeitig ein. Sie waren sich im Hausflur begegnet und gemeinsam heraufgekommen. Die drei Männer kannten sich von einem Einsatz, an dem Norma unfreiwillig beteiligt war, und schienen sich seitdem gleichermaßen zu schätzen; so unterschiedlich die Charaktere auch waren. Undine gab Lutz mit gespitzten Lippen einen Kuss auf die Wange und nickte den beiden Polizisten abwartend zu. Norma ließ Lutz keine Chance, ihrer Umarmung zu entgehen, und schüttelte den ehemaligen Kollegen die Hand.

Milano versuchte vergeblich, das Schnaufen zu verbergen, zu dem ihn die Treppenstufen getrieben hatten. Tiefe Ringe unter den schwarzen Augen zeugten vom Schlafmangel.

Unvermittelt ging er zum Angriff über. »Warum sind wir hier?«

15

Wolfert sehnte sich nach einem doppelten Espresso. Er hatte schlecht geschlafen, war zu spät ins Bett gekommen. Entgegen seiner Gewohnheit hatte er sich von Milano zu einem Absacker überreden lassen und Gert, Sema, Eppmeier und andere Kollegen in eine Weinstube in der Altstadt begleitet. Das Gespräch kreiste um den Fall ›Bogenschütze‹, der sie selbst nach Feierabend nicht losließ. Später gesellte sich der Rechtsmediziner dazu. Außer Wolfert schien es niemanden zu überraschen, als sich der Doktor neben Sema auf die Bank drückte und die junge Frau stürmisch umarmte. Wolfert musste sich zwingen, den Blick abzuwenden. Irgendetwas schmerzte, und irritiert begriff er, dass es Eifersucht war. Nicht, weil Sema ihm mehr bedeutet hätte, als einer beliebten Kollegin gebührte. Dass jedoch ausgerechnet der blasse, wortkarge Doktor seine Liebe gefunden hatte! Unversehens fühlte Wolfert sich von der Furcht überwältigt, als alter Mann einsam und vergessen zu sterben. Es lag am Wein, der ihn rührselig machte. Er ließ den Rest stehen und ging als Erster. Zu Hause entkorkte er wider besseren Wissens ein ›Oestricher Lenchen‹ und grübelte bis nach Mitternacht über seinem Notizbuch.

Trotz der Erkenntnisse, die alle Mitglieder der Sonderkommission in Fleißarbeit zusammentrugen, ließ der Durchbruch auf sich warten. Normas Pfeilspitze hatte sie kurzfristig in Euphorie versetzt. Mit einer solchen Waffe war Metten ins Jenseits befördert worden: Die Form und die zwei messerscharfen Schneiden passten zur tödlichen

Wunde. Außerdem hafteten am Metall winzige Holzsplitter der Art, die im Stichkanal gefunden wurden, der Mettens Brustkorb durchdrang. Splitter von Lärchenholz, aus dem der Pfeilschaft gefertigt war. Zur Enttäuschung aller trug die Metallspitze keinerlei DNA-Spuren vom Hauptverdächtigen Reisinger. Zwar fanden sich verwertbare Fingerabdrücke, die sich allerdings weder Reisinger noch einem anderen aus der Datenbank zuordnen ließen. Mit dem Einbruch kamen sie ebenso wenig voran. Es ließ sich kein Zeuge finden, dem ein sportlicher, dunkel gekleideter Mann aufgefallen wäre.

Eine Spur immerhin konnten sie vorweisen. Sema hatte herausgefunden, dass die Pfeilspitze aus den USA stammte und von einer Firma im Bundesstaat Wisconsin gefertigt wurde. Dort sei die Jagd mit Pfeil und Bogen eine zunehmend beliebte Variante, hatte sie in Erfahrung gebracht. Die Pfeilspitzen würden nicht ins Ausland verkauft. Reisinger hatte einige Jagdreisen in andere Länder unternommen – unter anderem in die USA, was für sich gesehen kein Verbrechen war.

Mit heimlichem Blick beobachtete Wolfert seine ehemalige Kollegin Norma, die am Fenster vor einem chromblitzenden Apparat stand, eine Tasse nach der anderen auffüllte und sich zwischendurch umwandte, um den Nächsten nach seinen Wünschen zu fragen. Sie wird zusehends schmaler, stellte er fest, und wirkt verloren in der ausgestellten und von einem breiten Gürtel gehaltenen Leinenhose. Es berührte ihn, wie sie gestern bemüht war, ihren Schwächeanfall zu überspielen, und er hatte es längst aufgegeben, das Thema Therapie anzusprechen. Jeden vorsichtigen Versuch quittierte sie mit giftiger Ablehnung. Ihr Zustand gehe ihn nichts an, sie seien keine Kollegen mehr. Bevor sie so unverhofft im Kommissariat auftauchte, hatte er sie zuletzt beim Prozess gegen den Weinfestmörder gesehen, zu dem auch er und Milano als Zeugen geladen waren. Normas Gesicht damals – gezeichnet von Todesangst, gepaart mit triumphierender Genugtuung, überlebt zu haben – er würde es niemals vergessen.

Rund um den Glastisch gab es nur vier Stühle, weshalb sich von den fünf anwesenden Personen niemand setzen wollte. Milano schlenderte missgelaunt vor den abstrakten Ölschinken auf und ab, die nach Wolferts Empfinden zu grell und zu groß ausgefallen waren. Wer um alles in der Welt hängte sich so ein Monstrum ins Wohnzimmer? Die Herrin dieser Schätze verharrte mitten im Raum und schaute mit hochmütig gespitztem Mund geradeaus, während der gut gekleidete Mann an ihrer Seite besänftigend auf sie einredete. Ludwig Wilhelm Tann, der bekannte Wiesbadener Verleger, war ein Mann nach Wolferts Geschmack: Sachlich, geradlinig und offenbar frei von jenem Dünkel, den die Galeristin innig zu pflegen schien.

Damit war sie bei Milano an der richtigen Adresse! Er hatte ihrem Bericht, den Norma mit Einwürfen ergänzte, mit vorgetäuschter Gelassenheit zugehört, um schließlich auf die gewohnte Manier loszuschlagen. Gewohnt für Wolfert selbst und für Norma, weniger für den Verleger und die Kunsthändlerin.

»Das ist allein meine Sache, ob ich einen Diebstahl anzeige oder nicht!«, verteidigte die Abendstern ihre Geheimniskrämerei.

Wolfert schrieb mit, was sie in hastigen Sätzen zu berichten hatte. Nina Santini, die Tochter, trug den Namen ihres Vaters George Santini. Ein Weltbürger, so bezeichnete ihn die Galeristin: Der Vater Chilene, die Mutter Holländerin. Nach vielen Jahren im Ausland lebte er nun in Amsterdam.

Die Tochter hatte die meiste Zeit ihres jungen Lebens in Internaten verbracht, diese immer wieder wechseln müssen, weil ›sie sich nicht einfügen wollte‹, wie die Mutter es formulierte.

Im Gänsemarsch folgten sie der Kunsthändlerin durch alle Räume der Galerie und hinüber in die Wohnung, die auf derselben Etage lag und über einen eigenen Eingang verfügte. Im Schlafzimmer deutete Undine Abendstern auf die Stelle vor dem Bett, an der der Koffer mit dem Gemälde gestanden habe. Wolfert bat darum, den Kleiderschrank besichtigen zu dürfen. Die schmale Holztür führte in eine begehbare Kammer, die einer ganzen Räuberbande Unterschlupf geboten hätte.

Auf Milanos Aufforderung schilderte Norma, wie sich der Diebstahl abgespielt haben könnte. Demnach legte einer der Diebe die Rauchbombe auf dem Dachboden und rief über das gestohlene Handy des Assistenten die Feuerwehr, während sich der Komplize in die Wohnung schlich und mit der Beute im Schrank versteckte, wo er nur so lange ausharren musste, bis sich die Lage beruhigt hatte, um sich dann mit dem Koffer davonzuschleichen. Undine Abendstern war unsicher, was die Wohnungstür betraf. Sie glaube zwar, sie zugezogen zu haben, konnte sich aber nicht genau erinnern. Feuer versetze sie in Panik, seit sie als Kind einen Brand miterleben musste, und, ja, das sei vielen Leuten in ihrem Umfeld bekannt, beteuerte sie.

»Sie glauben also, der oder die Diebe vertrauten darauf, dass Sie in Ihrem Schrecken aus der Wohnung rennen und die Tür offen lassen?«, fragte Milano bissig.

Die Galeristin schwieg und wechselte einen Blick mit Norma.

»Nicht zwangsläufig«, antwortete Norma an ihrer Stelle. »Nina besitzt vermutlich einen Wohnungsschlüssel.«

Undine Abendstern wirkte angegriffen, und der Verleger schlug vor, das Gespräch bei einem Kaffee fortzusetzen. Sie kehrten in die Galerie zurück, und Norma schritt zur Tat, wie es sich für eine Assistentin geziemte.

Nun trug sie zwei Tässchen Espresso für Wolfert und Milano heran, der an das Fenster getreten war. Sie lächelte. »Eines solltet ihr unbedingt wissen: Ich nenne mich hier in der Galerie anders.«

Milano blinzelte spöttisch. »Norma under cover! Wie anders?«

»Mieke Lienhop.«

Er lachte grunzend. »Ist das ein Name?«

»Bei uns zu Hause schon!«, konterte Norma.

Der Espresso duftete verführerisch. Wolfert schnupperte an der Tasse. Dabei schenkte er Norma wieder den verstohlenen Blick, spürte mit einem Mal, wie sehr er sie vermisst hatte. Dabei war sie ihm nach dem Prozess nicht ein Mal in den Sinn gekommen, so meinte er jedenfalls. Wann dachte er überhaupt an Norma, seit sie dem Kollegium nicht mehr angehörte? Im Gegenteil, wie befreit hatte er sich gefühlt, als sie fort war und ihn nicht ständig mit ihren eigenmächtigen Aktionen reizte. Eine Frau mit solchem Eigensinn war im Grunde gar nicht zur Teamarbeit fähig! Nun stand sie vor ihm und strich sich wie in Gedanken eine helle Haarsträhne aus dem Gesicht. Rasch wandte er sich um und stellte die Tasse auf die Fensterbank.

Milano hütete das Tässchen wie einen Schatz in seiner Pranke. »Was für eine seltsame Geschichte, Norma. Der Name Rico Götz ist uns selbstverständlich bekannt. Wir wissen, dass Metten Triathleten trainiert hat, und Rico Götz war einer seiner Schützlinge. Bei Weitem nicht der Einzige. Was stört dich daran, dass sich beide auf ein Bier treffen?«

»Was meinst du dazu, Dirk?«, fragte sie.

Er wich ihrem Blick aus. »Nun, es spricht eine Menge dafür, dass Metten keine saubere Weste hatte. Bestechung im Amt, womöglich Doping während seiner sportlichen Laufbahn – Verdachtsmomente gibt es einige. Ich denke, Kunstraub und Erpressung könnten diese Reihe durchaus ergänzen.«

Norma lachte leise. »Und das aus deinem Mund, Dirk. Wo ich dich als den großen Skeptiker kenne.«

»Was weißt du überhaupt über mich.« Ein unüberlegter Satz, den er auf der Stelle bereute.

Milano zog die Augenbrauen zusammen, ohne Wolferts Antwort zu kommentieren, und wandte sich der Galeristin zu. »Bisher kann von Erpressung keine Rede sein. Nicht wahr, Frau Abendstern?«

Sie stimmte ihm betrübt zu. »Ich warte darauf, dass man ein Lösegeld verlangt.«

»Wer sollte diese Forderung stellen«, überlegte Norma laut, »wenn der potenzielle Erpresser getötet wird und die Komplizen nicht wissen, wo er das Bild versteckt hat?«

Der Verleger mischte sich mit einem höflichen Räuspern in das Gespräch. »Du sprichst von Nina und Rico? Du nimmst also an, sie haben das Bild weitergegeben?«

»Sie mussten damit rechnen, als Erste verdächtig zu werden«, führte Wolfert die Hypothese fort. »Bei Metten hätte man nicht so schnell gesucht.«

»Ich übernehme das gern«, murmelte Milano.

Undine schüttelte erregt den Kopf. »Wollen Sie behaupten, meine Tochter und Rico haben diesen Metten getötet, um das Lösegeld allein zu kassieren? Und jetzt finden sie das Bild nicht? Das ist Wahnsinn! Lutz, sag doch was!«

Er drückte ihren Unterarm. »Liebe Undine, du selbst hast den Verdacht auf deine Tochter gelenkt.«

»Weil ich mir den Diebstahl vorstellen kann, das ja. Aber die Kinder sind keine Mörder!«

Wolfert hatte das sichere Gefühl, dass sie log. In Wahrheit traute Undine Abendstern der eigenen Tochter alles zu.

16

Um 15 Uhr schellte erneut die Türglocke. Nina stürmte herein. Der schwarze Lederrock, nur unwesentlich breiter als der Gürtel, ließ Entfaltungsraum für die wohl geformten Beine, die sich in grobmaschige rote Netzstrümpfe hüllten. Das Oberteil war ebenso knapp wie bunt, und über dem bleich geschminkten Gesicht thronte der dunkle Haarturm. Norma, die selten etwas Aufregenderes als Hosen und Shirts trug und diesem Stil auch als Mieke die Treue hielt, war beeindruckt.

Nina baute sich mitten im Raum auf und maulte mit dem Zorn eines verlassenen Kindes: »Mir reicht's! Wo ist sie? Ich muss mit ihr reden.«

Norma schloss die Tür mit sanftem Druck. »Deine Mutter ist mit Lutz in den Rheingau gefahren.«

Nachdem Wolfert und Milano gegangen waren, hatten sich beide verabschiedet, um bei einem Winzer ihre Weinvorräte aufzustocken.

Ninas Wimperntusche war im Begriff, sich aufzulösen. Schwarze Tränen wuschen Kanäle in das Make-up. »Nie ist sie da, wenn ich sie brauche! Wann kommt sie zurück?«

»Das wird eine Weile dauern. Vielleicht kann ich dir helfen. Was ist los? Probleme mit Rico?«

Der Name ließ Ninas Gesichtszüge verrutschen. »Stell dir vor, Mieke! Sie haben ihn immer noch in der Mangel. Erst mich, und jetzt Rico!«

»Wovon redest du?«

»Na, von den Bullen! Man hat mich im Laden verhaftet

und zu so einem Fettsack geschleift. Später kam noch ein fieser Dürrer dazu. Die Bullen behaupten, Undine wurde der Jawlensky geklaut.«

Ein Sturzbach an Tränen folgte. Tränen des Zorns, nicht des Kummers, vermutete Norma. Sie reichte dem Mädchen ein Papiertaschentuch. »Du sprichst in Rätseln, Nina. Um welchen Jawlensky geht es überhaupt?«

Nach deutlichem Zögern tupfte Nina sich mit dem Taschentuch im Gesicht herum. Mit dem verheerenden Ergebnis, das sie wohl befürchtet hatte. Schluchzend sagte sie: »Davon kannst du gar nichts wissen, Mieke. Sie redet nicht darüber. Weil's ihr peinlich ist. Eine halbe Million ist das Bild wert. Das ›Schweigende Rot‹. Meine Mutter lässt es einfach in der Wohnung stehen. Ist das zu glauben? Bei offener Tür! Dreimal darfst du raten, wer es geklaut haben soll. Ich und Rico!«

»Habt ihr das Bild gestohlen?«

»Ach, hör mir auf mit dem Bild. Die Bullen wollen uns Pitts Tod anhängen!«

»Beruhige dich erst mal. Komm!« Norma führte das Mädchen zum Besuchertisch. »Magst du einen Kaffee?«

Umständlich hockte sich Nina auf die Stuhlkante. »Nee, lieber Wasser.«

Norma holte eine Flasche Wasser und zwei Gläser und setzte sich gegenüber. »Wer ist Pitt?«

»Kriegst du gar nichts mit? Der Tote von der Platte, das ist Pitt. Oder viel mehr, das war Pitt. Früher war er mal Ricos Trainer. Und jetzt glauben die Bullen irgendwie, dass Rico und ich Pitt umgebracht haben. Das ist doch irre!«

»Habt ihr den Jawlensky gestohlen?«

Nina überhörte auch die zweite Frage nach dem Gemälde. Gedankenverloren zerpflückte sie das Taschentuch. »Die eigene Tochter bei der Polizei anschwärzen, das macht man doch nicht! Das ist doch nicht normal für eine Mutter, oder?« Sie verschonte das Taschentuch für einen Moment und richtete einen verzweifelten Blick auf Norma, bevor sie stockend von der Vernehmung erzählte. Milano und Wolfert hatten sie aus der Boutique abholen und ins Kommissariat bringen lassen. Dort verlangten sie eine minutiöse Schilderung ab Montagvormittag, dem Tag des Diebstahls, und der anschließenden Nacht bis in die frühen Morgenstunden des Dienstags, dem Tag, an dem Metten ums Leben kam.

Nina redete sich erneut in Rage. »Was ich mache, geht niemanden was an! Erst recht nicht die Polizei.«

»Es sei denn, man gerät unter Verdacht. Was genau hast du den Kommissaren erzählt?«

»Dass ich die ganze Nacht zum Dienstag mit Rico zusammen war! In meinem Zimmer in der WG. Bis morgens um 9.45 Uhr. Nach dem Frühstück bin ich in die Boutique gegangen, und Rico wollte zum Training. Vorher hat er Paul den Wagen zurückgebracht.«

»Was für einen Wagen? Und wer ist Paul?«

»Paul macht auch Triathlon. Manchmal leiht er uns das Auto. Eine Klapperkiste, aber besser als nichts.«

»Was wolltet ihr mit dem Wagen?«

Sie schaute widerspenstig auf. »Nichts weiter, ein bisschen rumfahren. Was ist denn dabei?«

Brauchten sie das Fahrzeug, um den Bilderkoffer unauffällig zu transportieren? Norma hob sich weitere Fragen dazu für später auf. »Habt ihr Zeugen für den frühen Dienstagmorgen?«

Nina zuckte die Achseln. »Marco hat mal wieder im Proberaum gepennt, und Daniel war auf Nachtschicht. Er ist irgendwann morgens gekommen und gleich in seinem

Zimmer verschwunden. Aber er sagt bestimmt, dass er uns gesehen hat. Der verrät seinen Bruder nicht.«

Norma verzichtet auf eine Bemerkung zu dieser seltsamen Auffassung von Verrat. »Und am Montag?«

»Da hatte ich frei. Hab lange geschlafen, so bis 11 Uhr, und bin dann in die Stadt gegangen. Gegen 15 Uhr war ich wieder zu Hause. Daniel kann das bestätigen. In echt! Er war in der Küche, als ich nach Hause kam.«

»Hast du in der Stadt jemanden getroffen?«

»Klar! Mindestens tausend Leute.« Der kirschrote Kindermund zeigte ein verwischtes Lächeln.

»Nina, das ist kein Spaß! Hat dich jemand gesehen, der das bestätigen kann? In welchen Läden warst du? Hast du die Quittungen aufgehoben?«

Wieder ein Achselzucken. »Ich bin durch die Kaufhäuser gezogen und habe keinen getroffen, den ich kenne. Geklaut habe ich nichts und gekauft auch nicht. Von was auch? Die Alte gibt mir viel zu wenig Knete, und mein Gehalt ist eine Zumutung. Das Taschengeld von meinem Vater geht immer gleich für die Schulden drauf.«

»Also kannst du nicht nachweisen, wo du am Montagmittag warst! Und Rico?«

Nina bröselte die Taschentuchfetzen auf den Fußboden und nahm das Wasserglas auf. »Rico hat auf dem Rad trainiert. Er war im Taunus unterwegs.«

»Gibt es dafür Zeugen?«

Sie trank einen Schluck und stellte das Glas zurück. »Ungefähr tausend Autofahrer! Was soll das, Mieke? Du bist schlimmer als die Bullen. Ich dachte, wir leben in einem freien Land.«

»Also auch für ihn keine Zeugen«, erklärte Norma lakonisch. »Wo warst du am Sonntagabend?«

Nina reagierte mit einem genervten Blick zur Zimmerdecke. »Auf diesem Jammerkonzert von Marco, zusammen mit Rico. Das war so öde, die reinste Katzenmusik. Wir sind früher gegangen.«

»Wie gut kanntest du diesen Pitt?«

Nina zog sich den dritten Stuhl heran und warf mit Schwung die Füße darauf, die in schwarze Lackschuhe mit klobigen Absätzen gezwängt waren. »Ich habe ihn ein paar Mal in der Kneipe getroffen. Als er Rico trainiert hat, war ich noch bei meinem Vater in Amsterdam. Später war Pitt nicht mehr sein Trainer.«

»Warum nicht? Gab es Streit?«

Wieder das Achselzucken. »Keine Ahnung. Ich glaube, Pitt hat ganz als Trainer aufgehört. Das wurde ihm zu viel neben seinem Job. Der macht irgendwas mit Kontrollen.«

»Du bist stolz auf Rico, nicht wahr?«

»Klar doch! Er will wieder zum Ironman nach Hawaii, muss nur noch das Geld zusammenkriegen.«

Norma zeigte sich verwundert. »Ich dachte, er wird von der Sporthilfe unterstützt?«

»Schon. Die zahlen ihm was, auch die Sponsoren und so. Und er kriegt das bisschen Miete, was viel mehr sein könnte, wenn Daniel alle Wohnungen vermieten würde. Oder endlich auf Rico hören und das Haus verkaufen würde. Das Geld könnten wir gut gebrauchen!«

»Was habt ihr damit vor?«

Nina lächelte verträumt. »Ich will mit nach Hawaii. Nach dem Wettkampf wollen wir reisen. Südsee. Karibik. Amerika und so. Am liebsten für immer.«

»Dafür wäre ein Startkapital hilfreich«, bestätigte Norma.

»Meine Mutter könnte uns die Kohle geben. Wenn sie nur nicht so geizig wäre. Ich meine, die hat doch genug. Aber ihr sind die Bilder wichtiger als ich. Vor allem dieser Jawlensky!«

Nina verstummte und schaute zum Eingang. Die Türglocke hatte angeschlagen.

Schluss mit der Redseligkeit, befürchtete Norma, der Nina noch nie so gesprächig begegnet war. Hatte die Vernehmung sie aufgewühlt und die sonst zur Schau gestellte Coolness aufgetaut?

Es klingelte wieder. Die Eingangstür wurde von zwei schmalen, hohen Fenstern umrahmt, und durch eine der Glasscheiben spähte nun ein Mann und winkte ungeduldig.

Nina beobachtete die Tür. »Ich muss grässlich aussehen.«

»Falsche Jahreszeit! Zu Halloween wäre es unschlagbar.«

Nina grinste und verschwand in der Gästetoilette. Norma stand auf, um dem Besucher zu öffnen.

»Regert«, sagte der Mann. »Dr. Gregor Regert.«

Einen Kunst sammelnden Mediziner hatte sie sich anders vorgestellt, auf eine dezente Art feingeistig und blass. Regerts ebenmäßiges Gesicht war sonnengebräunt und mit einem prägnanten Kinn und einer scharf gezeichneten Nase versehen. Unter dem blauen Hemd mit aufgerollten Ärmeln zeichneten sich muskulöse Schultern und Oberarme ab. Er trug schlichte schwarze Lederschuhe zur Jeans, keine Uhr und auch sonst nichts von offensichtlichem Wert. Mit voll tönender Stimme fragte er nach Undine.

Frau Abendstern sei nicht im Haus, antwortete Norma und stellte sich als Assistentin Mieke Lienhop vor.

Er zeigte ein einnehmendes Lächeln. »Frau Abendstern hat mir eine ›Meditation‹ von Jawlensky angeboten. Dürfte ich das Bild bitte sehen?«

»Zur Zeit befindet es sich in der Schweiz«, erklärte Norma. «Ich könnte Ihnen ein Farbbild zeigen.« Der Schweizer Kunsthändler hatte der Mail eine Fotodatei angehängt. Norma druckte das Bild aus und übergab es Regert. »Leider nur ein kümmerlicher Ersatz für das Original.«

»Der mir aber eine Ahnung gibt, wie zauberhaft das Gemälde sein muss.« Begeistert hielt Regert den Zettel ins Licht. »Wussten Sie, dass Jawlensky die Meditationen hier in Wiesbaden malte? Natürlich wissen Sie das. Ich hatte so sehr gehofft, Frau Abendstern persönlich anzutreffen.«

»Sie wird Sie gern anrufen!«

Regert strahlte sie an. »Ich habe eine große Bitte. Vielleicht können Sie mir helfen, Frau Lienhop?«

»Wenn es mir möglich ist, gern.«

Er nickte zufrieden. »Wenn ich richtig informiert bin, besitzt Frau Abendstern ein Stillleben von Jawlensky.«

Normas Herz schlug ein paar Takte schneller. »Das Bild heißt das ›Schweigende Rot‹.«

»Das ist mir bekannt. Ich habe gelesen, dass es für die Ausstellung in Basel vorgesehen ist. Hängt es zurzeit noch hier in der Galerie? Ob ich das Original sehen dürfte?«

»Bedaure, das Bild wird hier nicht ausgestellt.«

»Wie schade! Dann muss ich wohl nach Basel reisen.«

Eine Tür klappte. Nina hatte das Gesicht in Ordnung gebracht und sah auf die ihr eigene Weise makellos aus. Regert schaute sie für einen Moment wie entgeistert an. Nina ließ sich nicht aufhalten.

»Danke, Mieke. Tat gut, mit dir zu reden«, sagte sie im Vorübergehen. »Hätte ich gar nicht gedacht.«

Regert sah ihr nach, bis sie durch die Eingangstür verschwunden war. »Darf ich fragen, wer das Mädchen ist?«

»Nina. Undine Abendsterns Tochter.«

»Nina Abendstern also. Klingt hübsch.«

»Sie heißt Nina Santini. Nach ihrem Vater.«

Er wedelte mit dem Ausdruck. »Darf ich das Blatt mitnehmen?«

»Bitte sehr!«

»Danke. Grüßen Sie Frau Abendstern.«

Überstürzt verließ er die Galerie.

Norma trat an ein Fenster heran. Unter ihr überquerte Nina die Straße. Die Schuhe verliehen ihrem Gang etwas Roboterhaftes. Regert folgte ihr, als habe er zufällig denselben Weg. Nach wenigen Schritten waren beide außer Sicht.

17

Rico war wieder zu Hause und saß mit seinem Bruder und Nina bei offenem Fenster in der Küche, als Norma am Spätnachmittag nach Hause kam. Sie meldete sich mit einem Gruß und ging zunächst in ihr Zimmer, um die Leinenhose gegen eine leichte Jeans zu tauschen, bevor sie barfuß zurückkehrte. Die Sonne hatte die Küchenfliesen angenehm aufgewärmt. Das Paar hatte sich auf dem Loriotsofa eingerichtet, während Daniel gegenüber auf einem Stuhl hockte und den stämmigen Hals reckte. Am ausgestreckten Arm schwenkte er eine Flasche Rotwein hin und her: Der Rioja, den sie neulich zum Abendessen getrunken hatten. Auf dem Tisch stand bereits eine leere Flasche, deren Boden rote Ringe auf der Tischplatte hinterlassen hatte.

Wie ein lebendiges Wesen folgte die tätowierte Schlange jeder Armdrehung. »Nimm dir ein Glas, Mieke!«

»Ein bisschen früh für meinen Geschmack.«

»Sei kein Mädchen«, nölte Nina. »Besauf dich mit uns, Mieke! Das haben wir uns verdient.«

Sie trug einen verwaschenen Hausanzug, und das ungeschminkte Gesicht wurde von dem Handtuch umrahmt, das sie sich um den Kopf gewickelt hatte. Sie stützte die nackten Füße gegen Rico, der sich in die Sofaecke lümmelte und Normas Blick auswich. Er wirkte ausgelaugt.

Norma holte ein Glas aus der Vitrine und nahm sich einen Stuhl. »Ihr seht nicht so aus, als gebe es etwas zu feiern.«

Lässig schob Nina einen Handtuchzipfel unter den

Turban zurück und stieß Rico mit den Zehenspitzen in die Rippen. »Und ob! Die Bullen haben ihn frei gelassen!«

Er schlug ihre Wade grob zur Seite, dass es klatschte. »Hör auf damit!«

»Aua!« Nina zog die Beine an und blickte schmollend in die andere Richtung.

Unbeeindruckt füllte Norma das Glas zwei Finger hoch aus der Flasche, die Daniel ihr reichte. »Nina hat mir erzählt, weswegen man euch in Verdacht hat, Rico.«

»Tratschweib!«, fauchte er und sprang auf. »Was geht das Mieke an!«

Nina wollte ihn aufhalten.

Er schüttelte ihre Hände ab. »Wie blöd bist du eigentlich? Musst du alles rumquatschen!«

»Rico!«, rief Daniel seinem Bruder hinterher. »Bleib hier!«

»Lasst mich in Ruhe! Ich muss zum Training.«

Er verließ die Küche und knallte die Tür zu. Nina lief ihm nach.

Daniel zog die Stirn zusammen, sodass der Silberring mitsamt der Augenbraue in Bewegung geriet. »Ich hab's nicht genau kapiert. Nina und Rico sollen ein Gemälde aus der Galerie geklaut haben? Und womöglich mit drinstecken, dass Ricos Trainer tot ist? Auf welchen Schlamassel hat sich mein Bruder mal wieder eingelassen! Vielleicht weißt du mehr als ich. Was hat Nina dir erzählt?«

»Der Tote vom Waldparkplatz war Ricos Trainer. Pitt Metten. Kanntest du ihn?«

Auf dem Flur wurde es laut. Rico warf Nina vor, sich einer Fremden anvertraut zu haben, und Nina verteidigte sich lautstark und bezeichnete Mieke als Freundin. Rico fielen einige Schimpfworte ein, mit denen er die neue Freundin großzügig bedachte.

»Mein Bruder hat sie nicht alle!« Daniel stand auf und brüllte in den Flur hinein, womit er erreichte, dass es draußen noch lauter wurde.

»Wenn das nur gut geht mit den beiden«, sagte Norma, als er zum Tisch zurückkehrte.

Daniel winkte ab. »Rico hat ein großes Maul und nichts dahinter. Anders als der Kerl, vor dem du dich versteckst.« Von dieser fixen Idee wollte er sich nicht abbringen lassen.

»Sehe ich aus, als ließe ich mich verprügeln?«

»Das lassen sich viele Frauen nicht ansehen!«

Sie wechselte das Thema. »Was hältst du von dem Verdacht der Polizei? Kannst du dir vorstellen, dass die beiden das Bild geklaut haben?«

Daniel grinste. »Nina hat oft genug damit angegeben, dass ein Bild ihrer Alten eine halbe Million wert ist. Das bleibt unter uns, abgemacht?«

»Und die andere Geschichte?«

»Der Mord im Wald?« Er schüttelte den Kopf. »Man soll niemals nie sagen. Aber mein Bruder als Robin Hood? Das bringt der nicht. Mit dem Bogen würde er keine Kuh treffen.«

»Aber du!«

Er schmunzelte. »Und wie! Ich war früher ein ziemlich guter Bogenschütze. Mit Wettkampferfahrung, ob du es glaubst oder nicht!«

Darum bemüht, sich die Überraschung nicht anmerken zu lassen, fragte sie, was den Reiz des Bogenschießen ausmache.

»Das habe ich mich selbst oft gefragt«, bekannte er. »Vielleicht ist es die Verbindung von Konzentration und Kraft, von innerer Ruhe und höchster Anspannung. Mit dem Einatmen hebst und spannst du den Bogen und schickst den Pfeil mit dem Ausatmen auf den Weg. Für mich war es, als ob meine Atemluft den Pfeil davontragen würde. Ein meditatives Erlebnis gewissermaßen.«

Er lächelte verlegen.

Norma nippte am Wein. Ein flüchtiger Johannisbeerduft stieg ihr in die Nase. »Hast du den Bogen noch?«

»Sicherlich! Aber er ist harmlos. Mit Sportpfeilen und einem Sportbogen kannst du niemanden umbringen.«

»Der Mann im Wald wurde von einem Jagdpfeil getötet, stand in der Zeitung. Was ist der Unterschied?«

Er lehnte sich zurück und lächelte selbstgefällig. »Mit einem Jagdpfeil kannst du Hirsche und Bären und natürlich genauso einen Menschen töten. Nimmt man den richtigen Bogen, einen Compoundbogen zum Beispiel, bekommt der Pfeil die Durchschlagskraft einer Gewehrkugel.«

Draußen schnappte die Wohnungstür ins Schloss. Nina kehrte in die Küche zurück. Zum zweiten Mal an diesem Tag sah Norma das Mädchen weinen. Der Turban fehlte. Die nassen Haare hingen ihr zerzaust ins Gesicht. Sie ging zur Anrichte, riss ein Stück von der Küchenrolle ab und kletterte auf das Sofa.

»Mann, ist der sauer! Jetzt will er laufen. Dabei hat er heute morgen trainiert.«

»Mach dir keine Gedanken. Beim Joggen beruhigt er sich.« Daniel füllte Ninas Glas auf. »Mieke hat mich auf einen Gedanken gebracht.«

»Was denn?«, fragte sie und schnupfte in das Papierstück.

»Nun, dass die Polizei besser nichts von meinem Sportbogen erfahren sollte.«

»Du hast eben gesagt, man kann damit niemanden umbringen«, wandte Norma ein.

»Nicht töten, aber üben! Und Rico hat sich das Teil oft genug ausgeliehen.«

Nina winkte ab. »Das ist ewig her. Ein halbes Jahr. Im Herbst war das, und er hatte Spaß daran, bis er sich mit einem Mal lieber Pauls Boot ausborgte und im Schiersteiner Hafen herumpaddelte. Wie sollten die Bullen das rausfinden?«

Na, wie bloß? Norma musste an sich halten, um nicht auf der Stelle das Handy zu zücken. »Nina, als du vorhin nach Hause gegangen bist, ist dir aufgefallen, ob dir jemand folgte?«

Das Mädchen zog eine Strähne in die Stirn und kämmte sie mit den Fingerspitzen. »Du meinst diesen Typen aus der Galerie? Na klar, der ist mir nach. Hat mich vor der Haustür angequatscht. Dr. Regel, oder so ähnlich.«

»Dr. Regert. Was wollte er?«

Sie ließ die Hände ruhen. »Er will unbedingt einen Jawlensky kaufen und hat Angst, dass ihm ein anderer Kunde zuvorkommt. Deswegen soll ich bei meiner Mutter ein gutes Wort für ihn einlegen. Ausgerechnet ich!« Sie lachte schrill.

»Na, ob der Kerl nicht ganz was anderes will?«, meinte Daniel verächtlich.

»Nee, der wusste, dass ich einen Freund habe.«

Norma stützte sich auf die Tischkante und beugte sich vor. »Er kennt Rico?«

»So nun auch nicht«, entgegnete Nina nebulös. »Er wusste, dass ich einen Freund habe, aber nicht, dass es Rico ist. Er hat mich gebeten, ob ich meinen Freund anrufen könnte. Er wollte ihm einen Job anbieten.«

Dem Mädchen musste man jedes Wort aus den Nase ziehen! Norma bremste ihre Ungeduld. »Na und? Was dann?«

Nina griff nach dem Weinglas. Sie nahm einen langen Schluck und wischte sich mit dem Handrücken breit über den Mund. »Ich hab's gemacht, und Rico kam runter. Er bräuchte Hilfe, hat der Doktor erzählt. Rico sollte für ihn ein paar Schränke umstellen. Als ob Rico ein verdammter Möbelpacker ist!«

»Hat Rico abgelehnt?«

Nina grinste unbekümmert. »Wenn du es so ausdrücken möchtest. Jedenfalls ist der Doktor beleidigt abgezogen.«

Daniel winkte mit der Flasche. »Noch Wein, Mieke?«

Sie erhob sich. »Nachher gern. Ich will kurz einen Freund anrufen. Er hat Geburtstag.«

Weder das eine noch das andere war gelogen. Wolfert hatte sicher nichts dagegen, wenn sie ihn einen Freund nannte. Und irgendwann feiert jeder Geburtstag. Selbst so ein nüchterner Mann wie Dirk. Sie zog die Küchentür hinter sich zu, überquerte den Flur und – stutzte. Daniel hatte den Zimmerschlüssel stecken gelassen! Wie unvorsichtig, Herr Götz! Aus der Küche klangen gedämpfte Stimmen herüber: Daniels Bass, unterbrochen von kindlichem Kichern. Nichts wie rein! Dem flüchtigen Blick bot sich nichts Auffälliges. Die straff gezogene Bettdecke, ein Arbeitsplatz mit Computer, die alte Kommode, auf der ein Fernseher stand, und daneben auf dem Parkett die Stereoanlage. Dass Daniel gern Science-Fiction und Kriminalromane las, verrieten die langen Buchreihen auf den Regalböden. Dazu gab es eine Reihe von DVDs. Sie legte den Kopf schief und überflog die Titel. Allesamt Filmklassiker, darunter die großartigen Filme von Alfred Hitchcock: Der Mann, der zu viel wusste. Die 39 Stufen. Bei Anruf Mord. Der Fremde im Zug.

Der letzte Film beruhte auf dem Roman von Patricia Highsmith, erinnerte sie sich gut. Das erste Buch der amerikanischen Autorin, das sie als sehr junges Mädchen gelesen hatte. Nach Mitternacht mit der Taschenlampe unter der Bettdecke, sich gruselnd bei der Vorstellung, der unheimliche Bruno schliche sich in ihr Zimmer. Hieß der Roman nicht ›Zwei Fremde im Zug?‹, überlegte sie, während sie sich dem Kleiderschrank zuwandte, einem billigen Möbel aus Spanplatten. Zwei Männer begegnen sich im Zug und verabreden, zum gegenseitigen Vorteil jeweils einen Mord zu begehen. Nachdem Bruno die Frau des anderen getötet hat, erwartet er als Gegenleistung die Ermordung des verhassten Vaters. Das anscheinend perfekte Verbrechen.

In der Schranktür steckte ein einfacher Schlüssel. Fix schob sie Hosen und Hemden auseinander. Nichts verbarg sich dahinter. Bewahrte er den Bogen im Keller auf? Sie erinnerte sich an den hohen, verschlossenen Spind. Als sie die Tür wieder schließen wollte, klemmte das Schloss. Das Probieren und Hantieren kostete Sekunden, bis sich der Schlüssel endlich drehen ließ. Höchste Zeit für den Rückzug, aber nicht ohne hinter den Vorhang zu schauen, der die Nische zwischen Schrank und Wand abdeckte. Die Ecke war so ordentlich und aufgeräumt, wie sie es von Daniel inzwischen nicht anders erwartete. Drei Kartons standen penibel aufeinander geschichtet vor einem Bügelbrett, daneben ein Staubsauger. Dahinter ragte ein geschwungenes Holzteil hervor, das auf den ersten Blick an einen Langlaufski erinnerte; sofern man sich einen gebogenen Ski vorstellen mochte, der von einem olivgrünen Tarnmuster überzogen war. In der Spitze saß eine Scheibe, um die ein Drahtseil gespannt war. Hastig räumte sie den Staubsauger beiseite. Die Präzisionswaffe ließ jede Waldläufer-Romantik vermissen und war mit einer komplizierten Zielvorrichtung versehen. Mit der Handykamera knipste sie zwei eilige Bilder. Ihr Herz klopfte. War dies tatsächlich ein harmloses Sportgerät, wie Daniel ihr weismachen wollte?

Kaum war sie zurück auf dem Flur und hatte die Tür zugezogen, als sich gegenüber die Badezimmertür öffnete. Blitzschnell ging Norma in die Knie.

Nina blinzelte verwundert. »Was tust du da, Mieke?«

Norma richtete sich wieder auf. »Mir ist das Handy heruntergefallen.«

»Kann vorkommen.«

»Bei meinem Freund war besetzt.«

Nina lächelte weinselig. »Weil er Geburtstag hat! Da wollen viele gratulieren. Versuch es gleich noch mal!«

An der Wand Halt suchend, trat sie den Weg zurück zur Küche an.

Norma ging in ihr Zimmer. Sie schob ›Rites‹ von Jan Gabarek in den CD-Player und stellte den Ton halblaut.

Unter Wolferts Nummer meldete sich Milano. »Dirk ist beim Chef. Du musst mit mir vorlieb nehmen oder später noch einmal anrufen.«

»Er hat hoffentlich nichts angestellt?«

Milanos dröhnendes Lachen erklang. »Eher wird ein Mafioso zu Mutter Theresa, bevor sich unser Dirk etwas zu schulden kommen lässt. Der nimmt nicht mal einen Döner an, das ist dir doch klar! Was willst du?«

»Fragen, ob euch die Vernehmungen von Nina und Rico voranbringen konnten.«

»Ach, die beiden decken sich gegenseitig. Ihre Behauptungen klingen abgesprochen. Jede Wette, dass sie Dreck am Stecken haben, aber vorerst lässt sich nichts nachweisen. Der Diebstahl ist eigentlich nicht unsere Angelegenheit. Wir haben genug mit dem Bogenschützen zu tun.«

Sie lächelte und sagte: »Dazu habe ich etwas im Angebot.«

»Norma, ohne dich wären wir arbeitslos! Schieß los!«

»Nicht so schnell, Luigi.«

Er grunzte unwillig. »Du willst handeln? Machst du das mit Dirk immer so?«

Sie lachte leise. »Du weißt genau, dass Dirk nicht handelt. Dafür kann ich mich auf sein Wort verlassen.«

»Auf mein Wort vielleicht nicht?«

»Zuerst versprichst du mir, dass ihr meine Information nicht öffentlich verwendet. Sonst ist gleich klar, von wem ihr das habt, und Mieke Lienhop hat jedes Vertrauen verspielt.«

»Ich halte mich daran, Norma. Raus damit.«

Mit gesenkter Stimme erzählte sie von Ricos Schießübungen.

Milano schnalzte mit der Zunge. »Weißt du, wann und wo sich der Junge im Bogenschießen versucht hat?«

»Das dürft ihr selbst ermitteln. Vergiss dein Versprechen nicht!«

»Du hast mein Wort, Norma. Du weißt nicht zufällig, wie dieser Bogen aussieht?«

»Ich schicke euch die Fotos. Denk daran, von mir habt ihr das nicht.«

»Meinetwegen. Eins noch, Norma.«

»Das wäre, Luigi?«

»Pass auf dich auf!«

18

Dienstag, der 17. Juni

Am Vormittag wartete sie, bis Rico in Laufschuhen aus dem Haus ging. Sie wollte sichergehen, dass er sich nicht mit dem Rad ins Sportstudio aufmachte und zufällig vorbeiradelte, wenn sie das Büro betrat. Selbst ihre anspruchslosen Zimmerpflanzen brauchten ab und zu Wasser, und sicherlich hatte sich einige Post eingefunden. Im Berufsverkehr benötigte sie eine Viertelstunde bis hinunter zum Rhein, auf den sie sich wie auf einen alten Freund freute. Sie parkte den Polo vor der Mauer, die die Schlossterrasse auf der rheinwärts gelegenen Seite abschirmte. In der Morgensonne glitzerte das Wasser tiefblau wie der Ozean, und die lichtgrünen Platanenblätter tanzten im Wind. Ein Schwarm Großsittiche, die zu Wiesbadens Parkanlagen gehörten wie andernorts Eichhörnchen und Tauben, flatterten hoch über ihren Kopf hinweg und hießen sie mit wildem Kreischen willkommen. Die Wohnung lag wenige Schritte abseits im ursprünglichen Biebricher Stadtkern. Norma schob das Tor auf und hielt im Hof nach Evas Wagen Ausschau, der zwar an seinem Platz stand, aber nicht bewies, dass die Vermieterin zu Hause war. Eva fuhr oft mit dem Fahrrad zur Schule. Auf das Klingeln meldete sie sich nicht. Stattdessen schlenderte der Kartäuser heran, setzte die Pranken in einer zierlichen Linie voreinander und schlug einen Bogen um Norma. Sie ging in die Hocke und lockte ihn zu sich, bis er sich gnädig das blaugraue Kinn kraulen ließ und sie ins Haus begleitete.

Sie hielt sich nur kurz in der Wohnung auf und ging wieder hinunter. Der Kater trottete voraus. Zwischen der Haustür und dem Büroeingang befand sich das breite Schaufenster. Gegenüber lag die Bäckerei, deren Anblick ihren Magen knurren ließ. Die Post zuerst! Eva hatte die Briefe gesammelt und auf den Schreibtisch gelegt. Mit flinken Fingern sah Norma den Stapel durch, schob die Werbung in den Papierkorb und öffnete, was ihr wichtig erschien. Nach zehn Minuten hatte sie alles durchgesehen. Sonst blieb nichts zu tun. Die Anrufe wurden auf das Handy weitergeleitet, und die elektronische Post rief sie über das Notebook ab. Jetzt galt es, Leopold wieder ins Freie zu verfrachten, der sich auf dem oberen Regalboden niedergelassen hatte. Beim Versuch ihn herunterzuheben, drohten Schrammen, wusste sie aus Erfahrung. Das sonst so sanfte Kerlchen ließ sich ungern zwingen. Also half nur Überzeugungsarbeit. Im unteren Fach fand sich eine Dose Katzenfutter. Er liebte das Geräusch, mit dem sich der Deckel löste, und spitzte die Ohren. Nun genügten wenige Schmeicheleien und der Duft des Futters, ihn vom Ausguck herunterzulocken. Mit einem dumpfen Plopp landete er auf dem Schreibtisch.

Das Futter gab es draußen. Widerstrebend betrat er den Gehsteig. Geschafft! Während der Kater bettelnd um ihre Waden strich, versperrte sie die Tür und kippte das Futter auf die Fensterbank. Leopold stürzte sich wie ein ausgehungerter Löwe darauf; eine Gier, die im Widerspruch zur barocken Figur stand. Er würde keinen Krümel übrig lassen. Endlich durfte sie an den eigenen Appetit denken. Die Croissants von gegenüber vermisste sie nicht weniger als den Anblick des Rheins. Als sie sich umwandte, fiel ihr vor dem Bäckerladen ein Mann auf, der aufmerksam herüberschaute: Dr. Gregor Regert, der Freund des Expressionismus. Hatte er Mieke Lienhop erkannt und wunderte sich, was Undine Abendsterns Assistentin mit einer Privatdetektivin zu schaffen hatte? Wenn sie hinüberging und sich als Norma Tanns Freundin ausgab, trat womöglich die Bäckersfrau heraus und begrüßte die Nachbarin freundlich mit Namen. Besser stahl sie sich ohne Croissants davon.

Während sie den Polo die Biebricher Allee hinaufsteuerte, rief Wolfert an und bedankte sich für die Fotos. Daniels Bogen! Ob es bereits Erkenntnisse gebe, fragte sie.

»Ein herkömmlicher Sportbogen, sagen die Experten. Eine gute Waffe, wenn auch ein älteres Modell. Damit kannst du auf Scheiben schießen, jedoch keinen Menschen töten.«

»Also ist es nicht die Mordwaffe«, stellte Norma klar.

»Ausgeschlossen«, bestätigte er.

Sie fuhr auf direktem Weg zur Galerie und ergatterte eine Parklücke vor dem Haus. Undine sah es nicht gern, wenn der Polo den Kundenparkplatz besetzte. Beim Aussteigen fiel ihr ein altmodischer Daimler mit dem Kennzeichen ›WI – LT‹ auf. ›LT‹ für Lutz Tann. Gewöhnlich war Lutz zu dieser Stunde im Verlag, selbst wenn er bei Undine übernachtet hatte. In der Hoffnung, dass beide verspätet frühstückten und vielleicht einen Milchkaffee und ein Brötchen übrig hätten, erklomm sie die Treppen. Sie mochte Lutz sehr, und seine kluge, ruhige Art tat ihr gut. In den vergangenen Tagen hatten sie sich viel zu selten gesehen. Die Wohnungstür war angelehnt. Norma hob die Hand und wollte anklopfen, hielt aber inne. Drinnen im Flur waren Stimmen zu hören. Ein Streit. Wie so oft.

Undine klang heiser und enttäuscht. »Ich habe es satt! Endgültig satt! Deine andauernden Betrügereien!«

Gleich darauf die Antwort in heftigem Tonfall: »Kehre nicht die Heilige raus, Undine. Hast du je etwas anbrennen lassen? Muss ich dich an diesen Maler erinnern?«

»Lass Albert aus dem Spiel! Er ist ein guter Freund. Aber du! Turtelst mit einer Frau herum, die deine Tochter sein könnte.«

Ein Wort gab das andere, bis die Tür aufflog und Lutz beinahe Norma in die Arme lief. Mutlos strich er sich durch die grauen Haarborsten. Sein dunkler Anzug saß perfekt wie stets. Dazu trug er eine dezente graue Krawatte.

»Wir saßen einträchtig beim Frühstück. Als ich gehen wollte, fiel sie aus heiterem Himmel mit diesen Vorhaltungen über mich her.«

»Sie wird sich beruhigen«, flüsterte Norma. »So wie nach jedem Krach.«

Sachte zog er die Wohnungstür heran. »Dieses Mal ist es anders. Sie hat mich gesehen, mit einer anderen. Ein Flirt, mehr nicht. Maja ist Redakteurin beim Rundfunk. Auf der Frankfurter Buchmesse haben wir uns kennengelernt. Wir sind uns sympathisch, ich habe sie hin und wieder zum Essen eingeladen.«

»Lutz, mir bist du keine Rechenschaft schuldig. Das ist eine Sache zwischen dir und Undine.«

Er lächelte matt. »Entschuldige, Norma. Ich sollte dich da nicht hineinziehen. Ob ich noch einmal mit ihr rede?« Er wandte um.

Undine kam ihm zuvor. Sie riss die Tür auf und stemmte die Hände in die Hüften. »Was willst du noch hier? Verschwinde aus diesem Haus und lass dich nie wieder sehen. Ich bin fertig mit dir, Lutz Tann!«

»Aber, meine Liebe ...«

»Es hat sich ausgeliebt! Mach, dass du fortkommst!«, wetterte sie.

Er wechselte einen Blick mit Norma und trat den Rückzug an. Mit schleppenden Schritten stieg er die Treppe hinunter. Sie wäre ihm am liebsten nachgelaufen.

Undine schoss Blitze hinterher. »Dieses Mal ging er zu weit!«

»Dieses Mal?«

Undine stieß den Atem aus. »Ich weiß, Norma, du hältst mich für eine überspannte Zicke mit grundloser Eifersucht. In Wahrheit hat er mich all die Jahre betrogen. Mit Frauen, die halb so alt sind wie ich und doppelt so schön. Ich will nicht mehr. Ich kann nicht mehr.«

»Warst du ihm immer treu?«

Undine lächelte resigniert. »Mir rennt die Zeit davon, Norma. Ich habe keinen Freiraum für Spielchen. Ich brauche einen Mann, auf den ich mich verlassen kann und der zu mir hält, wenn ich alt bin.«

Sie reichte Norma das Schlüsselbund, bevor sie in die Wohnung zurückkehrte, um den Schmerz unter einer Schicht Schminke zu begraben. Norma ging derweil voraus in die Galerie. Wie jeden Morgen nahm sie sich einige Minuten Zeit für die Gemälde und Plastiken und ließ Farben und Formen auf sich wirken. Am Schreibtisch startete sie das Notebook. Mit knurrendem Magen nahm sie im World Wide Web die Fährte des Dr. Gregor Regert auf.

19

Wolfert hatte soeben das Telefongespräch mit Norma beendet, als Irene Maibaum den Kopf durch den Türspalt schob. Sie hatte den Rotton ihrer Haare vertiefen lassen, stellte er mit einer gewissen Verblüffung über die eigene Aufmerksamkeit fest.

»Gut, dass du da bist, Dirk. Frau Reisinger möchte dich sprechen. Es sei dringend, sagt sie.«

»Sie ist bereits hier?«

Der Rotschopf nickte. »Sie wartet im kleinen Besprechungszimmer.«

Die Unterbrechung kam ihm gelegen. Er war allein im Büro. Milano hatte sich aufgemacht, um einem Hinweis aus dem Gastronomiegewerbe nachzugehen, und zuvor mit der Laune eines gereizten Stiers an den Texten für die Akten getippt. Die Schreibarbeit kostete Stunden, wie bei jedem Fall. Wolfert war zum wiederholten Mal die Aussagen von Rico Götz und Nina Santini durchgegangen, die wie abgesprochen klangen. Sie wollten sich gegenseitig decken, was ebenso verdächtig wie unanfechtbar blieb. Jede Beteiligung an dem Diebstahl stritten sie vehement ab. Auf die Frage, wozu er sich das Auto seines Freundes ausgeliehen habe, wollte Rico Götz keinen triftigen Grund nennen. Er liebe das Autofahren, könne sich einen eigenen Wagen aber nicht leisten. Mehr würde er dazu nicht sagen.

Anschließend beschäftigte Wolfert sich mit der Sachlage zum Sportbogen, den Norma entdeckt hatte. Keine Mordwaffe, nach Einschätzung der waffenkundigen Kollegen. Daniel Götz hatte es als junger Mann zu meisterlichen Ehren im Bogenschießen gebracht und war auch aus polizeilicher Sicht kein unbeschriebenes Blatt, sofern man der Körperverletzung – eine Kneipenschlägerei, die als Jugendsünde durchgehen könnte – eine größere Bedeutung beimessen wollte. Der Junge hatte sich gefangen, die Schule nachgeholt und studiert. Daniel Götz sei in seinem Beruf als Sozialarbeiter beliebt und anerkannt, versicherte die Chefin, die Wolfert am frühen Vormittag in ihrem Büro aufgesucht hatte, und beschrieb ihn als eine verwirrende Mischung aus Nazi, Punker und guter Seele, die allerdings niemanden zu vorschnellen Schlüssen verleiten sollte. Bemerkenswert schien Daniels Einsatz für ›die verlorenen Kinder der Straße‹, wie die Leiterin der Sozialbehörde die Tatsache umschrieb, dass Götz zwei Wohnungen seines Hauses obdachlosen Jugendlichen kostenlos zur Verfügung stellte. Allerdings ging er dabei äußerst unkonventionell vor und handelte zu oft an den Belangen der Behörde vorbei. Auch einige Leute aus der Nachbarschaft zeigten sich verunsichert durch die Straßenkinder. Unter diesen Umständen vergab man das Lob nur unter vorgehaltener Hand. Offiziell existierte Daniels Engagement nicht, und die finanzielle Unterstützung war nicht erwähnenswert.

Wolfert schrieb eine Notiz für einen Kollegen, der sich darum kümmern sollte, wie Götz in den Besitz des Hauses gelangt war und ob der Bruder tatsächlich einen Anteil daran besaß, wie Norma in Erfahrung gebracht hatte. Die Entscheidung, wie mit Daniel Götz verfahren werden sollte, ob und wann eine Vernehmung sinnvoll wäre, lag bei Gert. Die Ermittlungen hatten diesen Zustand erreicht, in dem sich alles im Kreis zu drehen schien. Kein seltenes Phänomen, Wolfert kannte diesen Stillstand aus anderen Fällen. Bis unverhofft ein neues Detail genügte, um den Fall wieder ins Laufen zu bringen. Nicht selten rasant bis zur Aufklärung. Jedes Mitglied der Sonderkommission lauerte darauf, diese Spur zu finden. Vielleicht lag diese Chance nun in Daniel Götz und dem Sportbogen, überlegte er hoffnungsvoll. Oder in dem Anliegen, das Mareike Reisinger hergeführt hatte.

Sie wartete am Tisch und hielt die bauchige Handtasche auf dem Schoß fest, als hätte sie einen Schutzwall nötig. Wolfert ließ sich ihr gegenüber nieder. Blass und müde sieht sie aus, dachte er mitfühlend. Sie sei auf Wohnungssuche, erklärte sie, und könne nicht mehr lange in Pitts ehemaligem Zuhause bleiben. Seine Familie habe es eilig, die Wohnung zu verkaufen. Wolfert wusste davon. Eine Spur, der die Kollegen nachgingen. Mord aus Habgier.

»Zu Ihrem Mann möchten Sie nicht zurück?«

Sie hob den Blick, als hätte er ihr ein unseriöses Angebot gemacht. »Wie soll das gehen? Wo er Pitt auf dem Gewissen hat!«

»Wenn! Wenn!«, entfuhr es Wolfert. »Wir können Ihrem Mann bisher nichts nachweisen.«

Obwohl Reisingers Aussage nach wie vor unbestätigt war. Die Verwandtschaft war bislang nicht vernehmungsfähig.

Mareike Reisinger schlug die Hände vor das Gesicht, bevor sie ihn erneut ansah. »Ich weiß nicht, wie lange ich diese Ungewissheit ertragen kann.«

»Wenn Sie deswegen gekommen sind: Ich kann Ihnen nichts Neues sagen.«

»Auch nicht zum Einbruch?«

»Leider nein. Wir haben keinen Zeugen gefunden, der den Mann gesehen hätte, und die DNA-Spuren bringen uns nicht weiter. Er trug Handschuhe, also gibt es keine Fingerabdrücke, nach denen wir in unserer Datei suchen könnten.«

Er spürte, wie sie sich zusammennahm, und fühlte eine unverhoffte Achtung vor dieser Frau, die damit haderte, dass ihre Lebenspläne aus den Fugen geraten waren.

Gefasst erklärte sie: »Eigentlich bin ich aus zwei Gründen gekommen. Beginnen wir hiermit. Wie kann die Polizei eine solche Hetzkampagne zulassen?«

Sie klappte die Tasche auf, die ihn an den Koffer erinnerte, mit dem früher der Arzt ins Haus kam, um die Masern und andere Kinderkrankheiten des kleinen Dirk zu behandeln. Mareike Reisinger nahm eine Illustrierte heraus, ein Klatschblatt. Sie suchte nach der richtigen Seite und schob ihm das aufgeschlagene Heft entgegen. Er warf einen kurzen Blick darauf. Er kannte den Artikel, der in der Sonderkommission auf wenig Freude gestoßen war. Die Redaktion hatte Mettens bizarren Tod begierig aufgenommen und die vermutete Bestechlichkeit als willkommene Zugabe ausgeschlachtet. Juristisch abgesichert, ohne eindeutige Anschuldigungen und gesättigt von unvorteilhaften Anspielungen, ließ sich der Text gnadenlos über das Opfer aus.

»Diese Informationen hat der Reporter nicht von der Polizei«, erklärte er förmlich. »Die Leute aus der Gastronomie haben geredet.«

»Trotzdem, wie können Sie zulassen, dass Pitts Andenken dermaßen besudelt wird?«

»Uns sind leider die Hände gebunden.«

Die Antwort breitete sich wie schlechte Luft im Raum aus.

Mareike Reisinger zog die Zeitung mit den Fingerspitzen zurück, als könnte sie sich daran beschmutzen, und schob sie zurück in die Tasche. Die Hand tauchte mit einer Zigarettenschachtel wieder auf. »Darf ich?«

»Bedaure«, antwortete er, auf Widerspruch gefasst.

Gehorsam packte sie die Zigaretten wieder ein.

»Was wollten Sie mir außerdem erzählen?«

Sie schien zu überlegen, ob er die Information wert war.

»Ich wurde angerufen.«

»Von wem?«

»Von einem Mann.«

»Kannten Sie ihn? Hat er seinen Namen genannt?«

»Weder noch.«

»Wann war das?«

»Gestern Abend. Während das heute-journal im Zweiten lief. Gegen 22 Uhr etwa.«

»Was wollte er?«

»Er fragte, ob Pitt mir etwas überlassen hätte. Einen kleinen Koffer oder ein eckiges Paket.«

»Wie hat er seine Frage formuliert? Fragte er nach Peter, nach Metten oder nach Pitt?«

Sie überlegte. »Nach Pitt, glaube ich. Ja, er fragte gezielt nach Pitt. Und nach diesem Koffer oder Paket.«

»Und ihm war bekannt, dass Pitt tot ist?«

Sie nickte. »Ja, sicher, das wusste er. Glauben Sie, es war der Einbrecher? Was für ein Koffer soll das sein? Ich habe nichts gefunden.«

Wolfert notierte sich die Einzelheiten. Der Anruf erfolgte auf Mettens Festnetzanschluss. Er verabschiedete sich von Mareike Reisinger mit dem Versprechen, sie auf dem Laufenden zu halten, und schaute auf dem Weg ins Büro bei Irene Maibaum vorbei. Sie verschwand beinahe hinter den Aktenbergen. Nur der rote Schopf lugte über die Stapel hinweg.

Er reichte ihr die Notizen zum Anruf. »Könntest du bitte nachprüfen lassen, wann genau und von welchem Telefon angerufen wurde?«

»Mache ich. Gehst du in die Mittagspause?«

»Später vielleicht.«

Die schleppenden Ermittlungen verdarben ihm den Appetit. Milano war zurück und hatte sich unterwegs mit einer Pizza versorgt. Die offene Pappschachtel vor sich auf dem Schreibtisch, hielt er ein Stück Teig in den fettigen Fingern. Tomatensoße tropfte auf die Tischplatte. Wolfert wandte den Blick ab.

»Was gibt's bei dir Neues?«, fragte Milano mit glücklichem Schmatzen.

Die Aufmerksamkeit auf die Wand hinter dem Kollegen gerichtet, erzählte Wolfert von dem geheimnisvollen Anrufer. Solange Milano zuhören musste, konnte er nicht reden. Er kannte keine Hemmungen, Gespräche mit vollem Mund zu bestreiten. Das letzte Stück Pizza verschwand in den Hamsterbacken, als Wolfert mit seinem Bericht fertig war.

Mit einem Papiertaschentuch wischte Milano sich Mund und Hände ab. »Auch ich hatte eine aufschlussreiche Unterhaltung. Du erinnerst dich an unseren Freund Petrus?«

»Der Meister des Gyros?«

»Petrus ist ein hervorragender Koch und ein schlechter Mensch. Das behauptet jedenfalls seine Bedienung, die nebenbei seine Lebensgefährtin ist. Genauer: war! Er hat sie rausgeworfen, und prompt ist ihr etwas eingefallen.«

Wolfert spürte, wie seine Laune in den Keller sackte, was ebenso an Milanos ausschweifender Erzählweise wie am Hungergefühl liegen konnte, das sich mit der Erinnerung an das griechische Restaurant unverhofft einfand. »Jetzt sag schon! Ein Handel mit Metten?«

»Nichts Großes. Mal ein Hunni, mal ein Essen mit allem Pipapo. Dafür vergaß Metten, allzu tief in die Kühltruhe einzutauchen.«

»Dass er dort überhaupt essen mochte.«

»Petrus weiß genau, wem er was vorsetzt.«

Dann musste man sich um Milano bestimmt keine Sorgen machen. »Wird die Dame das zu Protokoll geben?«

»Wie gesagt, Petrus ist ...«

»... ein guter Koch, aber ein schlechter Mensch. Also wird sie nicht aussagen?«

»Was verlangst du?«, näselte Milano wie ein Filmmafioso. »Sie hat ein klassisches Profil. So hübsch, die griechische Nase, die bleiben soll, wie die Natur sie geformt hat. Oder kannst du die Frau schützen?«

Wolfert schlug mit der Faust auf den Tisch. »Wir haben wieder nichts in der Hand!«

Milano warf ihm einen verblüfften Blick zu. Derartige Temperamentsausbrüche waren eigentlich sein Part. »Wir wissen immerhin, dass wir mit dem Verdacht gegen Metten richtig liegen.«

»Das war mir sowieso klar«, knurrte Wolfert.

Sema kam mit eiligen Schritten herein und wedelte fröhlich mit einem Blatt Papier.

»Was ist das?«, fragte Milano.

»Ein Reifenabdruck!«

»Woher?«, wollte Wolfert wissen.

»Aus der Nähe des Tatorts. Einem Jäger ist ein Wagen aufgefallen, der aus einem Waldweg kam. Gestern morgen. Sehr früh, kurz nach Tagesanbruch. Nach allem, was der Zeuge in den Zeitungen gelesen hat, kam ihm das verdächtig vor. Zumal er kurz zuvor die Innereien eines Rehs gefunden hatte, die vergraben waren und von Füchsen wieder ausgegraben wurden. Triftige Gründe, sich genauer umzusehen.«

»Mit welchem Ergebnis?«, fragte Milano gespannt.

Sema spitzte zufrieden die Lippen. »In der Nähe des Waldwegs lag ein totes Reh. Ein Stich mitten durchs Herz und auf der anderen Seite heraus. Ohne den Hund hätte er es niemals gefunden, sagt der Jäger, so gut war es im Gestrüpp verborgen.«

Milano wirkte hellwach. »Ab damit zur Kriminaltechnik!«

»Schon unterwegs.«

»Was ist mit dem Wagen?«, fragte Wolfert, die schlechte Laune vergessend.

»Dazu kann der Zeuge nur wenig sagen. Ein schwarzer oder dunkelblauer BMW, älteres Baujahr vermutlich. Vom Kennzeichen hat er gar nichts erkannt.«

»Und der Fahrer?«

»Fehlanzeige! Was spannend ist«, mit diesen Worten lehnte sie sich über den Schreibtisch hinüber, »Abdrücke dieses Profils haben wir auch auf dem Tatort-Parkplatz gefunden. Ebenso auf dem Parkplatz, der dem Fundort der Pfeilspitze am nächsten liegt.«

»Gratuliere!«, sagte Wolfert mit ehrlicher Anerkennung, weil er wusste, welche Fleißarbeit die Kollegen beim Vergleichen und Auswerten der Reifenspuren zu bewältigen hatten.

Irene Maibaum pochte an den Türrahmen und trat gleichzeitig ein. »Das Krankenhaus hat angerufen. Jemand dürfe jetzt mit Reisingers Onkel reden.«

Wolfert sprang auf. »Ich übernehme das.«

Auf dem Weg zur Klinik wollte er irgendwo zu Mittag essen. Mit einem gesunden Hunger verließ er das Büro. Der Fall nahm Fahrt auf.

20

Donnerstag, der 19. Juni

»Möchtest du noch einen Riesling? Und dazu vielleicht die Rote Grütze?«

Rote Grütze gehörte zu den Spezialitäten ihrer Großmutter, und sie hatte oft genug davon geschwärmt. Lutz machte Anstalten, ihr die Dessertkarte zu reichen.

Dankend hob Norma die Hände. »Nur einen Espresso bitte.«

Das Pastagericht war ebenso gut wie reichlich ausgefallen. Sie liebte alle Sorten von Nudeln und Pizza, die man wunderbar vegetarisch zubereiten konnte. Lutz hatte am Spätnachmittag angerufen und sie für den Abend in den Rheingau eingeladen. Nun saßen sie auf der Terrasse und betrachteten das sanft vorangleitende Wasser, das das Abendlicht in ein Stahlgrau tauchte. Auf der Promenade hinter der Mauer spazierten die Fußgänger und ließen sich von emsigen Läufern überholen. Zwei wuselige Kläffer gerieten in Streit. Sie drohten, sich in den Leinen zu verwickeln, und wurden von ihren Besitzern unter Protest auseinandergerissen, um dann – ein jeder der Sieger – das Bein an einer Platane zu heben.

Norma rieb sich die Seite, was Lutz nicht entging.

»Rückenschmerzen?«, fragte er besorgt.

»Nichts von Bedeutung. Ich habe es gestern Abend beim Yoga übertrieben.«

»Bisweilen ist es bekömmlicher, den Ehrgeiz zu zügeln.«

Sie erwiderte sein Lächeln. »Du sprichst so vernünftig wie meine Yogalehrerin.«

Die Bedienung räumte die Teller ab und nahm die Bestellung für den Espresso auf.

Norma hielt das Gesicht in die Abendsonne. »Was für ein herrlicher Platz! In Florenz könnte es nicht schöner sein.«

Er lächelte nicht. »Warum diese Ironie? Du machst dich über mich lustig.«

»Das war ehrlich gemeint, Lutz. So gut wie, jedenfalls. Kommst du öfter hierher?«

Hin und wieder mit Undine, meinte er und schwieg sogleich wieder. Schon während des Essens war er einsilbig geblieben, wie es sonst nicht seine Art war.

Sie machte ein zuversichtliches Gesicht. »Sie wird sich beruhigen, Lutz. Wie nach jedem Streit.«

»Dieses Mal ist es anders. Weißt du, dass sie sich in jeder freien Minute mit diesem Dr. Regert trifft?«

Dem konnte sie nicht widersprechen. Regert mauserte sich zum Dauergast in der Galerie. Seit zwei Tagen wich er Undine kaum von der Seite und hielt sich häufig sogar in der Wohnung auf, wie sie Lutz nicht auf die Nase binden wollte.

»In aller Öffentlichkeit turtelt sie mit ihm«, erklärte er bitter. »Albert herum wie ein Teenager!«

Gute Bekannte hätten das junge Glück gestern Abend bei einer Vernissage angetroffen und ihm diese Beobachtung sofort gemeldet. Andere waren Undine in neuer Begleitung beim Nordic Walking im Rabengrund begegnet; eine Art der Freizeitbeschäftigung, mit der Regert – nach Normas Überzeugung – die Ernsthaftigkeit seiner Bemühungen beweisen wollte. Er schien nicht der Typ Mann, der sich gern Stöcke schwingend im Wald sehen ließ.

Lutz suchte ihren Blick. »Die Lage ist ernst, Norma. Womöglich hat sie den Streit vom Zaun gebrochen, damit ihr der Schlussstrich leichter fällt.«

Die Bedienung brachte den Espresso und wandte sich neuen Gästen zu.

Lutz zog sich eine Tasse heran. »Was macht dein Fall? Hältst du Nina und Rico weiterhin für verdächtig?«

»Ich weiß nicht, was ich glauben soll. Ich komme einfach nicht an sie ran.« Sie nippte am Kaffee. »Ich frage mich allerdings, warum Regert in der Galerie auftaucht und sich als Interessent für Jawlensky ausgibt? Er hat sich ausdrücklich nach dem ›Schweigenden Rot‹ erkundigt und wollte das Gemälde unbedingt sehen.«

»Ich sage es ungern: Der Wunsch sollte ihn eigentlich entlasten. Wenn er in den Diebstahl verwickelt wäre, würde er wohl kaum nach dem Bild fragen.«

»Vermutlich hast du recht. Die Leidenschaft für den Expressionismus und speziell für Jawlensky teilt er schließlich mit vielen Menschen, und Undine als Expertin ist dafür die erste Adresse. Eigentlich wollte er selbst einen Jawlensky kaufen, eine Meditation, hat aber inzwischen das Interesse daran verloren. Undine kümmert das nicht weiter.«

»Bestimmt wartet sie verzweifelt auf eine Reaktion der Diebe«, sagte er mitfühlend. »Hoffentlich wurde das Bild nicht beschädigt.«

»Ich denke, Mettens Tod ist der Schlüssel zu allem. Womöglich wissen die Komplizen nicht, wo er das Bild versteckt hat, und wir müssen abwarten, bis es von der Polizei oder sonst wem gefunden wird.«

Mit verständnisloser Miene beobachtete er, wie sie einen halben Teelöffel Zucker in den Espresso schüttete. Für ihn gab es nur eine Möglichkeit, einen Kaffee, welcher Art auch immer, zu genießen, und die hieß schwarz und ungesüßt.

Wie lange Norma die Rolle als Mieke Lienhop noch aufrecht erhalten wolle?

Sie nahm den winzigen Löffel auf und rührte vorsichtig um. »Undine meint, ich sei ein passabler Ersatz für Marco. So mache ich mich auf diese Weise nützlich, wenn ich den Fall schon nicht aufkläre. Am liebsten möchte ich so bald wie möglich zurück in meine Wohnung. Mein angeblicher Urlaub ist vorüber.«

»Was machen deine Pläne für Florenz?«

»Das Reisebüro hat mir mehrere Termine vorgeschlagen. Soll ich dir die Liste schicken?« Sie wollte mit der Zusage abwarten, bis Bewegung in die Bilderentführung kam.

Lutz wich der Antwort aus und fragte nach der Taunusstraße. »Wie ich hörte, hast du einen Mieter gefunden?«

»Du kennst ihn. Eiko Ehlers.«

Lutz hatte ebenfalls als Zeuge aussagen müssen und war Ehlers vor Gericht begegnet. »Wann wird er einziehen?«

»Wir … sind uns nicht einig geworden. Der Makler kümmert sich um neue Interessenten.« Der Mann hatte ihren Sinneswandel kommentarlos zur Kenntnis genommen. Offenbar war er eine wankelmütige Kundschaft gewöhnt. »Wieso weißt du überhaupt davon?«

Lutz lächelte hintergründig. »Mein Freund, der Makler! Er hat mir unter anderem erzählt, dass dein derzeitiges Domizil im Dichterviertel zum Kauf angeboten werden soll.«

»Daniel will das Haus verkaufen? Was soll dann aus seinem Projekt werden? Ich kann mir das gar nicht vorstellen.«

»Herr Götz wollte vor allem wissen, wie viel ihm der Verkauf einbringen könnte. Die Sache ist noch nicht spruchreif, meint mein Freund. Er weiß, das ich damit nicht hausieren gehe.«

Sie lächelte. »Was du nicht sagst!«

Lutz brachte das Thema erneut auf Dr. Regert. Ob sie nicht Nachforschungen über ihn anstellen könne, fragte er frei heraus.

»Hast du mich eingeladen, um mir zum Nachtisch einen Auftrag zu servieren? Ich soll deinen Rivalen ausspionieren? Das ist nicht dein Ernst, Lutz!«

Er zeigte sich verwundert über ihre Reaktion. »Was soll das, Norma? Sonst bist du nicht so pingelig, wenn es um das Privatleben anderer geht.«

»Sofern es einen Auftrag betrifft. Ehegeschichten gehören nicht dazu, wie du genau weißt.«

»Ich verlange nicht, dass du dich im Kleiderschrank versteckst. Gott bewahre! Ich möchte wissen, mit wem ich es zu tun habe. Oder vielmehr, mit wem Undine sich abgibt. Dir ist der Mann auch nicht geheuer!«

Die Eifersucht hatte ihn fest im Griff. Schmal sah er aus. Beunruhigend matt.

Sie nahm den letzten Schluck Espresso. Ein klebriger Zuckerrest sackte in die Tasse zurück. »Ein wenig könnte ich dir erzählen.«

Ihr Lohn war ein befreites Lächeln. »Mir reicht der Krach mit Undine. Mit dir will ich bestimmt nicht streiten, Norma. Sag mir nur, was du verantworten magst.«

So nachgiebig erlebte sie ihn selten. Besänftigt durch sein rasches Einlenken, fasste sie zusammen, was sie in Erfahrung gebracht hatte. Das Internet hatte sich als ergiebig erwiesen, und manche Lücke ließ sich durch einen Anruf schließen. »Gregor Regert ist ein echtes Landei. Er wuchs in einem Dorf im Taunus auf.«

»Wie idyllisch«, warf Lutz ein, der gern auf alles Ländliche, das ihm grundsätzlich suspekt war, mit leisem Spott reagierte.

»In seinem Fall weniger«, widersprach sie. »Dr. Regert wuchs in einfachen Verhältnissen auf, wie man so sagt. Der Vater arbeitete im Wald, die Mutter in einer Fabrik. Gregor Regert war 16 Jahre alt, als der Vater von einer Tanne erschlagen wurde. Er hatte soeben das Abitur in der Tasche, da erkrankte die Mutter an Krebs und starb bald darauf. Ab diesem Zeitpunkt war er ganz auf sich gestellt, ohne Geschwister. Auch die Großeltern waren seit Langem tot.«

»Kein leichtes Schicksal«, musste Lutz einräumen. »Trotz allem hat er sein Medizinstudium geschafft.«

»Nun, er war finanziell gut gestellt. Die Lebensversicherungen der Eltern ermöglichten ihm sogar ein paar Semester in den USA. Dort hat es ihm offenbar so gut gefallen, dass er Jahre später in die Vereinigten Staaten zurückkehrte.«

»Um dort als Arzt zu arbeiten?«

»Nein, er war in einem Labor beschäftigt. Unser Gregor verdiente sein Geld in der Stammzellenforschung.«

»Du meinst Klone und so etwas?«

Norma nickte. »Er forschte an der Universität Wisconsin-Madison. Die Uni ist berühmt für ihre wissenschaftlichen Erfolge auf diesem Gebiet. Bereits 1998 hat man dort menschliche Hautzellen mit den Eizellen von Kühen verschmolzen.«

»Gruselig! Zum Glück ist die Aufzucht von Chimären in Deutschland verboten. Was treibt Regert hierzulande?«

»Eine Zeit lang arbeitete er an einem Frankfurter Forschungsinstitut. Und daran ist etwas seltsam.«

Lutz hakte nach. »An dem Institut?«

»Nein, mir fiel etwas anderes auf: Aus der Amerikazeit gibt es eine Fülle von Informationen von und über Regert. Fachartikel, Veröffentlichungen, Auszeichnungen und anderes mehr. Auch aus den Anfangsjahren in Frankfurt ist eine Menge zu finden. Plötzlich bricht der Strom der Veröffentlichungen ab, und bald darauf verlässt Regert das Frankfurter Institut. Wie es heißt, auf eigenen Wunsch.«

»Warum soll ihm nicht die kreative Forschungskraft abhanden gekommen sein?«, meinte Lutz leichthin. »Oder der Herr Doktor ist ausgebrannt. Was macht er heute?«

»Er wohnt in Biebrich, ausgerechnet in meiner Nähe, und arbeitet als Freiberufler für einen kleinen Wiesbadener Verlag. Er übersetzt wissenschaftliche und medizinische Texte aus dem Englischen. Nicht gerade ein Karriereschub, wenn man bedenkt, was er vorher geleistet hat.«

Lutz betrachtete sie nachdenklich. »Das sagst ausgerechnet du? Er wäre nicht der Erste, der aus seinem sicheren Job aussteigt. Und mit dem neuen Leben besser fährt.«

Sie lächelte vielsagend. »Wollen wir gehen? Mir wird kühl.«

Der Wind hatte aufgefrischt und strich durch das Rheintal. Ein frühsommerlicher Abendhauch, der sie nicht wärmen konnte.

21

Sie ließ sich am Kaiser-Friedrich-Ring absetzen und ging das letzte Stück zu Fuß. Ihre Mitbewohner sollten nicht zufällig mitbekommen, wie sie aus Lutz Tanns Daimler stieg. Sie war müde und freute sich darauf, den Abend mit Musik ausklingen zu lassen. Nach Lust und Laune hörte sie sich durch Marcos Sammlung, in der von Klassik über Jazz bis Pop alles vorhanden war, das Rang und Namen hatte und dazu viele Musiker, die ihr unbekannt waren. Bevor sie ins Zimmer ging, warf sie einen Blick in die Küche. Ein Schwatz mit Daniel hatte sich zum abendlichen Ritual entwickelt, sofern er nicht unten bei seinen Schützlingen nach dem Rechten sah, seinem Dienst nachging oder sich mit seiner Freundin Sabine traf. An diesem Abend war er zu Hause. Er lag auf dem Sofa, hatte die Knie angezogen, die bloßen Füße gegen die Armlehne gestützt und blätterte in einer Zeitschrift.

Als er Norma bemerkte, legte er das Heft beiseite und richtete sich auf. »Magst du etwas trinken?«

»Ein Wasser. Für dich auch?«

Sie brachte zwei Gläser und eine Flasche zum Tisch. Daniel sah ihr mit liebenswürdiger Miene entgegen. Sie wurde nicht schlau aus ihm. Auf der einen Seite war er der offensichtlich wahrhaftige Wohltäter, der sich mit anrührender Geduld um verlaufene Kinder kümmerte, die in seinem Haus strandeten, sie mit Essen, Zuneigung und im Notfall mit Drogen versorgte. Ihren Hass und die Beleidigungen nahm er mit fatalistischer Demut hin und zügelte seine Aggressivität, die unterschwellig stets präsent war. Gegenüber dem Bruder verlor er schnell die Kontrolle. Im Streit schenkten sich beide nichts. Mehr als einmal war Norma Zeugin geworden, wie Rico in letzter Sekunde aus der Wohnung floh, bevor der Bruder zuschlagen konnte. Mieke gegenüber zeigte sich Daniel von seiner besten Seite. Er mochte die sanfte, freundliche Person, für die er sie hielt. Norma widerstrebte die Maskerade, die sie ihm vorspielte.

Sie füllte die Gläser und fragte nach Nina und Rico. Er wisse nicht, wo sich die beiden herumtrieben und es interessiere ihn nicht.

»Miesen Tag gehabt?«

Ihr naives Lächeln zeigte Wirkung. »Entschuldige, Mieke. Kannst ja nichts dafür, dass mir die Kids das Leben schwer machen. Wegen Alex habe ich wieder mal Stress mit den Behörden.«

Der schlaksige 20-Jährige mit dem Gesicht eines Lausbuben, der Norma öfter im Hausflur begegnete, war eines seiner größten Sorgenkinder, weil er die Klauerei einfach nicht lassen wollte.

»Ich will nichts entschuldigen«, sagte Daniel. »Aber dass der Junge so aus dem Ruder läuft, hat mit seinem Vater zu tun.«

»Ein schwieriges Verhältnis?«

»Kann man so sagen! Der Mann ist ein amerikanischer Soldat. Die Familie hier ließ er im Stich, als er in seine Heimat zurückkehrte. Alex vermisste ihn sehr und hat ihn drüben besucht, aber das ging nicht gut. Wenn ich nicht persönlich rübergeflogen wäre, um den Jungen nach Hause zu holen – wer weiß, was passiert wäre. Alex wollte sich das Leben nehmen. Darüber ist er zum Glück hinweg.«

»Warum tust du dir das an? Die Sorgen, die Verantwortung.«

»Ja, warum?« Er lächelte unverhofft. »Als ob ich mich das nicht jeden Tag selbst frage! Manchmal würde ich am liebsten alles hinwerfen. Aber dann treffe ich, wie neulich erst, ein Mädchen wieder, Sonja, die ich von der Schiersteiner Brücke holte, kurz bevor sie springen konnte. Jetzt arbeitet sie in einem Schuhladen als Verkäuferin. Ist frisch verliebt, glücklich, gefestigt und mit guten Aussichten für die Zukunft. Dann weiß ich, warum es sich lohnt.«

Norma setzte den Stachel an. »Rico teilt dein Engagement nicht.«

»Rico ist ein Materialist«, antwortete Daniel verbittert. »Er denkt nur an die Miete, die uns jeden Monat entgeht. Zugegeben, wir brauchen dringend Geld für das Haus. Die Heizung, das Dach, die morschen Fenster: Auszubessern gibt es genug. Aber das Menschliche, das zählt doch viel mehr als alles andere!« Er sah sie an, wie um Zustimmung flehend.

Sie ging nicht darauf ein. »Denkst du daran, das Haus zu verkaufen?«

Er reagierte verwundert. »Dieses Haus wurde von meinem Urgroßvater gebaut und ist seitdem in Familienbesitz. Das allein wäre für mich Grund genug, es zu behalten. Wo sonst hätte ich eine so gute Möglichkeit, den Kids von der Straße eine Zuflucht zu bieten? Sie kennen die Adresse und wissen, dass sie jederzeit herkommen können. Warum sollte ich das aufgeben?«

»Und Rico?«

»Hör mir auf mit meinem Bruder!«, verlangte er verärgert.

Um das Gespräch in ruhigeres Fahrwasser zu lenken, erzählte Norma von einem indischen Rezept, das sie ausprobieren wollte, und nach einem unverfänglichen Austausch über Gewürze und Zutaten leerte sie das Wasserglas, gähnte hinter der vorgehaltenen Hand und zog sich in ihr Zimmer zurück. Sie legte eine CD von Paco de Lucía ein und machte es sich auf dem Bett bequem, um mit geschlossenen Augen auf die ersten Flamenco-Takte zu warten. Kaum setzte die Gitarre ein, gab das Handy Signal. Undine. Nicht zum ersten Mal rief sie nach 22 Uhr an, um ihrer Undercover-Assistentin einen Auftrag für den kommenden Morgen aufzudrücken. Norma fühlte sich versucht, das Gespräch zu ignorieren. Das Pflichtgefühl siegte.

»Kannst du in meine Wohnung kommen? Sofort?«

Undine klang so aufgewühlt, dass Norma nicht zögerte und versprach, in zehn Minuten dort zu sein. Sie brauchte acht Minuten, bis sie an der Haustür läutete. Der Summer ertönte umgehend. Sie stürmte nach oben und wurde im Treppenhaus von Undine erwartet, die einen hellen Leinenanzug trug und unter der Schminke blass wirkte.

»Es ist soweit!«

»Ein Zeichen von den Entführern?«

Undine flatterte aufgeregt mit den Händen. »Der Umschlag steckte draußen im Briefkasten, als ich vorhin nach Hause kam.«

Norma folgte ihr ins Wohnzimmer. Sie waren nicht allein: Regert erhob sich vom Sofa und trat ihr mit ausgestreckter Hand entgegen. Er wirkte jünger als Ende 40, wie sein Lebenslauf angab, ungeachtet der grauen Spitzen im dichten, dunklen Haar. Sein lässiger Stil – verwaschene Jeans und Polohemd – unterschied ihn von Lutz, der selbst in der Freizeit nicht auf Krawatte und Sakko verzichtete. Regert war ein Dutzend Jahre jünger als Lutz.

»Guten Abend, Frau Lienhop«, sagte er mit glatter Höflichkeit.

Sie erwiderte den Gruß zurückhaltend und wandte sich Undine zu. »Können wir unter vier Augen reden?«

»Nicht nötig! Gregor hat mir seine Hilfe angeboten, und dafür bin ich ihm sehr dankbar.«

Normas Blick traf Regert, der abwartend stehen geblieben war. »Bei allem Respekt, Undine, du kennst Herrn Dr. Regert seit wenigen Tagen. Findest du es nicht verfrüht, ihn in so eine delikate Angelegenheit einzuweihen?«

»Menschenkenntnis ist keine Frage von Tagen, sondern der inneren Überzeugung. Ich weiß, ich darf Gregor vertrauen. Und das solltest du auch, meine Liebe!«

Regert hüstelte gekünstelt. »Undine hat mir von dem Gemälde erzählt. Ausgerechnet der Jawlensky! Ein unglaublicher Verlust, und meine Verachtung für die Verbrecher, glauben Sie mir, ist unermesslich. Ich will einfach helfen, so gut ich kann, Frau Lienhop.«

Helfen oder spionieren? Wenigstens hatte er noch keine Ahnung von ihrem Versteckspiel.

»Herr Dr. Regert, ich wüsste nicht, was Sie in diesem Fall tun könnten.«

»Ehrlich gesagt, frage ich mich, Frau Lienhop, was ausgerechnet Sie als einfache Aushilfe bewirken wollen?« In seinem Ton schwang Häme mit.

Undine setzte zu einer Antwort an. »Sie ist eine …«

Norma schnitt ihr das Wort ab: »Ich bin eine langjährige Freundin! Undine hat mich von Anfang an ins Vertrauen gezogen.«

Ein warnender Blick hielt die Galeristin von einer weiteren Erklärung ab.

»Undine kann auf mich zählen«, sagte Regert wichtig. »Selbstverständlich respektiere ich ihren Wunsch, die Polizei nicht zu informieren.«

Norma sparte sich eine Antwort und betrachtete den braunen Briefumschlag auf dem Couchtisch. Darauf stand in Druckbuchstaben: ›GALERIE ABENDSTERN‹.

»Wer hat den Umschlag angefasst?«

»Nur ich«, beteuerte Undine.

»Und das Schreiben darin?«

»Niemand sonst.«

Norma bat um zwei Plastiktüten und eine Pinzette. Undine ging, um das Gewünschte zu holen.

Während sie warteten, sagte Regert mit unverhohlenem Spott: »Spielen Sie in Ihrer Freizeit gern Detektiv?«

Sollte das eine Anspielung auf die Begegnung in Biebrich sein?

Sie beantwortete die Frage mit einfältigem Grinsen. »Sie sagen es! Ich habe mal einen Kurs belegt.«

Gleich darauf zog sie den Brief mit der Pinzette aus dem Umschlag und steckte beides getrennt in die Tüten.

Die Nachricht stand mit Bleistift und in eckigen Großbuchstaben auf ein weißes Blatt Druckerpapier gemalt:

›200.000 EURO IN KLEINEN NICHT
NUMMERIERTEN SCHEINEN
AM SAMSTAG 21. JUNI
18.00 UHR
RUSS FRIEDHOF
SIEHE TAFEL

KOMMEN SIE MIT DEM WAGEN
KOMMEN SIE ALLEIN
WENN NICHT DANN SÄURE AUF BILD!!!‹

»Damit ist der Friedhof bei der Russischen Kirche gemeint«, folgerte Regert. »Dort liegt Jawlensky begraben.«

Nicht dumm gewählt, überlegte Norma. Der Ort ließ keine Rückschlüsse auf den oder die Täter zu. Abgesehen von der Tatsache, dass man sich mit der Biografie des Malers auskannte. Während eines Spaziergangs bei der Russischen Kirche war ihr die Reihe der Informationstafeln an der Friedhofsmauer aufgefallen.

Undine ließ sich lautstark über die Geldforderung aus. »200.000 Euro bis übermorgen! Soll ich das Geld etwa auf Jawlenskys Grab legen?«

»Der Friedhof ist die erste Anlaufstelle«, vermutete Norma. »Du sollst mit dem Wagen kommen, also wird man dich von dort aus weiter schicken.«

»Ich muss etwas trinken«, verkündete Undine.

Norma nutzte die Gelegenheit und begleitete sie in die Küche.

Sie zog die Tür zu und flüsterte: »Ich verstehe dich nicht. Du verdächtigst deine eigene Tochter und vertraust dich einem Fremden an?«

Undine öffnete den Kühlschrank. »Ich verdächtige Nina, eben weil ich sie kenne. Und Gregor ist mir nicht fremd. Wir sind für einander geschaffen.«

Norma glaubte, sich verhört zu haben. War das die kühle Galeristin, die sie kannte?

»Hör auf mit deinem Misstrauen, Norma. Den Brief kann Gregor auf keinen Fall überbracht haben. Wir waren den ganzen Tag zusammen.«

»Er hat seine Komplizen beauftragt. Vielleicht sogar Nina?«

Undine nahm eine Weinflasche heraus und klappte den Kühlschrank zu. »Unsinn! Er hat Nina nur ein Mal gesehen.«

»Weißt du, dass er ihr nachgegangen ist?«

»Das hat er mir selbst erzählt! Er suchte ein paar junge Leute, die ihm in der Villa zur Hand gehen. Dafür ist sich Rico, dieser Schnösel, zu fein. Bringst du bitte die Gläser mit!«

»Warte, Undine! Wir brauchen polizeiliche Unterstützung. Leute zum Observieren, für die technische Überwachung und anderes mehr.«

»Kommt gar nicht infrage! Ich will den Jawlensky zurück, ohne einen einzigen Kratzer und Säureflecken. Ich werde kein Risiko eingehen.« Sie ließ nicht mit sich reden.

»Wirst du wenigstens Norma Tann außen vor lassen?«

»Wenn du darauf bestehst, Mieke Lienhop!«

Mit der Befürchtung, dass sich Undine nicht allzu lange an das Versprechen gebunden fühlen würde, kehrte Norma ins Wohnzimmer zurück. Undine trug das Tablett mit der Flasche hinterher. Regert hatte seinen Platz auf dem Sofa wieder eingenommen. Seine Stimmung schien verändert. Zornig ließ er sich über die Entführer aus, als gelte die Erpressung ihm persönlich.

»Wer weiß, ob sie überhaupt über das Bild verfügen? Ich würde einen Beweis verlangen.«

»Das werden wir, Herr Dr. Regert«, erklärte Norma gelassen und wünschte ihn im Stillen dorthin, wo der Pfeffer wächst.

22

Samstag, der 21. Juni

Eine Weile vor der Zeit fuhr sie das gewundene Sträß-
chen zur Russischen Kirche hinauf und parkte ein Stück
entfernt an einem Waldweg. Die Mitbewohner hatten am
Küchentisch gesessen und gemeinsam Kaffee getrunken,
als sie die Wohnung verlassen hatte. Am liebsten hätte sie
abgewartet, um ein Auge auf Rico und Nina zu haben,
aber Undine wollte sie unbedingt in ihrer Nähe wissen.
Im frühsommerlichen Sonnenschein kamen die Besucher
in Scharen hinauf zur Kirche. Wer sich den kurzen Auf-
stieg zum Neroberg sparen wollte, hatte auch von hier
einen hübschen Ausblick auf die Stadt und dabei das Bau-
werk im Rücken, das die Wiesbadener gern die ›Griechische
Kapelle‹ nannten, obwohl es den Gläubigen der russisch-
orthodoxen Gemeinde diente. ›Kapelle‹ war eine liebevolle
Untertreibung für den prachtvollen Bau, den Norma mit
der Wissbegierde einer Touristin umrundete, um danach zu
den Zwiebeltürmen hinaufzuschauen. Die goldene Kuppel
des mittleren Turms überragte die vier goldglänzenden
Schwestern und schien das helle, von Bögen und Orna-
menten geschmückte Mauerwerk mit sich hinauf in den
blauen Himmel zu ziehen. Schwer vorstellbar, meinte
Norma, dass dieses Märchenschloss aus 1.001 Nacht als
letzte Ruhestätte gebaut worden war. Errichtet für Elisabeth,
die blutjunge Ehefrau eines nassauischen Herzogs, die 1845
bei der Geburt ihres ersten Kindes starb und in einer nach
orthodoxem Glauben geweihten Stätte liegen sollte wie

die kleine Tochter, die nicht überlebte. Der trauernde Ehemann und Vater nutzte die Mitgift der Zarennichte, um das beeindruckende Grabmahl zu schaffen.

Das Grab des Malers, das er mit seiner Frau Helene teilte, fiel deutlich bescheidener aus: Ein weißes Marmorkreuz russischer Art mit drei Querriegeln, von denen der untere schräg verlief, wie die Abbildung in der Jawlensky-Biografie zeigte, die Norma sich gemeinsam mit Undine und Regert noch am Abend angesehen hatte. Der russische Friedhof lag nur wenige Schritte von der Kirche entfernt im Wald. Geschützt von einer Mauer und einem Eisentor, das – wie allseits bekannt – gewöhnlich verschlossen blieb. Zwischen der Kirche und dem Friedhof befand sich das Wohnhaus des orthodoxen Geistlichen, ein von Säulen geschmücktes Gebäude aus hellem Sandstein. Norma wäre gern zum Friedhof hinübergeschlendert, müsste sie nicht befürchten, vom Erpresser entdeckt zu werden, der dort vielleicht auf der Lauer lag.

Auf dem Vorplatz hielt die ›Thermine‹, die nostalgische kleine Lokomotive auf Rädern, und lud eine Besuchergruppe aus ihren Waggons. Norma mischte sich unter die Touristen, um im Innern der Kirche nach einem verdächtigen Gesicht Ausschau zu halten. Wieder im Freien, wurde sie von Regert in Empfang genommen, der wie vereinbart mit dem eigenen Wagen gekommen war. Er hatte darauf gedrängt, die Aktion zu begleiten. Undine sei auf dem Weg zum Friedhof. Ob er ihr nachgehen solle?

»Bleiben Sie hier«, verlangte Norma schroff.

In ihrer Hosentasche vibrierte das Handy. Das Display zeigte 17.52 Uhr an. Norma zog sich zur waldwärts gelegenen Fassade zurück, die abseits vom größten Trubel lag. Regert schlenderte hinterher.

»Wo bist du?«

»Vor der Friedhofsmauer«, flüsterte Undine mit leichter Verzweiflung. »Hier hängen mehr als zehn Informationstafeln. Jede Menge Text, viele Bilder. Woher soll ich wissen, welche gemeint ist?«

»Gibt es eine Tafel speziell über Jawlensky?«

»Augenblick! Hier, zwei Tafeln über die Geschichte der Russen in Wiesbaden.« Die raunende Stimme klang zunehmend ärgerlicher. »Ein ausführlicher Text über Alexej und ein Porträt. Daneben ein Foto vom Grabstein! Was soll mir das sagen?«

Norma behielt die Ruhe. »Kann man dort irgendwo eine Nachricht verstecken?«

»Vielleicht dahinter? Die Tafeln haben einen kleinen Abstand zur Mauer. Meine Finger passen dazwischen. Warte!«

Ein Klappern ließ darauf schließen, dass sie das Telefon irgendwo ablegte. Sie war ohne den Geldkoffer losgefahren. Ohne Beweis kein Geld, hatte Norma lapidar verordnet und Undines Bedenken zerstreut, der enttäuschte Entführer könnte unverzüglich zur Säureflasche greifen. So schnell schlachte man nicht das Huhn, das Eier legt, behauptete sie in der stillen Hoffnung, der Erpresser würde genauso pragmatisch denken.

Norma drückte das Telefon ans Ohr und lauschte, beobachtete von Regert, der stillschweigend abwartete.

Wieder Undine: »Norma? Tatsächlich, ein Zettel. Er klemmte hinter der Tafel.«

»Was steht drauf?«

»Es sind Druckbuchstaben wie auf dem ersten Brief. ›Gehen Sie zum Mauerende. Suchen Sie zwischen Mauer und Zaun.‹«

»Dann los!«

Undines hastiger Atem war zu hören, gleich darauf

ein Rascheln und wieder die unterdrückte Stimme: »Ein Handy! Es lag in einer Plastiktüte im Laub unten an der Mauer und ist eingeschaltet.«

Norma überprüfte die Zeit: 17.59 Uhr.

»Noch eine Minute«, gab Norma leise zurück.

»Was ist los?«, fragte Regert ungeduldig.

Norma wehrte die Frage mit einer Geste ab und horchte auf Undines Antwort.

»Jetzt! Eine SMS.«

»Welcher Text?«

»Eine Frage: ›Wie heißt das, was Sie haben wollen?‹«, las Undine aufgeregt vor.

»Also will er sich überzeugen, dass die richtige Person das Handy gefunden hat!«

»Soll ich mit ›Schweigendes Rot‹ antworten?«, fragte Undine ungewohnt kleinlaut.

»Gut!«

Undine brach die Verbindung ab. Norma wartete still. Auch Regert schwieg und betrachtete den Wald.

Wieder das Handy. Undine.

»Die Antwort kam umgehend. Ich soll zum Schiersteiner Hafen fahren und dort weitere Anweisungen abwarten. Und jetzt?«

»Schicke eine Antwort. Verlange einen Beweis, dass er das Bild hat. Bis morgen. Sonst gibt es keinen Cent.«

Norma war klar, wie schwer Undine diese Abfuhr fallen würde.

Bald darauf kam die Antwort. »Ich hab die Gegenforderung abgeschickt. Und jetzt?«

»Ende der Aktion. Nimm das Handy mit und fahr nach Hause. Damit sind unsere Freunde am Zug.«

23

Sonntag, der 22. Juni

Am Sonntagmorgen betrat Wolfert um kurz nach 7 Uhr sein Büro. Er hätte sich Zeit lassen können, die Kollegen der Sonderkommission würden nach und nach bis 9 Uhr eintrudeln. Am zehnten Tag und dem zweiten Wochenende war das anfängliche Feuer einer beständigen Glut gewichen, und man durfte den Sonntag geruhsamer angehen. Der erste Weg führte ihn in die Teeküche. Genau genommen war es das Verlangen nach starkem Kaffee und einem Frühstück, das ihn so früh zur Arbeit trieb. In den vergangenen Tagen war er nicht zum Einkaufen gekommen und hatte, als er spät abends nach Hause kam, das restliche Brot und das letzte Stück Wurst verspeist. Erwartungsvoll griff er nach der Kaffeedose, die sich verdächtig leicht anfühlte. Leergeputzt – wie auch das Fach im Küchenschrank, in dem sich gewöhnlich ein Vorrat an altbackenen Brötchen, Kuchenresten oder Keksen finden ließ. Nicht einen Krümel hatten die Kollegen übrig gelassen. Über die Ernährung machte er sich wenig Gedanken. Er aß, wenn Zeit dafür war, und was auf dem Teller lag, kümmerte ihn kaum. Die Hose saß locker, sodass er einen Gürtel hatte anziehen müssen. Er brauchte unbedingt etwas in den Magen! Wäre er bloß an der Tankstelle vorbeigefahren.

Ergeben setzte er sich an den Schreibtisch und nahm sich die Akte ›Reisinger‹ vor, um endlich seine Notizen zur Aussage der Verwandtschaft zu übertragen. Er hatte das Ehepaar am Dienstag im Krankenhaus befragt, war aber noch nicht dazu gekommen, die Akte zu vervollständigen. Reisinger war endgültig aus dem Schneider. Der Onkel, ein Bruder des Vaters, und dessen Ehefrau hatten seine Behauptungen in allen Details bestätigt, und es gab keinen Grund, die Glaubwürdigkeit des pensionierten Lehrerpaars anzuzweifeln. Betrübt hatte Wolfert den Verletzten gute Besserung gewünscht und sich beeilt, aus dem Krankenhaus herauszukommen. Er hatte noch niemals in einer Klinik gelegen und hoffte, so würde es für lange Zeit bleiben.

Anderthalb Stunden arbeitete er konzentriert, bis das Magenzwicken nicht mehr zu ignorieren war und ihn zu Milanos Arbeitsplatz führte. Was für ein Chaos! Typisch Luigi. Und nichts anderes zu beißen als eine Hand voll zerbröckelter Butterkekse und ein angebrochener Schokoladenriegel, der den Abdruck kräftiger Schneidezähne trug.

Angewidert drückte er die Schublade zu und griff nach dem Telefon. »Luigi? Ja, ich weiß, wie früh es ist. Bist du noch zu Hause? Gut! Kennst du einen Bäcker, der sonntags offen hat?«

Luigi schmatzte ins Telefon. Er habe soeben eine Pfanne Eier mit Speck gefrühstückt, sei satt und zufrieden und sehe überhaupt keinen Anlass, den Umweg zur Bäckerei zu fahren. »Bin ich dein Dienstmädchen? Sieh zu, wo du was zum Futtern herkriegst!«

Im Grunde war Milano gutmütig, ließ sich aber nur ungern drängen. Vor allem nicht am Sonntagmorgen. Wolfert beschloss, sich weiterhin mit Arbeit abzulenken.

Irene Maibaum war die Zweite, die ihren Dienst antrat. Mit einem geschmetterten ›Guten Morgen‹ schwebte sie herein, eine schmale, unscheinbare Person mit großem Herzen und ansteckend guter Laune. Die Jahrzehnte im Polizeidienst hatten sie nicht mürbe gemacht. Trotzdem sprach sie in der letzten Zeit immer öfter von ihrem bevorstehenden Ruhestand. Nicht allein ihm würde sie fehlen.

Irene spitzte den runden Mund, der ihr diesen staunenden Ausdruck verlieh. »Du hast mich neulich gebeten, einen Telefonanschluss zu überprüfen. Hier! Es ging leider nicht schneller.«

Richtig! Der unbekannte Anrufer, der Mareike Reisinger nach dem Koffer gefragt hatte, rief er sich ins Gedächtnis.

Sie schob einen Notizzettel über den Schreibtisch. Wolfert reckte den Hals: Eine Adresse in der Altstadt. Der Name und die Telefonnummer einer Gastwirtschaft.

»Ein Münztelefon«, berichtete Irene. »Es hängt im Untergeschoss der Kneipe, und der Wirt wollte es längst abschaffen, weil es kaum benutzt wird. Am Montagabend hat es ausnahmsweise jemand gebraucht. Und den Anschluss von Peter Metten gewählt.«

»Wann genau?«

»Um 22.04 Uhr.«

»Ausgezeichnet, Irene. Ich danke dir. Was weiß man über den Anrufer?«

Sie hob ratlos die Schultern. »Der Wirt hat niemanden gesehen, behauptet er. Und die Bedienung auch nicht. Soweit die Auskunft am Telefon. Vielleicht solltet ihr besser persönlich vorbeigehen.«

»Auf jeden Fall! Ich kümmere mich darum. Sag mal, hast du einen Kaffee für mich?«

»Bedauere, ich hatte keine Zeit zum Einkaufen. Mir knurrt der Magen, und ich würde selbst etwas für eine Tasse Kaffee geben.«

»Wie viel zahlst du?« Milano! Er stand im Türrahmen, der ihn mit Mühe zu fassen schien, und reckte eine Brötchentüte in die Höhe. Unter dem anderen Arm klemmte ein

Päckchen Kaffee, und aus der Faust schaute ein dickes Stück Käse in Folie heraus. »Wenn ihr euren Luigi nicht hättet.«

Wolfert stand auf und wollte ihm die Tüte abnehmen. »Danke, Luigi. Du bist ja schon satt.«

Milano brachte die Brötchen in Sicherheit. »Wie kommst du darauf! Was ist gegen ein zweites Frühstück einzuwenden?«

Irene lachte. »Gib her, Luigi! Ich übernehme das.«

Sie hatte das Büro kaum verlassen, als ein Anruf einging.

Milano nahm ab und lauschte in den Hörer. »Warte mal!«

Er gab Wolfert ein Zeichen und stippte den Wurstfinger auf das Lautsprechersymbol. »Dirk hört mit. Schieß los!«

Wolfert erkannte die Stimme: Körber von der Bereitschaft. »Ein Wanderer hat den Toten gefunden.«

»Weist etwas auf einen unnatürlichen Tod hin?«

»Kommt darauf an«, hallte Körbers trockene Stimme durch den Raum, »als was du einen Indianerpfeil im Rücken betrachten möchtest.«

Wolfert zog unwillkürlich den Kopf ein. »Ein Indianerpfeil?«

»Mit Federn dran, sagt der Wanderer. Wie im Film. Er klang völlig aufgelöst.«

Kein Wunder, dachte Wolfert. »Wo liegt der Tote?«

»In der Nähe vom Neroberg. Auf dem Waldlehrpfad. Um genau zu sein, auf der Totholzbrücke, wenn euch das was sagt.«

Milano schaute auf Wolfert, der zustimmend nickte.

»Eppmeier und sein Team sind auf dem Weg«, sagte Körber, bevor er auflegte.

Im Flur strömte ihnen Kaffeeduft entgegen. Irene werkelte in der Teeküche herum, in der Hand ein dolchartiges Messer. »Nur Geduld, meine Herren.«

Milano schnappte sich eine Käsescheibe. »Wir müssen los! Gibst du bitte Gert Bescheid?« Er fasste zusammen, was er eben erfahren hatte.

Bestürzt legte Irene das Brotmesser beiseite. »Welches Monster treibt sich in unserem Stadtwald herum?«

Sie wollte Wolfert ein belegtes Brötchen mit auf den Weg geben, doch ihm war der Appetit vergangen. Körber hatte einen Streifenwagen organisiert, dessen junger Fahrer sich im Stadtwald bestens auskannte. Während der Fahrt durch das Nerotal betrachtete Wolfert die beschaulichen Gründerzeitvillen, die sich beidseitig des Hangs erhoben, und verfolgte mit seinen Blicken den Weg zweier junger Frauen, die in der Morgensonne durch den Park spazierten, begleitet von ihren struppigen Hunden. Irene hat recht, dachte er beklommen, irgendetwas Unberechenbares streunt durch diese Stadt. Er kämpfte gegen den Impuls an, den Wagen zu stoppen und die Mädchen vor dem Wald zu warnen.

24

Geduld hatte sie von Undine gefordert. Ruhe und Umsicht! Dabei fiel ihr selbst das Warten so schwer. Vor 7 Uhr erwachte sie aus einem Traum, in dem sie Rico verfolgte, der mit dem ›Schweigenden Rot‹ in den Armen durch den Wald rannte, und keinen Schritt näher an ihn herankam, so sehr sie auch kämpfte.

Im Traum wie im Leben, dachte sie resigniert, um sich gleich darauf zu besinnen. Was erwartete sie? Vor zehn Tagen hatte sie den Fall übernommen. Manche Ermittlungen brauchten ihre Zeit! Erst einmal ein Lebenszeichen des Bildes abwarten. Danach würde man weitersehen, wie sie es auch Undine und ihrem neuen Liebhaber angeraten hatte. Keine Frage, diese Rolle nahm inzwischen der Doktor ein. Lutz blieb nur, auszuharren, bis Undine sich wieder eines Besseren besann. Daran hatte er seine Zweifel, wie er freimütig zugab, als er am späten Samstagabend anrief, um nach dem Stand der Entführung zu fragen. Vor allem hatte er über sich und Undine reden wollen, wie Norma schnell klar wurde. Sie war ein wenig gerührt, weil er ihr seinen Kummer anvertraute.

Nun tauchte sie unter der Bettdecke hervor und tastete auf dem Fußboden nach dem Telefon, damit ihr nicht aus Versehen Undines Nachricht entging. Das Ziehen im Rücken war besser geworden, aber noch nicht ganz verschwunden. Lutz hatte recht, sie musste im Yoga ihren Ehrgeiz zügeln. Schließlich sollten die Übungen in erster Linie der Entwicklung des Geistes, und erst in zweiter der körperlichen Fitness dienen. Das Handy zeigte keine

Nachricht an. Sie rechnete damit, dass sich die Entführer Zeit lassen würden. Sofern sie sich überhaupt meldeten! Eine Katastrophe – für Undine, für Jawlensky, für die Kunst an sich – sollte das ›Schweigende Rot‹ tatsächlich zu Schaden kommen. Verschuldet durch die mangelhafte Durchsetzungskraft der Privatdetektivin Norma Tann, der es nicht gelungen war, ihre Klientin von der Notwendigkeit eines Polizeieinsatzes zu überzeugen. In Gedanken sah sie den Polizeibericht vor sich, der ihr gesammeltes Fehlverhalten für die Nachwelt festhielt.

In der Wohnung war es still. Sie schlich hinaus auf den Flur. Ricos Laufschuhe fehlten. Sie zog sich an, legte sich in den Kleidern auf das Bett und griff auf gut Glück ins Musikregal: Eine CD von Marcos Band. Warum eigentlich nicht? Sie schloss die Augen und ließ die Gedanken von fremdländischen Melodien davontragen. Gar nicht so schlecht!

Sie musste eingenickt sein. Ein Klopfen ließ sie hochfahren.

Nina stieß die Tür auf. »Post für Mieke Lienhop!«

Der Beweis der Erpresser? Aber nein, unmöglich. Sie würden sich direkt an Undine wenden.

Nina ließ den Umschlag auf die Bettdecke fallen. In der anderen Hand hielt sie ein Päckchen. »Ich habe auch etwas bekommen. Merkwürdig, nicht wahr? Rico hat den Brief und das Päckchen in die Küche gebracht.«

Er hatte eine Nachricht auf den Faltkarton gekritzelt: »Lag vor der Haustür! Von einem heimlichen Verehrer? Rico.«

Das war die einzige Beschriftung abgesehen von Ninas vollständigem Namen, der als Computerausdruck auf einem schmalen Papierstreifen zu lesen war und mitten auf dem Karton klebte. Auf gleiche Weise war der Brief an Norma gekennzeichnet.

Neugierig schüttelte Nina das Päckchen. »Ich mache es in meinem Zimmer auf!«

Norma wartete, bis sie draußen war, und schlitzte den Umschlag auf. Der Inhalt bestand aus einem Blatt feinsten Büttenpapiers, darauf – sorgsam ausgerichtet – vier Zeilen in einem nostalgischen Schrifttyp. Ein Computerausdruck. Keine Unterschrift. Keinerlei Hinweise auf den Verfasser des Verses. Links neben dem Text verlief senkrecht eine dicke blaue Linie. Sie legte das Blatt auf den Schreibtisch und ging hinüber zu Nina. Das Mädchen saß auf dem Bett und blickte auf, als Norma das Zimmer betrat. Ebenso verblüfft wie verunsichert zeigte sie auf den kleinen Blumenstrauß im aufgerissenen Karton.

»Was für eine Sorte ist das?«

Norma betrachtete die rosafarbigen Blütenblätter mit gelben Staubgefäßen, die sie an Margeriten erinnerten. »Ich glaube, das sind Chrysanthemen. Wer um alles in der Welt schickt dir einen halb verwelkten Strauß?«

Nina hob die Schultern. »Keine Ahnung. Es ist kein Absender dabei. Nur dieses Ticket!«

Sie hielt Norma eine Theaterkarte hin, für eine Aufführung des Mainzer Staatstheaters im kommenden Monat: ›Trauer muss Elektra tragen‹ von Eugene O'Neill. »Ich kapier das nicht! Ich gehe nie ins Theater, und ich kenne niemanden von meinen Freunden, der so was macht.«

»Es tut gar nicht weh!« Norma lächelte. »Vermutet Rico richtig?«

»Der heimliche Verehrer? So ein Quatsch! Wer sollte das sein? Ehrlich gesagt, mir ist das unheimlich. Was steht in deinem Brief, Mieke?«

Norma seufzte. »Nicht weniger seltsam, Nina. Ich habe keine Ahnung, was mir das sagen soll.«

Sie kehrte in ihr Zimmer zurück, schloss die Tür hinter sich und las den Vers halblaut im Stehen:

»›In Erwartung des lichten Morgens,
Versunken in verhaltener Glut:
Ein Geheimnis in Licht und Finsternis.
Weisheitszeichen im ruhenden Licht.‹«

Sie war sofort sicher, die Zeilen schon einmal gehört zu haben. Zumindest die Worte kamen ihr bekannt vor. Was mochte der blaue Balken daneben bedeuten? Grüblerisch packte sie das Papier in eine Plastiktüte.

25

Als sie in die Küche kam, stand Daniel am Fenster und polierte die Weingläser der vergangenen Nacht. Ein Karton mit leeren Flaschen stand auf dem Tisch. Ihr Mitbewohner hatte am Abend zuvor eine Gruppe von Kollegen zu Besuch gehabt und Norma dazu auf ein Glas eingeladen. Nina und Rico hatten sich nicht blicken lassen, und Norma war nach einer Höflichkeitsviertelstunde in ihr Zimmer gegangen.

»Nicht gut geschlafen?«, fragte er fürsorglich.

Offenbar sah man ihr die unruhige Nacht an. Daniel hielt das Glas gegen das Sonnenlicht und wartete geduldig auf eine Antwort.

»Nur schlecht geträumt.«

Im Flur klappte die Badezimmertür, und gleich darauf betrat eine junge Frau die Küche: Daniels Freundin Sabine, die Norma am Abend zuvor kennengelernt hatte. Das Paar führte eine Beziehung auf Abstand, die vielleicht gerade deswegen klappte.

Daniel umarmte Sabine zärtlich. »Gleich gibt es Frühstück!«

Sie gab ihm einen flüchtigen Kuss auf die Wange. »Keine Zeit, Danni. Ich muss nach Hause. Willi braucht mich jetzt.«

Er wandte sich mit gespieltem Unverständnis an Norma. »Der Dackel! Immer gibt sie ihm den Vorzug.«

Sabine lachte. »Jedem, wie er es verdient. Bis dann!« Mit einem unbekümmerten Winken verabschiedete sie sich.

»Magst du mit mir frühstücken, Mieke?« Er wolle zum Altglascontainer und auf dem Weg beim Bäcker reinschauen, der neuerdings sonntags geöffnet habe, verkündete er gut gelaunt und verließ die Wohnung mit dem Karton unterm Arm.

Norma setzte die Kaffeemaschine in Gang und räumte einige Teller in die Spülmaschine. Dabei fiel ihr der benutzte Becher ein, den sie im Zimmer vergessen hatte. Auf dem Flur warf sie einen Blick auf Che Guevara und das Türschloss unter ihm. Der Schlüssel steckte nicht, aber vielleicht hatte Daniel das Zimmer für Sabine offen gelassen? Neugierig testete sie die Klinke. Die Tür ging auf! Aufmerksam lauschte sie bei Nina, in deren Zimmer alles ruhig war, als brütete das Mädchen in aller Stille über ihrem ungewöhnlichen Geschenk.

Wie lange würde Daniel brauchen? Runter auf die Straße, die paar Schritte zur Containerecke, rein zum Bäcker und zurück. Acht Minuten? Zehn? Auf jeden Fall lange genug für einen Blick in sein verborgenes Reich. Sie mochte nicht ausschließen, dass der liebenswürdige Daniel neben dem harmlosen Sportbogen eine zweite Waffe besaß, die Rico sich ausgeliehen hatte, um seinen Komplizen Pitt aus dem Weg zu räumen. Oder der Bogen war manipuliert, falls sich das bewerkstelligen ließ? Wie auch immer, es konnte nicht schaden, Daniels Zimmer einen zweiten Besuch zu gönnen. Ihr Blick schweifte über das ordentlich gemachte Bett, die Bücherborde und den aufgeräumten Schreibtisch. Sie wollte sich der Nische neben dem Schrank zuwenden, als ihr bewusst wurde, dass neben der Tastatur eine Geldbörse lag. Ob er genügend Kleingeld für die Brötchen dabei hatte? In diese Hoffnung hinein klang das Klappen der Wohnungstür. Raus? Zu spät! Mit einem Satz brachte sie sich in der Nische neben dem Schrank in Sicherheit, platzierte mit Mühe die Füße zwischen Kartons und Staubsauger. Kaum war der Vorhang zugezogen, eilte jemand ins

Zimmer. Sie zupfte am Stoff und spähte durch den Spalt. Daniel. Zielstrebig steuerte er den Schreibtisch an. Dort schnappte er sich das Portemonnaie und steckte es ein.

Los jetzt, mach dich wieder auf den Weg!

Als hätte er ihre stumme Bitte vernommen, wandte er sich um und war beinahe auf dem Flur, als sich Nina an ihm vorbei ins Zimmer drückte und die Tür hinter sich zuwarf. Blass und ungeschminkt, die schwarzen Haare strähnig auf Kopf und Schultern, erschien sie Norma kindlich und schutzlos. Unter dem Arm hielt sie das Päckchen.

Daniel versperrte ihr den Weg. »Was soll das, Nina? Du weißt, dass du in meinem Zimmer nichts zu suchen hast!«

Sie lächelte schief. »Nur weil ich mir ab und zu ein paar Euro ausleihe?«

»Ich nenne das nicht Leihen, sondern Stehlen! Grundsätzlich geht es mir nicht ums Geld. Sondern um Vertrauen. Glaubst du, mir macht es Spaß, in der eigenen Wohnung mit dem Schlüsselbund rumzulaufen?«

Sie zuckte die Achseln und zog eine Schnute. »Musst du selber wissen!«

Er seufzte bekümmert. »Was willst du?«

Sie schaute zur Nische hinüber. Norma wagte es nicht, an dem Spalt zu rühren. Der Staubsauger zwickte in ihre Waden, und sie machte sich Sorgen, ob die Zehen womöglich unter dem Vorhang hervorschauten.

Ninas Blick wirkte geistesabwesend. »Rico wollte vor anderthalb Stunden zurück sein.«

Daniel hob den Blick zur Zimmerdecke. »Der wird schon kommen!«

Sie wandte sich ihm zu. »Daniel, mir ist es bitter ernst. Da geht etwas Unheimliches vor. Seit Pitt tot ist, habe ich Angst.«

Daniel bewegte sich auf die Tür zu. »Können wir nicht beim Frühstück darüber reden? Ich wollte gerade Brötchen holen.«

»Wie kannst du ans Essen denken? Dein Bruder ist in Gefahr!«

»Wie kommst du darauf?«

»Deswegen!« Sie hielt ihm das Päckchen entgegen. »Das hat Rico heute morgen vor der Tür gefunden. Es ist an mich adressiert.«

Daniel schaute hinein. »Blumen? Da mag dich wohl jemand?«

»Ganz im Gegenteil! Sieh dir die Karte an! Hier!«

»Trauer muss Elektra tragen? Das ist ein Theaterstück aus den 30er-Jahren, soweit ich weiß.«

»Trauer, hörst du? Trauer! Ich soll trauern. Um Rico!«

Mit sanftem Druck schob er sie dem Bett entgegen. Sie sank auf die Kante nieder, während er sich den Schreibtischstuhl heranzog. »Geht es womöglich um den Mord an Pitt Metten? Hat Rico etwas damit zu tun?«

Sie fingerte rastlos an einer Haarsträhne herum. »Eben nicht! Das ist es ja, was mir solche Angst macht!«

»Nina! Wenn ich dir helfen soll, musst du klar sagen, was los ist.«

Die junge Frau schaute angespannt zur Tür. »Wo ist Mieke? Sie darf nichts davon wissen. Sonst erfährt meine Mutter davon.«

»Mieke kann uns nicht hören.«

Und wie sie hören konnte! Allerdings machten ihr die Beine zu schaffen, die verkrampfte Haltung forderte Tribut. Konzentriert beobachtete sie Daniels kompakten Rücken und Ninas verängstigtes Gesicht; getrieben von der irrationalen Befürchtung, man könnte ihren Atem hören.

»Hängen deine Sorgen mit dem Diebstahl zusammen?«,

fragte Daniel. »Habt ihr das Bild geklaut? Raus damit, Nina!«

Sie sprang auf. »Wir müssen Rico suchen! Auf seiner Laufstrecke und überall sonst!«

Daniel rührte sich nicht. »Setz dich hin! Raus mit der Wahrheit!«

Widerstrebend sank sie zurück auf das Bett.

»Ich habe mehr Geschichten für mich behalten, als du dir vorstellen kannst«, beruhigte er sie. »Du hast mein Wort.«

Das Mädchen richtete sich auf. »Das mit dem Jawlensky war meine Idee. Wir konnten das nicht allein durchziehen. Meine Mutter hätte uns sofort in Verdacht gehabt. Deswegen wollte Rico mit Pitt sprechen. Pitt ist ein Gauner, meint Rico. Pitt kennt sich aus.«

»Womit?«, fragte Daniel knapp.

»Mit Erpressung und so. Das hat er sogar mal bei Rico versucht. Rico hat früher einiges Zeug genommen … ist jetzt nicht wichtig.«

»Er hat seinen eigenen Erpresser angeheuert? Na ja, ist wohl besser als jedes Empfehlungsschreiben. Wie habt ihr es gemacht?«

»Rico hat die Rauchbomben angesteckt und mit dem Handy, das er Marco geklaut hatte, den Alarm ausgelöst. Ich bin vom Dachboden rein in die Wohnung und habe mich mit dem Bild im Schrank versteckt. Es ist nicht sehr groß und steckte im Transportkoffer. Wenn die Sache schief gegangen wäre, hätte ich einfach behauptet, ich wollte nur das Bild beschützen.«

Ohne Verwunderung lauschte Norma den Erklärungen, die alles bestätigten, was sie sich zusammengereimt hatte. Bei erster Gelegenheit schlich Nina sich mit dem Koffer in den Hinterhof. Rico verbarg das Diebesgut über Nacht in einem provisorischen Versteck.

»Dort war das Bild auf Dauer nicht sicher«, fuhr Nina fort. »Am Dienstagmorgen sind wir zur Platter Straße rausgefahren. Rico hatte sich dafür Pauls Wagen ausgeliehen. Pitt wartete schon. Sonst war niemand da. Es schüttete wie aus Eimern, aber er stand draußen vor dem Wagen und wartete. Wir sind auch raus. Pitt nahm den Koffer mit dem Bild entgegen. Er sollte es aufbewahren, bis meine Mutter gezahlt hat. Bei ihm würde niemand suchen. Wir wollten nicht, dass jemandem etwas passiert.«

»Aber es ist etwas geschehen«, sagte Daniel düster.

Halt den Mund und lass sie reden, schimpfte Norma im Stillen, der die tauben Beine und ein Jucken hinter dem Ohr zu schaffen machten. Zu allem Überfluss begann die Nase zu kribbeln. Bloß nicht niesen! Sie lenkte die gesamte Aufmerksamkeit auf das Gespräch.

»Der Tod ist passiert«, flüsterte Nina. »Da waren wir schon weg! Pitt kriegte das Bild, und wir sind los!«

»Wo habt ihr euch getroffen?«, fragte Daniel verunsichert, als begriffe er nur allmählich, welch ungeheuerliche Geschichte Nina ihm auftischte.

»Genau dort, wo man den toten Pitt gefunden hat: Auf dem Parkplatz beim Jagdschloss. Ich schwöre, als wir abfuhren, war er quicklebendig.«

»Er muss jemanden eingeweiht haben!« Nachdenklich neigte Daniel den Kopf.

Norma schaute geradewegs auf die Falten im fleischigen Hals. Der Käfer schrumpfte zusammen.

»Wer auch immer das ist, er will den Jawlensky für sich allein«, befürchtete Nina. »Deswegen hat er Pitt getötet und ist jetzt hinter Rico her.«

»Aber warum Rico? Und warum ausgerechnet jetzt?« Er sah sie argwöhnisch an. »Du hast mir nicht alles erzählt!«

Nina seufzte und holte tief Luft. »Rico ist dem Mörder

in die Quere gekommen. Rico hat einen Erpresserbrief geschrieben und fordert 200.000 von meiner Mutter. Obwohl wir das Bild gar nicht haben.«

Norma hielt es nicht länger in ihrem Versteck. Sie riss den Vorhang beiseite. »Was du auch angerichtet hast, Nina: Du musst mit der Polizei reden.«

Das Mädchen sprang auf und stieß einen leisen Schrei aus.

Auch Daniel hielt es nicht auf seinem Platz. »Was schleichst du dich in mein Zimmer, Mieke? Kann man niemandem mehr trauen?«

Norma hob entschuldigend die Hände. »Ich bedaure, dass ich euch anlügen musste. Mein Name ist nicht Mieke Lienhop. Ich bin Privatdetektivin. Undine hat mich beauftragt, ihr bei der Wiederbeschaffung des Jawlenskys zu helfen.«

Nina starrte sie bestürzt an. Ihre Unterlippe zitterte. »Wie heißt du wirklich?«

Norma nannte ihren Namen.

Die Türglocke schlug an.

»Rico!«, rief Nina erleichtert. »Endlich!«

Daniel schüttelte den Kopf. »Warum sollte er klingeln?«

Norma verließ das Zimmer und öffnete die Wohnungstür.

Auf diesen Besuch war sie nicht gefasst.

26

Der Tote lag der Länge nach mitten auf der Holzbrücke, die als Teil des Waldlehrpfads ein Stück abseits über einen Haufen verrottender Baumstämme führte. Das Gesicht war nicht zu erkennen. Helle Haarsträhnen bedeckten die Wangen. Er ruhte auf dem Bauch. Gekleidet in eine lange schwarze Laufhose und ein dunkles Langarmtrikot, auf dem das Blut seine Farbe einbüßte und nur als matt schimmernde Lache zu erkennen war. Aus dem Blutfleck heraus ragte, was Körber als Indianerpfeil bezeichnet hatte: Ein geschliffener Holzschaft, der am oberen Ende mit sorgsam beschnittenen Vogelfedern versehen war, die dem Geschoss im Flug die notwendige Stabilität verleihen sollten. Der Mann hatte im Sturz die Arme und Beine von sich gestreckt. Wie ein Hampelmann in Ruhestellung, dachte Wolfert und erschrak über seinen geschmacklosen Vergleich. Er trat einen Schritt näher heran, stillschweigend und beobachtend, als wäre er dem Toten diesen kurzen Moment des Innehaltens schuldig inmitten des Trubels, der sich ringsherum abspielte. Die Kollegen der Spurensicherung gingen geschäftig ihrer Arbeit nach. Milano unterhielt sich ein Stück entfernt mit dem Wanderer, der den Toten gemeldet hatte. Ein mittelalter Mann mit Weste und Schal, mager und kahl-köpfig, der Wolfert an seinen verstorbenen Lateinlehrer erinnerte. Eine Gruppe uniformierter Polizisten wickelte in gut bemessenem Abstand ein rot-weißes Absperrband um die Baumstämme und schickte die ersten Neugierigen zurück, die sich von den Einsatzwagen mitten im Wald hatten anlocken lassen. Der Wanderweg war kaum breit genug für die Fahrzeuge und verlief etwa 30 Meter von der Brücke entfernt.

Milano beendete das Gespräch mit dem Zeugen. Seine dünnen italienischen Slipper waren hier so fehl am Platz wie Wolferts polierte Lederschuhe. Schon stolperte er über eine Wurzel, rutschte aus und wäre beinahe gefallen, hätte er nicht an einem Stamm Halt gefunden. Schnaufend stieg er die Rampe hinauf.

Oben blieb er stehen und deutete auf die Informationstafel hinter sich. »Hast du das Schild gelesen?«

»Was meinst du?«, fragte Wolfert.

»Na, was wohl? Die Überschrift ›Totholz ist voller Leben‹. Das nenne ich makaber! Wann können wir ihn umdrehen?«

»Sema ist gleich soweit.«

Wolfert schaute sich zu der jungen Frau im weißen Overall um. Sie hatte irgendetwas im Laub entdeckt, beugte sich tief darüber und bat einen Kollegen, sich darum zu kümmern, bevor sie die Brücke hinaufkam.

»Er ist jung. Meint ihr nicht auch?«

»Das wissen wir«, knurrte Milano, »sobald wir ihn uns von vorn ansehen.«

Sema bückte sich zur Schulter des Toten hinunter. Wolfert half ihr, und auch Milano packte mit an. Gemeinsam drehten sie den Körper behutsam auf die Seite, damit das Pfeilende nicht gegen die Holzbohlen stieß, und betrachteten schweigend die Blutlache auf den Brettern und den von Blut durchtränkten Stoff über der Brust des Toten, aus der ein Stück der Pfeilspitze herausragte. Der Tod veränderte ein Gesicht, indem er ihm die Persönlichkeit raubte. Trotzdem glaubte Wolfert sicher zu wissen, wer dort vor ihm auf den Planken lag.

Auch Milano hatte das Opfer erkannt. »Teufel auch! Das ist dieser Sportler. Rico Götz!«

»Habt ihr den Mann nicht vernommen?«, fragte Sema. »Obwohl das gar nicht in euer Ressort fällt?«

Wolfert fragte sich, woher sie überhaupt davon wusste. Die Vernehmungen von Nina Santini und Rico Götz hatten sie in Erklärungsnot gebracht. Als Mitglieder der Sonderkommission hätten sie Besseres zu tun, als ein klauendes Pärchen zu befragen, hatte sich Gert beschwert und die Genehmigung nur widerwillig erteilt.

»Hört zu, wenn ihr irgendwelche Informationen bunkert …«

»Lass gut sein, Sema«, fiel ihr Milano ins Wort. »Norma Tann hatte uns um einen Gefallen gebeten. Weiß der Teufel, was Rico Götz mit dem Bogenschützen zu tun hat!«

»Auf jeden Fall mehr, als ihm lieb sein konnte«, stellte Sema trocken fest. Sie beugte sich über das Opfer. »Warum hat er dieses Mal den Pfeil nicht herausgezogen?«

»Vielleicht wurde er gestört?«

»Oder er wollte seinen Hinterhalt nicht verlassen«, vermutete Wolfert. «Wir müssen die Stelle finden, von der er geschossen hat.«

Zuversichtlich sagte Sema: »Wir kriegen ihn! Mit dem Pfeil haben wir endlich etwas in der Hand.« Sie ließ sich auf die Knie nieder und untersuchte mit ihren schmalen, geschickten Händen die Kleidung des Toten. »Stimmt es eigentlich, was man sich von Norma Tann erzählt? Dass sie eine gute Polizistin war, aber den Druck nicht aushielt?«

»Nun, sie machte ihre Arbeit passabel«, murmelte Milano. »Bis zu dem Tag, als sie in Kolumbien …«

Wolfert unterbrach ihn: »Norma hatte ihre Gründe für den Ausstieg, und die hingen nicht mit der Arbeit zusammen. Sie war eine ausgezeichnete Polizistin und Kollegin.«

Sema sah auf und lächelte. »Irene lobt sie auch in den höchsten Tönen.«

Danach widmete sie sich wieder ihrer Arbeit. »Auf die Schnelle ist bei ihm nichts zu finden. Er muss doch einen Hausschlüssel dabei haben?«

Milano winkte ab. »Darum kannst du dich später kümmern, Sema. Wir kennen die Adresse.«

27

Milano sah erledigt aus. Auf dem Hemd zeichneten sich Schweißflecken ab. Über dem Bauch fehlte ein Knopf und ließ ein Stück blasser Haut erkennen. Der schwergewichtige Kommissar hockte am Kopfende und stützte die keulenförmigen Unterarme auf den Tisch, als suche er Halt. Wolfert neben ihm wirkte nicht weniger überarbeitet. Sein Gesicht schien ausgedünnt, das Kinn kantiger als in ihrer Erinnerung, und ließ die ausgeprägten Nagezähne noch markanter erscheinen. Die wasserblauen Augen hinter den runden Brillengläsern zeigten sich klug und aufmerksam wie eh und je.

Nina hockte auf dem Sofa und weinte in die Hände hinein. Sie hatte die schlimme Nachricht wie erstarrt entgegengenommen und sich in die Küche mitziehen lassen. Daniel schien noch gar nicht begriffen zu haben, was mit seinem Bruder geschehen war, und belauerte die Kommissare abwartend vom Stuhl gegenüber. Norma war stehen geblieben. Dankbar dafür, sich im Hintergrund halten zu dürfen, lehnte sie am Kühlschrank.

Wolfert zückte sein Notizbuch. »Herr Götz, nur der Form halber: Sie waren in Ihrer Jugend ein ausgezeichneter Bogenschütze.« Er listete die Erfolge auf: Jugendmeister, Kreismeister, Hessenmeister und andere Titel mehr.

»Wollen Sie behaupten, ich hätte meinen Bruder erschossen?«, begehrte Daniel auf.

»Verzeihung. Diesen Zusammenhang können wir nicht übergehen.«

Daniel sprang auf. »So ein Unsinn! Haben Sie eine Ahnung, wie viele Leute Bogensport betreiben? Wollen Sie die alle unter Generalverdacht stellen? Ich bin Sportschütze. Mit meinem Bogen und meinen Pfeilen kann man niemanden umbringen. Dafür braucht man einen Jagdbogen und die entsprechenden Pfeilspitzen. Damit erzielen Sie eine Durchschlagskraft von …«

Milano zeigte sein hinterlistiges Lächeln. »Ein Spezialist, sieh an!«

»Das weiß doch jeder, der mit dem Bogensport zu tun hat!«

»Setzen Sie sich wieder hin!«, befahl Wolfert gelassen und wandte sich Nina zu. »Wann hat Rico heute morgen das Haus verlassen?«

Das Mädchen nahm endlich die Hände vom Gesicht. Sie brauchte einen Augenblick, um die Worte zu finden. Um 6.15 Uhr sei er aufgebrochen, gab sie an. Wie beinahe jeden Morgen, ob Wochen- oder Sonntag. Danach kam Daniel an der Reihe. »Wo waren Sie heute zwischen 6 und 8.30 Uhr?«

»Was soll das? Ich habe meinen Bruder nicht umgebracht!«

Wolfert ließ sich nicht aus der Ruhe bringen. »Bitte, Herr Götz. Wir müssen das fragen.«

Daniel wischte sich über die Stirn. »Ich war in meinem Zimmer. Nicht allein. Eine Frau hat bei mir übernachtet, eine Kollegin. Sabine.«

»Ihre Freundin?«

Daniels Handbewegung konnte alles bedeuten.

»Ich bin Sabine heute früh in der Küche begegnet«, meldete sich Norma, ohne ihren Platz zu verlassen. »Später war Daniel für einige Minuten aus dem Haus. Zu wenig Zeit, um einen Mord zu begehen.«

Daniel hielt es nicht auf dem Stuhl. »Ich bringe nicht meinen Bruder um!«

»Bleiben Sie sitzen«, bat Milano zahm. »Was regen Sie sich auf, wenn Sie ein Alibi haben?«

Irritiert ließ Daniel sich auf den Stuhl fallen.

»Wir prüfen das Alibi«, warf Wolfert ein. »Sprechen wir über Pitt Metten. Auch das müssen wir Sie fragen. Sie verstehen das doch?«

»Warum sollte ich Pitt Metten umbringen? Ich kannte ihn kaum.«

»Er war der Trainer Ihres Bruders«, erklärte Milano sachlich. »Wo waren Sie am 10. Juni, zwischen 7 und 8 Uhr morgens?«

»Was für ein Tag war das?«

»Ich helfe Ihnen gern auf die Sprünge! Das war ein Dienstag.«

Daniel zeigte Nerven. Die Schlange auf dem Unterarm vibrierte. »Jeden Dienstag treffen wir uns zur Teamsitzung. Ab 9 Uhr. Fragen Sie im Sozialbüro nach!«

»Und davor? Wo waren Sie vorher?«

»Hier natürlich! Aufstehen, frühstücken und zur Arbeit gehen. Wie sonst auch!«

»Allein oder mit Ihrer Freundin?«, fragte Wolfert.

»Allein. Wir treffen uns nicht so häufig.«

Norma ergriff das Wort. »Erst Pitt, dann Rico. Willst du die Nächste sein, Nina? Du musst jetzt alles sagen!«

Milano fuhr herum. »Soll das heißen, du bist uns wieder einmal einen Schritt voraus?«

Sie lächelte friedfertig. »Ich habe keinen Überblick über deinen Kenntnisstand, Luigi. Nina hat mir und Daniel gegenüber vor einer Viertelstunde eingestanden, gemeinsam mit Rico den Jawlensky gestohlen zu haben. Wir waren auf dem Weg zur Polizei. Ihr seid uns zuvorgekommen.«

Wolfert wandte sich an Nina. »Sie geben den Diebstahl also endlich zu?«

Sie senkte den Kopf und nickte. »Pitt war auch dabei.«

Wolfert wechselte einen Blick mit seiner ehemaligen Kollegin. »Pitt Metten war an der Sache beteiligt?«

»So sieht es aus«, bestätigte Norma.

Die Kommissare ließen die Neuigkeit einen Augenblick sacken. Milano schnalzte mit der Zunge und fragte nach einem weiteren Komplizen.

Nina blieb standhaft. »Es gibt niemanden sonst!«

Wolfert versuchte es mit väterlicher Sorge. »Zwei Menschen wurden getötet. Begreifen Sie nicht, dass auch Sie in Gefahr sein könnten?«

Nina blickte auf und erklärte mit fester Stimme: »Ich kenne keinen Komplizen, wie oft soll ich das noch sagen? Wir waren zu dritt, Rico, Pitt und ich. Sonst niemand. Und lassen Sie Daniel in Ruhe. Der hat nichts damit zu tun!«

»Wo ist das Bild?«, fragte Milano.

»Keine Ahnung«, beharrte Nina. »Wir haben den Jawlensky an Pitt übergeben, der quicklebendig war, und sind weggefahren. Er sollte das Bild aufbewahren, bis meine Mutter das Lösegeld bezahlt. So war der Plan.«

»Dann war es Rico, der in Mettens Wohnung eingebrochen ist?«, fragte Wolfert.

Norma ging zum Tisch und setzte sich. »Bei Metten wurde eingebrochen?«

Milano gefiel die Frage. »Sieh an, unsere Neunmalkluge weiß nicht alles.«

Ein vergeblicher Versuch, das Bild zu finden, räumte Nina ein. Rico habe sich nicht davon abhalten lassen.

»Du solltest den Herren Kommissaren das Päckchen zeigen«, schlug Norma vor. »Ich habe auch eine seltsame Botschaft bekommen. Bin gleich wieder da.«

Sie ging in ihr Zimmer und schrieb den Text ab, bevor sie den Brief in der Plastikhülle auf den Küchentisch legte. Wolfert las die Zeilen laut vor. Der lyrische Text verlieh seiner Stimme einen fremden Klang.

»Was soll das sein?«, wunderte sich Milano. »Ein Gedicht? Wir lassen den Zettel untersuchen. Vielleicht finden wir Fingerabdrücke. Den nehmen wir auch mit«, beschloss er mit einem Blick auf den Karton, den Nina auf den Tisch gestellt hatte.

Die vier Schutzpolizisten trafen ein, die Wolfert angefordert hatte, um Daniel und Nina ins Kommissariat zu bringen. Dort sollten die Aussagen schriftlich aufgenommen werden. Mit der Ankunft der Beamten wurde es eng in der Küche.

Daniel erhob sich ohne Aufforderung. »Bin ich jetzt verhaftet?«

»Selbstverständlich nicht«, widersprach Wolfert. »Es liegt kein konkreter Verdacht gegen Sie vor. Trotzdem müssen wir die Wohnung durchsuchen lassen. Das können wir Ihnen nicht ersparen.«

Beim Hinausgehen wandte sich Daniel an Norma. »Ich habe mit der Sache nichts zu tun. Um Schwierigkeiten zu vermeiden: Weißt du einen fähigen Anwalt, der der Polizei den Wind aus den Segeln nimmt?«

Ein Name fiel ihr auf Anhieb ein. Der Mann war hervorragend in seinem Beruf. »Ich rufe jemanden an.«

Nina und Daniel wurden aus der Wohnung geführt. Norma und die Kommissare blieben in der Küche zurück und brüteten vor sich hin, bis Milano die Stille durchbrach.

»Habe ich einen Hunger!«

»Frag mich mal«, bekannte Wolfert.

Plötzlich verspürte Norma ein Verlangen nach Kaffee.

Noch drängender war der Wunsch, nach Hause zu fahren. Miekes Rolle war ausgespielt. Nach dem Ende der Tournee würde Marco seinen Platz in der WG und der Galerie wieder einnehmen. Mit Milanos Erlaubnis durfte sie ihre persönlichen Sachen aus dem Zimmer holen, bevor sich die Spurensicherung jeden Raum vornehmen würde. Während Wolfert am Küchentisch mit den Kollegen telefonierte, ging sie zum Telefonieren auf den Flur.

Ehlers freute sich. »Norma, hast du dich anders entschieden? Lässt du mich nun doch in die Taunusstraße ziehen?«

»Es geht nicht um die Wohnung. Ich biete dir ein Mandat an.«

»In eigener Angelegenheit?«, entgegnete er kühl.

»Das nicht. Es handelt sich um Kunstdiebstahl und Erpressung. Womöglich besteht ein Zusammenhang zu dem weiteren Toten, den man heute morgen im Stadtwald gefunden hat.«

»Ein zweiter Toter? Womöglich wieder der Bogenschütze?«

»Du sagst es. Bist du interessiert?«

»Das fragst du?«

Sie gab ihm einen kurzen Überblick und kehrte in die Küche zurück. »Eine Bitte, Dirk. Könnt ihr mir Informationen über diese Telefonanschlüsse besorgen?«

Sie diktierte ihm die Mobilnummer, unter der Undine die SMS des Erpressers beantwortet hatte, sowie die Telefonnummer des gefundenen Handys. Selbstverständlich wollte er wissen, worum es ging.

Wolfert klappte das Notizbuch zu. »Zwei Morde sind geschehen. Diese Erpressung ist keine Privatangelegenheit mehr. Frau Abendstern wird mit uns kooperieren müssen. Mach ihr das bitte klar.«

»Ich will mein Bestes geben und mache mich gleich auf den Weg«, versprach Norma.

Den neuen Stand der Dinge konnte sie ihrer Klientin unmöglich am Telefon erklären.

28

Montag, der 23. Juni

Am Tag nach Ricos Tod fühlte Norma sich in einen beunruhigenden Schwebezustand versetzt. Als stünde sie auf einem zugigen Bahnsteig im Nirgendwo, wäre aus einem Zug ausgestiegen und wartete auf den nächsten, um an ein fernes, unbekanntes Ziel zu gelangen. Nina und Rico waren als Kunstdiebe überführt, aber was mochte mit dem Gemälde geschehen sein? Solange der Verbleib des Jawlenskys nicht geklärt war, konnte sie den Auftrag nicht abschließen. Unter dem Zwang der aktuellen Entwicklung blieb Undine nichts anderes übrig, als mit der Polizei zusammenzuarbeiten. Zu Normas Erleichterung wurden die Beamten Wolfert und Milano als dafür zuständig erklärt, waren sie doch bereits mit den Fakten vertraut.

Sie verbrachte den Vormittag im Büro; vordergründig, um die gedruckte und elektronische Post zu bearbeiten. Tatsächlich kreisten ihre Gedanken um das Geschehen der vergangenen Tage. Ricos Tod ging ihr nahe. Sie hatte mit ihm gemeinsam Wein getrunken und die Wohnung mit ihm geteilt. Außerdem, wer wollte ausschließen, dass der Mörder sein unheimliches Werkzeug nicht ein drittes Mal einsetzte? Wer war dieser Mensch, der am helllichten Tag mit einem Jagdbogen durch den Stadtwald streifte, um Leute zu erschießen? Ein Psychopath? Oder ein eiskalter Killer, der sich unantastbar fühlte? Die eine Version gefiel ihr so wenig wie die andere.

Bei einer Kaffeepause nahm sie sich noch einmal die Artikel vor, die Kurier und Tagblatt zum aktuellen Mordfall gebracht hatten. Der Nachruf im Kurier hob Ricos sportliche Leistungen hervor, deutete seine kriminellen Verstrickungen dagegen nur an mit dem Hinweis, man wolle die Pressekonferenz der Polizei abwarten. Ähnlich zurückhaltend formulierte das Tagblatt die Zusammenhänge.

Norma hatte vom Bäcker gegenüber gleich beide Zeitungen mitgebracht und auf der Straße unwillkürlich nach Gregor Regert Ausschau gehalten, obwohl sie sich nicht länger verstecken müsste. Sie war ihm, Undines unvermeidlichem Dauergast, in der Galerie begegnet, als sie die unguten Neuigkeiten von Ricos Tod und Ninas Geständnis überbrachte, und hatte keinen Sinn darin gesehen, die Tarnung weiterhin aufrecht zu halten. Regert war der Enthüllung mit beleidigter Miene begegnet.

Erfrischt durch die Pause widmete sie sich ihren Aufzeichnungen. Wie sie die akribische Polizeiarbeit gelernt hatte, untermauerte sie ihre Erkenntnisse mit einem Flussdiagramm, das alle Informationen zur Tat und zu den beteiligten Personen enthielt. Darin hatte sie sich bisher auf das Geschehen rund um den Bilderdiebstahl konzentriert. Ricos unverhofftes Ende legte nahe, diesen Horizont zu erweitern. Aufs Neue bewegten sich ihre Gedanken um den Täter. Was nährte seinen Glauben, man käme ihm nicht auf die Schliche? Weil er so heimlich vorging, zweifellos. Und weil auf den ersten Blick keine Verbindung zwischen ihm und den Opfern erkennbar war. Trotzdem musste es einen Zusammenhang geben. Zwei der drei Kunsträuber waren tot. Das konnte man unmöglich als einen Zufall betrachten.

Sie durfte keine Hypothese ausschließen. Könnte der Mörder eine Frau sein? Undine? Als jagende Diana mit

Pfeil und Bogen? Eine absurde Vorstellung, bei der sie unwillkürlich lächeln musste. Dem neuen Doktor gebührte zumindest eine Randbemerkung in ihrer Liste, obwohl er erst in Erscheinung getreten war, als das Bild gestohlen und das erste Opfer aufgefunden war.

Wie wohl die Sonderkommission vorankam? Sie versuchte es unter Wolferts Mobilnummer, anschließend bei Milano, und rief, als sie beide nicht erreichen konnte, bei Irene Maibaum an, die sich erfreut zeigte und im selben Atemzug verkündete, in Arbeit zu ertrinken.

»Dieser Bogenschütze macht mir Angst! Nicht auszudenken, wenn er wieder ...« Sie ließ den Satz unheilvoll unvollendet.

Norma fragt nach den Kommissaren.

»Du hast kein Glück, Norma. Dirk und Luigi sind in der Teamsitzung und wollen anschließend zu einem Außentermin.«

»Dann sag du mir bitte, was die Durchsuchung der WG ergeben hat.«

Irene senkte die Stimme. »Du bringst mich in Teufels Küche.«

»Du darfst frei reden! Ich arbeite ganz offiziell mit Dirk und Luigi zusammen.«

»Sofern es den Bilderdiebstahl betrifft. Aber nicht die Mordfälle.«

Es war stets das gleiche Spiel. Norma appellierte an die kollegialen Zeiten, bis Irene schließlich mit Informationen herausrückte, die in diesem Fall lauteten, dass die Durchsuchung der WG-Räume weder das Gemälde noch die Mordwaffe zu Tage gefördert hatte. Norma hatte nichts anderes erwartet.

Einmal in Fahrt, fügte Irene hinzu, dass die Freundin angegeben habe, Daniel Götz sei vor 8.30 Uhr nicht aus dem

Bett gekommen. »Es scheint eine recht lockere Beziehung zu sein.«

»Ich bin Sabine jedenfalls zum ersten Mal begegnet.«

»Dann wird sie bestimmt nicht aus Liebe lügen und ihrem Freund ein falsches Alibi geben.«

»Wohl kaum. Was ist mit Nina?«

»Die Göre durfte nach Hause gehen«, berichtete Irene. »Sie hat den Diebstahl gestanden. Für die Lösegeldforderung sei ihr Freund allein verantwortlich, behauptet sie.«

Wenn sie Glück hatte, kam sie mit dem Diebstahl davon. Ehlers würde sich engagiert dafür einsetzen.

Norma fragte nach Ralf Reisinger. »Sein Alibi ist, was den Mord an Metten betrifft, glaubwürdig, wie ich von Wolfert weiß. Hat man ihn trotzdem vorgeladen?«

»Es kam nur zu einem unverbindlichen Gespräch. Kontakte zwischen Reisinger und Rico Götz sind bisher nicht zu erkennen.«

»Gibt es überhaupt einen Verdächtigen?«

»Wir haben keinen zu bieten. Du vielleicht?«

Norma lächelte ins Telefon und verabschiedete sich. Gleich darauf rief Lutz an. Ob sie ihn zum Mittagessen begleiten wolle? Den Grund behielt er für sich, und sie nahm an, dass er ein wenig Gesellschaft gebrauchen konnte und bei der Gelegenheit erfahren wollte, wie Undine die jüngsten Ereignisse verkraftete. Sie verabredeten sich für 13 Uhr beim Italiener in der Altstadt.

Norma beschloss, die verbleibende Zeit zu nutzen und sich endlich nach dem Kleid für Florenz umzuschauen. Die Reise war aufgeschoben, aber nicht aufgehoben, und das Sommerwetter machte Lust auf einen Einkaufsbummel. Auf dem Weg zum Polo, der im Innenhof nebenan seinen Platz hatte, entdeckte sie Leopold auf einem Mauervorsprung. Er sonnte sich, das blaugraue Fell fühlte sich heiß an. Er schenkte ihr einen hoheitsvollen Blick, als sie in den Wagen stieg. Sie nahm den Weg über die Biebricher Allee, fuhr an den Rhein-Main-Hallen vorbei und in die Wilhelmstraße hinein. Einem Impuls folgend bog sie in die Sonnenberger Straße ab und erreichte den Parkplatz vor einer Jugendstilvilla, in deren Erdgeschoss sich das Immobilienbüro eingerichtet hatte. Die Sekretärin führte Norma in ein Besprechungszimmer. Nach wenigen Minuten erschien der Makler. Er habe wenig Zeit, meinte er ruppig und fügte nach kurzem Überlegen sein Bedauern darüber an, als wäre ihm die Höflichkeitsfloskel soeben in den Sinn gekommen.

Norma fasste sich kurz. »Nur eine Frage. Ich habe gehört, im Dichterviertel soll ein Bürgerhaus verkauft werden.«

Als sie die Adresse nannte, hellte sich sein Gesicht auf. »Ein wunderschönes Objekt mit allen Möglichkeiten. Noch nichts kaputt saniert, wenn Sie verstehen, was ich meine. Vieles ist noch im Originalzustand.«

Damit waren wohl die uralten Farbschichten und die morschen Fensterrahmen gemeint.

»Der Hausbesitzer hat also Kontakt zu Ihnen aufgenommen?«

Die Makler nickte betroffen. »Ich habe mich mehrmals mit Herrn Götz getroffen. Er hatte es sehr eilig mit dem Verkauf. Leider nicht eilig genug.«

»Wie meinen Sie das?«

»Haben Sie nicht von dem neuen Mord im Stadtwald gehört? Herr Götz ist das bedauernswerte Opfer. Das steht heute groß in der Zeitung. Schreckliche Sache!«

»Heißt das, Rico Götz war bei Ihnen? Nicht sein Bruder Daniel?«

Die Frage schien ihn zu überraschen. »Ich habe ausschließlich mit Rico Götz gesprochen. Von einem Bruder weiß ich nichts.«

»Sie hatten demnach keinen Einblick in das Grundbuch?«

»Soweit war der Stand der Dinge nicht gediehen. Ist der Bruder Miteigentümer und Erbe? Dann werde ich mich an ihn wenden.«

»Ich fürchte, das ist wenig erfolgversprechend.«

»So wie die Vermietung Ihrer Wohnung, Frau Tann«, sagte er streng. »Bisher hatten Sie gegen jeden Interessenten Einwände. Wollen Sie überhaupt vermieten?«

»Ehrlich gesagt, ich weiß es nicht«, bekannte sie.

»Haben Sie einmal über einen Verkauf nachgedacht? Ich übernehme das gern.«

Daran zweifelte sie nicht. »Mein verstorbener Mann hing sehr an der Wohnung. Ich glaube nicht, dass ich sie verkaufen möchte. Können wir die Vermietung eine Weile ruhen lassen?«

»Der Kunde ist König. Wie Sie meinen.«

Sie durfte sogar den Wagen im Hof stehen lassen. Draußen schulterte sie die Handtasche und setzte die Sonnenbrille auf, bevor sie durch den Kurpark spazierte und auf den rückwärtigen Eingang des Kurhauses zuhielt. Sie durchquerte das prächtige Foyer, schaute im Vorübergehen zur hohen Kuppel hinauf und verließ das Gebäude durch eine der vorderen Drehtüren. Auf dem Bowling Green sprudelten die zwillingsgleichen Kaskadenbrunnen. Das Wasser glänzte im Sonnenschein wie flüssiger Gips.

Der weitere Weg führte sie unter den Kolonnaden am Theater vorbei und brachte sie unweigerlich auf die Frage zurück, was die seltsame Botschaft an Nina bedeuten mochte. Das Drama, verfasst im Jahr 1931, drehte sich um Glaubensverluste, Sinnsuche und die Orientierungslosigkeit des modernen Menschen am Beispiel einer Industriellenfamilie, wie Norma im Internet nachgelesen hatte. Eindeutig erschien ihr die symbolische Warnung, die sich umgehend erfüllt hatte. Ricos Tod machte Nina zur wahrhaftig Trauernden.

Sie wanderte am Nassauer Hof entlang und erreichte die Fußgängerzone, in der sie die Boutiquen ansteuern wollte. Dabei kam ihr der Gedanke, sie könnte Lutz ein Geschenk mitbringen, das ihn ein wenig aufmuntern würde. Was lag näher als ein guter Kaffee? Aus der Kleinen Schwalbacher Straße zog ihr das Aroma frisch gerösteter Kaffeebohnen entgegen. Sie betrat die Rösterei und kaufte ein Päckchen, an dem sie genüsslich schnupperte, bevor es in der Handtasche verschwand. Neugierig sah sie sich in dem kleinen Café um, das im Stil der 50er-Jahre eingerichtet war. Weitere Sitzplätze gab es im Innenhof, der von Mauerwerk umschlossen und mit Grünpflanzen geschmückt war. Die Tische standen auf dunklen Holzplanken und waren frei bis auf einen. Wie hineingepresst steckte Milano in einem Korbsessel, als wäre er für alle Zeiten darin gefangen. Wolfert saß dem Kollegen gegenüber und beugte sich über einen Teller.

Sie aßen schweigend und bemerkten Norma nicht, die sich auf leisen Sohlen näherte. »Das nennt man also einen Außentermin.«

Milano grinste stumm und biss in ein Baguette.

Wolfert stand auf und rückte ihr einen Sessel heran. »Setz dich zu uns!«

Lutz hätte seine Freude an diesem Akt der Höflichkeit gehabt. Milano schaute befremdlich.

»Willst du mit uns essen?«, fragte Wolfert, nachdem er wieder Platz genommen hatte; nicht ohne zuvor den Hosenstoff über den Knien hinaufzuzupfen.

»Mir genügt etwas zu trinken. Zum Essen treffe ich mich später mit Lutz.« Sie bestellte ein Wasser. Die Hitze machte durstig.

Milano schob den leeren Teller in die Tischmitte. »Wie hast du uns gefunden?«

»Ich habe euch nicht gesucht.«

Seine Miene verriet, dass er ihr nicht glaubte.

»Hat sich irgendeine Spur zum Jawlensky aufgetan?«, fragte Wolfert zwischen zwei Bissen.

»Nichts Neues bisher. Und bei euch?«

»Wir lassen die DNA von Rico mit den Spuren aus Mettens Wohnung vergleichen. Das kann dauern, wie du weißt.«

Milano raffte die schwarzen Augenbrauen zusammen. »Wir haben nichts in der Hand. Kein Wunder, dass die Leute beunruhigt sind. Die Zeitungen bezweifeln, ob man sich überhaupt noch in den Wiesbadener Wald wagen darf.«

»Was ist mit den Handynummern, die ich euch gegeben habe?«, fragte Norma. »Konntet Ihr die Besitzer ermitteln?«

»Nichts leichter als das«, antwortete Wolfert mit hörbarer Verbitterung. »Ein Friseurgeschäft in München und ein 80-jähriger Rentner aus Hamburg.«

Milano lächelte milde. »Muss ich dir erklären, Norma, wie man an eine bereits registrierte SIM-Karte kommt? Da genügt ein Gang über den Flohmarkt, und du kannst anonym telefonieren.«

»Oder du lässt dich über das Internet registrieren und gibst eine falsche Adresse an«, ergänzte Wolfert. »Das ist kein Hexenwerk.«

Norma kannte die Problematik aus der Sicht der Ermittler. »Die Datenschützer wird's freuen. Der Versuch war es trotzdem wert. Ich muss gehen. Lutz wartet sicher schon.«

Er winkte ihr entgegen, als sie sich im Restaurant umschaute. Die meisten Gäste hatten einen Platz im Freien vorgezogen. Lutz gefiel es nicht, auf der Straße zu sitzen.

Erfreut nahm er das Päckchen Kaffee entgegen. »Meine Lieblingssorte!«

Während des Essens sprachen sie über Florenz. Wenn Undine ihn nicht erhören würde, wollte er Norma gern begleiten.

Er habe Erkundigungen über Regert eingeholt, erklärte er nach einer Gesprächspause. »Wusstest du, dass er nicht freiwillig aus seinem Job ausgestiegen ist? Wenn er dem Rausschmiss nicht mit der eigenen Kündigung zuvorgekommen wäre, hätte man ihn in Frankfurt vor die Tür gesetzt.«

»Wie bist du an die Information gekommen?«

Er lächelte grimmig. »Indem ich mich an einen alten Studienfreund erinnerte, der sich in der Frankfurter Gesellschaft bestens auskennt. Er liebt den Rheingauer Riesling und schätzt eine gute Küche. Die Auskunft hat mich einen teuren Abend im ›Schwarzen Bock‹ gekostet.«

Sie lächelte. »Hat dein Freund dir verraten, womit sich Regert in die Nesseln setzte?«

»Irgendeine hanebüchene Geschichte, mehr wusste mein Kommilitone nicht, oder er wollte nicht mehr sagen. Fest steht, dass Regert in der Forschung keinen Fuß mehr in die Tür bekommen wird.«

Erst als die Teller abgeräumt waren und der Espresso serviert wurde, redeten sie über die jüngsten Ereignisse.

»Ich habe die Augen vor der Wahrheit verschlossen«, sagte Lutz selbstkritisch. »Weil ich das Mädchen nicht für kriminell halten wollte.«

»Vielleicht war der Bilderklau Ninas Weg, der Mutter die Vernachlässigung heimzuzahlen, die sie Undine vorwirft?«, überlegte Norma. »Der schlimmere Part, die Erpressung, ist vor allem Pitt und Rico anzulasten.«

»Nicht auszudenken, wenn der Jawlensky tatsächlich

zerstört würde. Ein unwiederbringlicher Verlust für die Kunst! Von Undines Schmerz will ich gar nicht reden.«

Norma zeigte ihm den abgeschriebenen Text. »Sagt dir das etwas?«

Lutz setzte die Brille auf und murmelte die Worte vor sich hin: »Lichter Morgen, verhaltene Glut, Weisheitszeichen, ruhendes Licht. Kommt mir bekannt vor.«

»Ein Gedicht?«, fragte sie gespannt. »Von wem?«

Lutz zögerte. »Lass mich darüber nachdenken. Sonst stand nichts auf dem Zettel?«

»Nichts weiter außer einem blauen senkrechten Strich neben den Zeilen. Ich habe noch eine Bitte. Kannst du mir ein Buch leihen? Falls du es hast.«

»Worum handelt es sich?«

»Um ein Drama von Eugene O'Neill. Trauer muss Elektra tragen.«

»Ein wunderbares Stück. Selbstverständlich besitze ich den Text.«

Es schien ihn zu kränken, wie sie daran hatte zweifeln können; bei einem Bücherfreund und Verleger, der sich keinen Stolz auf irgendetwas erlaubte. Die umfangreiche Bibliothek ausgenommen.

29

Wie aus dem Nichts war er aufgetaucht. Beim Heran-
fahren hatte sie niemanden gesehen, und so bemerkte sie
ihn erst, als sie das Hoftor zuschob. Er wartete im Schatten
des Hauseingangs: Ein Mann mit schlanker Figur, kurzen
dunklen Haaren und einem aufmerksamen Gesicht, das
eine gewisse Genugtuung nicht verbergen konnte. Zu spät
für ein Versteckspiel.

Entschlossen trat sie ihm entgegen. »Lauerst du mir
auf?«

»Ich komme auf gut Glück hier vorbei. Wenn du keine
Zeit für mich hast …«

»Was willst du?«

Zwischen seinen Augenbrauen erschien eine steile Falte.
»Wenn ich mich richtig erinnere, warst du es, die mich
gestern darum gebeten hat, ein Mandat zu übernehmen.«

»Du bist wegen Nina und Daniel gekommen?«

»Ich wüsste keinen anderen Grund«, entgegnete Ehlers
kühl. »Oder glaubst du, ich will mir eine weitere Abfuhr
wegen der Wohnung holen? Keine Sorge, das habe ich
begriffen.«

Warum bin ich enttäuscht?, fragte sie sich, irritiert über
sich selbst, und bat ihn herein.

Im Büro sah er sich suchend um. »Wo steckt der Hausherr?«

»Wenn du von diesem haarigen Untier sprichst: Poldi
lässt sich im Hof von der Sonne durchbrutzeln. Kaffee?«

»Bei der Hitze lieber ein Wasser.«

Er setzte sich unaufgefordert auf den Besucherstuhl.

Während sie zwei Gläser füllte, spürte sie seine Blicke im Rücken. Danach verschanzte sie sich hinter dem Schreibtisch. In der folgenden Dreiviertelstunde redeten sie über seine Mandanten, die sich zuvor mit diesem Gespräch ausdrücklich einverstanden erklärt hätten, wie Ehlers versicherte. Während Norma die Ereignisse zusammenfasste, warf er präzise formulierte Fragen ein, die ihr halfen, die Gedanken zu ordnen. Als sie zum Ende kamen, war die anfängliche Verstimmung einer lebhaften Arbeitsatmosphäre gewichen.

»Gegen Daniel Götz liegt nichts vor«, erklärte er mit der Einschränkung, soweit es ihm bekannt sei. »Er hat ein Alibi. Aber das weißt du vermutlich besser als ich. Bei deinen Beziehungen zur Sonderkommission.«

Schwang darin eine Spur Neid mit? »Ich bin in den Fall verstrickt, ob ich will oder nicht«, stellte Norma klar. »Der Diebstahl und die Morde hängen zusammen. Das bezweifle ich nicht.«

»Und noch immer kein Hinweis auf das Gemälde?«

»Ich fürchte, solange der Bogenschütze nicht gefasst wird, bleibt das Bild verschollen.«

»Eine Geschichte, die der Fantasie Flügel verleiht«, sagte Ehlers mit einem Lächeln. »Wer mag dieser Täter sein? Ein im wahrsten Sinn des Wortes nach der Kunst Verrückter, der sich im finsteren Keller mit erlesenen Exponaten umgibt?«

Sie lächelte. »Das klingt wie die Vorlage für einen Film von Alfred Hitchcock.«

»Du magst seine Filme?«

»Wer liebt sie nicht?«

»Dann kannst du nicht ablehnen.«

»Was bitte?«

Er grinste. »Meine Einladung ins Caligari! Dort läuft

eine Reihe mit Klassikern. Heute Abend ist ›Der Fremde im Zug‹ dran.«

Der Übermut packte sie. »Ich komme mit. Vorausgesetzt, du weißt, von wem die Romanvorlage stammt.«

Sein Lächeln wurde breiter. »Das fragst du einen ausgewiesenen Experten. ›Zwei Fremde im Zug‹ erschien 1951 in den Vereinigten Staaten. Der Roman war das furiose Debüt der Patricia Highsmith.«

Er erhob sich mit zufriedener Miene und verkündete, er erwarte sie pünktlich um 19.45 Uhr vor dem Kino.

Sie blieb mit dem unbehaglichen Gefühl zurück, sich wie die Romanfigur Guy auf eine verfängliche Vereinbarung eingelassen zu haben. Nur dass es sich – in ihrem Fall – nicht um Mord, sondern um einen harmlosen Kinobesuch handelte. Und dass Eiko Ehlers nichts gemeinsam hatte mit Charles Anthony Bruno.

30

Dienstag, der 24. Juni

Der Regen hatte sich durchgesetzt. Doch nicht das Tröpfeln auf dem Dachfenster holte Norma aus dem Schlaf. Ein Traum ließ sie hochschrecken, und dazu die Nachwirkungen der quälenden Suche nach Antworten auf ein Problem, das sie im Schlaf nicht loslassen wollte.

Inzwischen hellwach, stand ihr eine Traumsequenz bildhaft wie eine Theaterszene vor Augen: Der Maler liegt auf dem Bett, den abgemagerten Kopf ins Federkissen gesenkt, mit starren Armen, die Hände von bunt fleckigen Lappen umwickelt, aus denen die Malerpinsel wie Messerklingen ragen. Fünf Frauen umringen das Lager. Das Hausmütterchen mit Kittel und Kopftuch muss Helene Nesnakomoff sein, die bescheidene Ehefrau, ehemalige Dienstmagd und die Mutter des Sohnes, dem Alexej die öffentliche Anerkennung so lange vorenthielt. Die Frau am Kopfende ist zweifelsohne Marianne Werefkin, seine erste Weggefährtin und vier Jahre ältere Freundin, wie er in Russland geboren und aufgewachsen und gesegnet mit einem begnadeten künstlerischen Talent und dem Drang, den jungen Meisterschüler zu fördern und ihr gemeinsames Kind – die Kunst – zu pflegen. Mit einem Blick bittet er sie um Verzeihung, weil er sein Versprechen brach, sie niemals zu verlassen. Ungeduldig drängt sich eine dritte Person an das Bett heran, eine stolze Frau, im Stil der 20er-Jahre gekleidet: Emilie Esther Scheyer, die sich von ganzem Herzen der Aufgabe verschrieben hat, Alexejs Bilder gemeinsam mit den Werken seiner Kollegen Lyonel Feininger, Wassily Kandinsky und

Paul Klee in Europa und den Vereinigten Staaten berühmt zu machen. Mit mäßigem Erfolg, sofern es die Erlöse betrifft. Trotzdem zutiefst dankbar, wendet der Maler ihr mühsam den kahlen Schädel zu und haucht:

»»Galka, Galka, meine liebe Galka! Ich weiß nicht wer das Geld gibt, sage bitte diesen gütigen Menschen, dass ich sie mit meiner Seele umarme und innigst, innigst bedanke. Du weißt Galka wie es mir jetzt geht und dass mir nur die Lebereinspritzungen helfen können, aber sie sind teuer: Ich leide unendlich, aber ich muss noch etwas am Leben bleiben.‹«

Nun tritt die vierte Frau hervor, Tony Kirchhoff, eine elegante Erscheinung mit Hut und Pelzmantel, und erklärt spitzfindig, er selbst sei nicht unschuldig an dem finanziellen Elend. Ihr Mann Heinrich, dem es an Geld nicht mangele, wäre der Rolle des Mäzens gern treu geblieben, hätte sich das Liebesverhältnis zwischen ihr und Alexej nicht als stadtbekannt und für den Ehemann brüskierend entwickelt. Hört auf, ihn zu quälen, ruft die fünfte Frau, ein junges Mädchen noch, und erklärt mit andächtigem Blick, sie opfere ihr Leben und ihre Jugend ohne Einschränkungen Jawlensky und der Kunst. Ihr eigenes Können sei nichts gemessen an der gottgegebenen Begabung des Malers. Mit diesen Worten beugt sie sich zu dem Sterbenden herab und schnürt die Lappen um seine Hände fester.

Mit dem Eingreifen der tatkräftigen Lisa Kümmel brach der Traum ab. Norma saß aufrecht im Bett, aufgewühlt von den lebhaften Bildern und den Erklärungsversuchen, die auf sie einstürzten. Seit Tagen hatte sie sich nicht mehr mit der Biografie befasst. Wieso ausgerechnet jetzt dieser Traum? Sie hatte das Gefühl, der Lösung nahe zu sein, bevor sie die Frage wusste.

Unsinn! Das Rätsel war ihr bereits bestens bekannt! Wie elektrisiert sprang sie aus dem Bett und lief in die Küche. Der Zettel lag auf dem Küchentisch, wie sie ihn sich am

Abend bei einem Glas ›Martinsthaler Wildsau‹ noch einmal vorgenommen hatte. Laut rezitierte sie den Vers:

»›In Erwartung des lichten Morgens,
Versunken in verhaltener Glut,
Geheimnis in Licht und Finsternis.
Weisheitszeichen im ruhenden Licht.‹«

Das war die Lösung! Sie strebte ins Bad, um sich hastig für den Tag bereit zu machen, obwohl es für ihr dringendstes Vorhaben viel zu früh war. Vor 10 Uhr wäre gar nichts zu machen. Noch drei quälende Stunden!

Sie saß beim Frühstück, als Lutz anrief. »Ich konnte dich gestern Abend nicht erreichen.«

»Ich war im Kino.«

»Allein?«

»Lutz!«

»Schon gut. Ich will nicht den Anschein erwecken, als gehe mich das etwas an.«

»Was du nicht sagst. Was gibt es?«

Er legte eine verheißungsvolle Pause ein, um dann zu verkünden: »Ich glaube, ich kann das Gedicht erklären!«

Nachdem sie ihn angehört hatte, lächelte sie ins Telefon hinein. »Ich für meinen Teil habe die Lösung geträumt. Wie bist du darauf gekommen?«

Weniger durch Intuition als durch einen Griff ins Bücherregal, erklärte er amüsiert. Der blaue Balken habe ihn darauf gebracht. »Das Emblem der ›Blauen Vier‹ bestand aus vier senkrechten blauen Linien. Wobei jede Linie einen Künstler der Gruppe symbolisiert, deren Werke Emmy Scheyer in Amerika publik machen wollte. Das waren Feininger, Kandinsky, Klee und …«

»Alexej von Jawlensky«, ergänzte sie.

Im Regen fuhr sie in die Stadt und parkte den Wagen vor den Rhein-Main-Hallen, die dem Wiesbadener Museum gegenüberlagen. Zehn Minuten vor der Zeit wanderte sie im Schutz des mächtigen Säulenportals umher, bis sich die Museumstür auftat. Als erste Besucherin kaufte sie an der Kasse eine Karte für die Sammlung Jawlensky. Verzeihung, Alexej, bat sie im Stillen den Künstler, dem sie sich dank des Traums komplizenhaft verbunden fühlte. Nimm mir bitte nicht übel, wenn ich meine Aufmerksamkeit heute mehr auf die Tafeln nebenan als auf deine Werke selbst richte.

Sie nahm das Gedicht hervor, obwohl sie die Zeilen auswendig wusste. Im Saal drei entdeckte sie in der Reihe der Heilandsgesichter die Titel ›Erwartung‹, ›Weisheitszeichen‹ und ›Ruhendes Licht‹ sowie den abstrakten Kopf ›Licht und Finsternis‹. ›Lichter Morgen‹ und ›Geheimnis‹ lauteten die Namen zweier Variationen. Unter den Meditationen ließen sich die Bezeichnungen ›Versunken‹ und ›Verhaltene Glut‹ finden. Hier stieß sie auch auf ›Trauer muss Elektra tragen‹. In der Nähe hingen die ›Rosa Chrysanthemen‹.

Die Dame, die in den Sälen die Aufsicht führte, verfolgte Normas Entdeckungsreise mit wachsendem Argwohn. Norma wünschte ihr einen schönen Tag und verließ die Ausstellung. Ihre Vermutung hatte sich bestätigt, doch die Genugtuung wich rasch der Ernüchterung. Nun wusste sie zwar, woraus sich die Zeilen zusammensetzten, aber welcher Sinn sich dahinter verbergen mochte, blieb rätselhaft und ebenso geheimnisvoll wie der Verfasser der Zeilen. Sie durchquerte das Foyer und suchte sich einen Platz im Museumscafé, das sich bezeichnenderweise ›Café Jawlensky‹ nannte und dessen kraftvolle Farbgebung spielerisch mit den Werken des Künstlers zu konkurrieren schien. Die in tiefes Rot getauchten Wände erinnerten sie an Undines ›Schweigendes Rot‹ und versetzten ihr unverzüglich einen mahnenden Stich. Hatten sie die neuen Erkenntnisse dem Bild näher gebracht? Vielleicht verhalf ihr ein Milchkaffee zur Inspiration. Außerdem wartete Lutz auf eine Nachricht. Sie erreichte ihn im Büro.

»Volltreffer, Lutz! Der Vers setzt sich tatsächlich aus Jawlensky-Titeln zusammen. Und die Warnung für Nina bezieht sich nicht auf das Theaterstück. Bestimmt ist das Jawlensky-Bild gemeint.«

»Was macht dich so sicher?«

»Der Blumenstrauß, der dabei lag: Rosa Chrysanthemen.«

»Eines wundert mich. Undine hätte die Titel sofort erkennen müssen.«

»Sie weiß nichts davon. Ich habe ihr nichts von diesem seltsamen Brief erzählt.«

»Lass mich raten. Wegen Regert?«

»Ich traue ihm nicht, Lutz. Je weniger er weiß, desto besser. Er weicht nicht von ihrer Seite. «

»Wem sagst du das«, knurrte er. »Hoffentlich hat sie ihn bald über!«

»Du würdest ihr verzeihen?«

Er seufzte. »Auf Dauer kann ich ihr einfach nichts übel nehmen.«

»Lutz, du bist ein …«

»Ein Schaf, ich weiß. Eine Frage noch, Norma. Wer, glaubst du, hat dir die Nachricht geschickt?«

»Ein Mitwisser? Oder womöglich der Mörder persönlich.«

»Warum sollte er das tun?«

Zwei Damen näherten sich dem Nachbartisch. Rundliche Finger langten nach der Speisekarte.

Norma senkte die Stimme. »Um mir einen Hinweis auf Jawlensky zu geben, nehme ich an. Aus welchem Grund? Keine Ahnung.«

»Sei vorsichtig, Norma«, bat er zum Abschied.

Die Damen nahmen nebenan Platz und gaben der Bedienung ihre Wünsche bekannt. Norma nutzte die Gelegenheit, dem Milchkaffee einen Cappuccino folgen zu lassen. Nachdem ein Teil des Gedichträtsels gelöst war, eroberte sich eine Problemstellung Raum in ihrem Kopf, die sich nicht fassen lassen wollte und mit einer Frage zusammenhing, die sie im Schlaf beschäftigt hatte. Sie wusste nur, es hing mit einem Detail zusammen, das Eiko nach dem Kinobesuch erwähnt hatte.

Die Stimmen der Tischnachbarinnen drangen an ihr Ohr. »Mir gefällt am besten die ›Dame mit Fächer‹. Jawlenskys Meisterwerk, wenn du mich fragst.«

Ihre Begleiterin stimmte entzückt zu. Mitten hinein brummte Normas Handy neben der Kaffeetasse. Ehlers. Unwillig betrachtete sie das Display. Wartete darauf, dass er aufgab. Zugegeben, es war ein netter Abend. Mehr als das. Ein angenehmer Abend. Ziemlich angenehm sogar. Nach der Vorstellung waren sie in einer Weinstube gelandet. Solange sie nicht an den Prozess dachte, fühlte sie sich wohl in seiner Gesellschaft. Er war gebildet, ironisch und charmant. Sie sprachen über den Film, amüsierten sich über die altmodische Bearbeitung des Stoffs, bis sie sich bei der Vorstellung ertappte, was Lutz von Ehlers halten mochte. Er kannte ihn ausschließlich in der Rolle des Verteidigers vor Gericht. Auf der Stelle überfiel sie die Erinnerung an die Tage der Verhandlung. Der Mörder mit undurchdringlicher Miene, und an seiner Seite Ehlers, der sich fragend herüberbeugt, ganz um das Wohl des Angeklagten besorgt. Er konnte nicht ahnen, warum sie ohne Ankündigung aufsprang, das frisch georderte Weinglas stehen ließ und wortlos flüchtete.

Eine der Damen blickte sich um. »Ihr Telefon!«

»Entschuldigung!« Norma nahm den Apparat auf. »Eiko?«

»Was sollte das gestern, Norma?« Er klang gleichermaßen unsicher und verärgert. »Habe ich etwas Falsches gesagt? Dich gekränkt, ohne es zu wollen?«

»Nein, Eiko. Ich …«

Die beiden Damen verstummten und schauten Anteil nehmend herüber.

Norma wandte den Kopf ab. »Eiko, ich kann hier nicht reden.«

»Nun gut, ich bin bis 12.30 Uhr im Gericht. Können wir uns anschließend treffen?«

»Eigentlich wollte ich …«

»Wie du meinst. Also dann, mach's gut!«

»Warte, Eiko! Einverstanden. Wohin gehen wir?«

»Sag du!«

Sie schlug das Hepa-Café mit der Rösterei vor in der Hoffnung, bei der Gelegenheit erneut auf die Kommissare zu treffen.

Eiko klang erleichtert. »Ich hatte befürchtet, ich hätte dich zu sehr mit meinem Gerede von den Morden über Kreuz gelangweilt.«

»Was sagst du da?«

»Ähm, dass ich dich gelangweilt habe.«

»Das andere!«

»Die Über-Kreuz-Morde?«

»Genau! Bis nachher!«

Das war es! Die Idee, die in ihren Träumen herumgespukt hatte. Mord über Kreuz nach Patricia Highsmiths Vorbild. Das Töten ohne eine Verbindung zum Opfer. Das perfekte Verbrechen. Hatte Daniel nicht sogar die DVD mit Hitchcocks Film im Regal stehen? Töte ich Pitt Metten, tötest du Rico Götz. Reisinger und Daniel. Zwei Mörder. Nur beweisen musste sie ihre Theorie noch!

31

Ihr blieben zwei Stunden bis zum Treffen mit Ehlers. Schon bedauerte sie die Verabredung. Was sollte es bringen, sich auf ihn einzulassen, anstatt sich mit den beiden Männern an ihrer Seite zu bescheiden? Lutz und Poldi, der väterliche Freund und der raubeinige Streuner, sollten dir genügen, dachte sie in einem Anflug von Sarkasmus. In Norma Tanns Leben fand ein Mann, der mehr wollte, keinen Platz. Höchste Zeit für die Notbremse.

Zudem hatte sie im Augenblick Wichtigeres im Kopf. Wie elektrisiert dachte sie über Daniel Götz und Ralf Reisinger nach. Als die beiden Damen am Nebentisch zahlten, verließ auch Norma das Museumscafé, kehrte zum Polo zurück und fuhr zur Wohngemeinschaft. Die Haustür ließ Daniel stets unverschlossen, damit seine Schützlinge ein und aus gehen konnten. Ebenso großen Wert legte er auf eine abgesperrte Wohnungstür, um die kleinen Langfinger draußen zu halten. Norma hatte bei ihrer Enttarnung den Wohnungsschlüssel abgeben müssen, sich aber rechtzeitig einen Ersatz besorgt. Von unterwegs rief sie in der Boutique an, verlangte Nina und legte auf, bevor das Mädchen am Apparat war. In Daniels Büro erhielt sie die Auskunft, er sei im Gespräch mit einem Elternpaar, und das würde dauern. Wachsam spähte sie in den Hausflur und schlich, als alles ruhig blieb, die Treppen hinauf. Oben drückte sie vorsichtshalber auf die Klingel und wartete einige Minuten, bevor sie die Tür aufschloss. Daniels Zimmertür war wie zu erwarten versperrt, und es ärgerte sie, dass sie sich dafür keinen Nachschlüssel hatte organisieren können. Auf Ricos Zimmertür klebten die

Reste des Polizeisiegels. Die Tür war nicht abgeschlossen, und drinnen sah es aus, als steckte der Bewohner mitten im Umzug. Die Spurensicherung hatte zügig gearbeitet und das beschlagnahmte Eigentum bereits zurückgebracht, sich das Einräumen aber erspart. Sechs Kartons stapelten sich in Zweierreihen auf dem Teppichboden. Norma schaute den Inhalt durch. Als sie auf einen Aktenordner mit Ricos persönlichen Unterlagen stieß, setzte sie sich auf das Bett und blätterte die Papiere durch. Schulzeugnisse, die ersten Urkunden für sportliche Erfolge – alles nicht von Belang, bis ihr eine Lebensversicherung in die Hände fiel. Wer mochte begünstigt sein? Nina womöglich? Wo stand bloß der Name? Hier … nein, der Bruder.

Was für eine Überraschung! Der Zankerei zum Trotz erbte Daniel nicht nur das Haus, sondern erhielt zusätzlich 80.000 Euro aus der Lebensversicherung. Eine hübsche Summe, die für die notwendigsten Renovierungsarbeiten im Haus reichen sollten, in dem der glückliche Erbe von nun an allein bestimmen durfte. Der von Rico forcierte Hausverkauf fiele aus, und in Zukunft würde Daniel ungestört seiner wohltätigen Arbeit nachgehen können, die ihm die Anerkennung gab, die ihm so wichtig war. So etwas nannte man ein Motiv, und die Polizei würde dieselben Schlüsse ziehen, ohne Daniel etwas anhaben zu können. Dank des überzeugenden Alibis, das ihm Sabine verschaffte. Sie würde nicht für ihn lügen – so dicke waren die Liebesbande nicht gestrickt. Klug eingefädelt, Daniel Götz! Reisinger hat den Job für dich erledigt, so wie du für ihn gemordet und den lästigen Konkurrenten aus der Welt geschafft hast. Zufrieden packte sie den Ordner in den Karton zurück. Ihre verwegene Theorie nahm Konturen an.

Von der Entdeckung beflügelt, sah sie sogar das anstehende Treffen in milderem Licht. Ehlers wartete im Innenhof. Der

Regen war der Sonne gewichen. Die Bedienung, eine junge Frau, rieb Tische und Stühle trocken und empfing Norma mit einem freundlichen Lächeln.

In Ehlers Blick lag aufkeimender Argwohn. »So gut gestimmt inzwischen?«

Es würde leichter, wenn er sie für eine launische Zicke hielt! »Ich habe wenig Zeit.«

»Warum bist du überhaupt gekommen?«

»Weil ich etwas klarstellen möchte.«

Er schluckte die Antwort herunter. Das Mädchen war an den Tisch herangetreten und erkundigte sich nach den Wünschen. Er wartete, bis sie gegangen war, bevor er sagte: »Das trifft sich gut. Damit haben wir wenigstens etwas gemeinsam.«

Jetzt war er auch noch sauer! »Dann mal los!«, verlangte sie forsch.

»Ladies first!«

Feigling. Sie holte Luft. »Nur so viel, Eiko. Wir haben beide Ehen hinter uns, die nicht unbedingt glücklich waren. Das prägt. Außerdem bin ich viel beschäftigt, und deswegen möchte ich nicht …« Sie brach ab und sah in sein verschmitztes Gesicht. »Was ist daran so witzig?«

»Deine Art, dich um die Wahrheit herumzuwinden! Darum geht es überhaupt nicht.«

Sie lehnte sich wachsam zurück. »Sondern?«

Er verschränkte die Arme. »Du denkst, ich wüsste Dinge über dich, die ich nicht wissen sollte. Da irrst du dich. Egal, was zwischen ihm und dir passiert ist: Ich wollte nichts davon wissen, und ich weiß nichts darüber.«

»Ihr habt nicht über mich gesprochen?«

»Er ist ein Mörder, Norma. Jedoch auf seine Art … anständig. Er hält viel zu viel von dir, als dich zu verunglimpfen. Du hast ihm vertraut. Ist es das, was du dir nicht verzeihen kannst? Dass die Ex-Kommissarin und Privatdetektivin, die es doch von Berufs wegen besser wissen müsste, ausgerechnet einem Mörder auf den Leim gegangen ist? Das ist kein Versagen, Norma, das ist zutiefst menschlich. Gehe ein bisschen großzügiger mit dir selbst um.«

Sie schaute auf den Tisch, damit er ihr verlegenes Gesicht nicht sah. So deutlich sprach nicht einmal Lutz mit ihr. Seine Worte trafen ins Schwarze. Es ging um Vertrauen – genauer, um enttäuschtes Vertrauen. Mit Arthur hatte sie sich sicher gefühlt, bis er sie in Kolumbien verriet. Danach war sie auf einen Lügner hereingefallen. Sie konnte sich die eigene Naivität und Gutgläubigkeit nicht verzeihen. Das war es, was ihr am meisten zu schaffen machte.

»Was mich betrifft, Norma, hinter mir liegt eine Scheidung, bei der meine Ex-Frau und mein ehemaliger Schwiegervater alle Geschütze aufgefahren haben. Was einem so passieren kann, wenn man in eine einflussreiche Kanzlei einheiratet und sich nicht anpassen will. Was ich damit sagen möchte: Ich habe es bestimmt nicht eilig mit einer neuen Beziehung.« Er öffnete die Arme und legte die Hände flach auf die Tischplatte. »Freundschaft wäre schön.«

Sie hob den Kopf. »Du spielst mit offenen Karten.«

Er schmunzelte. »Mein schlimmster Fehler! Siehe Ablauf der Scheidung. Was ist deine größte Schwäche? Abgesehen davon, dass du gern auf Verbrecher hereinfällst?«

Sie erwiderte das Lächeln zaghaft. »Finde es heraus!«

Das Mädchen trug den Duft frisch gerösteter Kaffeebohnen mit sich, als sie die Getränke brachte und einen Blick in den regengrauen Himmel warf. »Möchten Sie nicht hineingehen?«

Bislang war es trocken, und Norma wollte im Freien bleiben, damit sie ungestört reden konnten. Das war auch Eiko lieber. Er schloss sich an, als sie ein Baguette bestellte.

Sie probierte den Milchkaffee. »Der Film gestern kam wie gerufen.«

Er lobte den Kaffee, den er – ganz nach Lutz' Geschmack – schwarz und unverfälscht trank, bevor er sagte: »Freut mich! Darf ich erfahren, wieso?«

»Er hat mich auf eine Idee gebracht!«

Als Ninas Anwalt kannte er die Akten und war mit den internen Details vertraut. Er hörte ihr bis zum Ende zu, ohne sie zu unterbrechen. »Klingt gewagt, aber denkbar. Du meinst also, die jeweiligen Alibis sind sorgfältig eingefädelt?«

»Reisinger traf für den Morgen, an dem sein Widersacher Metten starb, eine Verabredung mit der Verwandtschaft, einem pensionierten Lehrerpaar mit tadellosem Ruf. Dass sie auf der Fahrt zum Flughafen in einen Unfall verwickelt wurden und beinahe ums Leben gekommen wären, konnte er schließlich nicht vorhersehen. Und was macht Daniel? Er lädt die Kollegen ein und versorgt Sabine mit genügend Rioja, sodass sie nicht heimfahren und am nächsten Morgen, an dem Rico sterben muss, seine Anwesenheit bestätigen kann.«

»Gemessen an den frühen Morgenstunden wären es tatsächlich äußerst günstige Zufälle für beide Verdächtige.«

Eine Lücke musste sie allerdings einräumen. »Was mir bislang fehlt, ist eine Verbindung zwischen Daniel und Reisinger. Sie müssen sich gut kennen, um eine so teuflische Verabredung zu treffen.«

In dem Punkt könne er ihr aushelfen, meinte Eiko gelassen.

»Inwiefern?«, fragte sie gespannt.

Er lächelte zufrieden. »Sie kennen sich von früher. Beide trainierten zusammen im Bogenschützenverein. Nur, dass Reisinger bald lieber mit Kugeln auf lebendes Wild anstatt mit Pfeilen auf Scheiben schießen wollte.«

Sie starrte ihn verblüfft an. »Du machst dir einen Spaß mit mir!«

Er hob abwehrend die Hände. »Nichts liegt mir ferner, als eine Privatdetektivin auf den Arm zu nehmen. Die Sache ist wahr!«

»Woher weißt du das?«

»Das sollte ich besser nicht erzählen.«

»Willst du damit andeuten«, fragte sie verblüfft, »du warst auch Mitglied in diesem Verein?«

»Daniel habe ich bewundert. Seine Präzision. Ein Schuss saß wie der andere. Ralf zielte auch nicht schlecht, aber es mangelte ihm oftmals an der Konzentration.«

»Du hast kein Wort darüber verloren, dass du Reisinger und Daniel von früher kennst!«

Er lächelte treuherzig. »Weil es völlig nebensächlich ist. Die beiden schossen in einer anderen Welt und haben mich überhaupt nicht zur Kenntnis genommen.«

»Warst du so schlecht?«

»Noch schlechter! Es war frustrierend, und ich habe den Sport bald aufgegeben. Das ist viele Jahre her, und heute würde ich aus zehn Metern Entfernung keinen Strohsack treffen.«

»Das behauptest du, damit ich dich nicht verdächtige«, sagte sie mit halb vorgetäuschter und halb echter Verärgerung.

»Glaube mir, es hat keine Bedeutung. Eine andere Frage: Was ist mit dieser Pfeilspitze? Aus den Akten geht hervor, dass sie direkt aus den USA stammt.«

Das würde keinesfalls gegen ihre Theorie sprechen, erklärte Norma zufrieden. »Ganz im Gegenteil! Daniel war erst kürzlich in den Staaten, um einen Jungen nach Hause zu holen, wie er mir selbst erzählt hat. Und Reisinger hat dort im Urlaub gejagt, wie ich von Wolfert weiß.«

Eiko warf ihr einen nachdenklichen Blick zu. Dann schaute er auf die Uhr. »Ich muss los. Ein Mandant erwartet mich. Was machst du?«

Sie sah zum Eingang hinüber. »Ich hatte gehofft, Milano und Wolfert hier zu treffen. Nun muss ich wohl einen Besuch im Kommissariat machen.«

Sie verließen das Café und trennten sich auf dem Mauritiusplatz. Wann sie sich wiedersehen?, wollte Ehlers zum Abschied wissen – obwohl ihm doch so gar nichts an einer Beziehung lag. Norma versprach sich zu melden.

Sie hatte eine entmutigend präzise Vorstellung, wie die ehemaligen Kollegen auf ihre Hypothese von den Über-Kreuz-Morden reagieren könnten. Wolfert würde den schmalen Schädel neigen und seiner Skepsis durch Schweigen Ausdruck verleihen, während sein fülliger Kumpan nicht abwarten könnte, die Theorie in Bausch und Bogen niederzumachen. Kaum wäre sie aus dem Zimmer, würden sie sich zusammensetzen und die Fakten untersuchen. Letzteres konnte sie nicht nachprüfen, mit allem anderen lag sie goldrichtig. Wie der Bilderdiebstahl dazu passe?, lautete einer der Einwände.

Missgelaunt ließ sich Milano zum Schluss die Information entlocken, dass sich auf dem Papier mit der Botschaft keine Fingerabdrücke oder sonstige verwertbare Spuren finden ließen. Dafür stand inzwischen eindeutig fest, dass tatsächlich Rico in Mettens Wohnung eingebrochen war. Der DNA-Vergleich war endlich abgeschlossen.

Als sie am späten Nachmittag nach Hause kam, lag ein Umschlag im Briefkasten. Unfrankiert und dieses Mal mit ›Norma Tann‹ beschriftet. Das gleiche Papier, der bekannte verschnörkelte Schrifttyp, und links neben den Zeilen der vertraute blaue Balken:

›Die blauen Berge:
Großer Weg – Abend
Landschaft mit rotem Haus.
Schweigendes Rot!
Nikita‹

Wer um alles in der Welt bist du, Nikita?

32

Leopold versuchte, ihr ein Bein zu stellen, als sie in aller Eile die Bürotür aufschloss. Sie schob den Kater mit dem Fuß beiseite und überflog am Schreibtisch die Liste mit den Titeln, die sie sich im Museum notiert hatte. Die blauen Berge, Großer Weg – Abend, Landschaft mit rotem Haus, Nikita: Diese vier Zeilen entsprachen Bildernamen aus der Sammlung. Der Bindestrich in ›Großer Weg – Abend‹ gehörte zum Titel. Anderes war hinzugefügt, wie der Doppelpunkt hinter den ›Blauen Bergen‹. Und natürlich das ›Schweigende Rot‹ mit einem Ausrufezeichen dahinter. Der kurze Text erschien ihr wie eine Wegbeschreibung. Sollte das ein Hinweis darauf sein, wo Undines Gemälde zu finden war?

Ihr Herzschlag zog spürbar an. Die ›Blauen Berge‹, wo mochten sie liegen? Warum nicht in der Nähe? Vielleicht war der Taunus gemeint. Hastig kramte sie in der Schublade nach der Wiesbadener Umgebungskarte. Um sie auf dem Schreibtisch auszubreiten, musste sie zuerst den Kater beiseite schieben, der mit einem Prankenhieb antwortete und sich, als sie nicht auf das Spiel einging, oben auf das Regal verkroch. Was konnte der ›Große Weg‹ bedeuten? Zwei Bundesstraßen führten unmittelbar von der nordwestlichen Stadtgrenze durch den Wald in den Untertaunus hinein. Die B 54 verlief über die ›Eiserne Hand‹ nach Taunusstein-Hahn. Die andere Bundesstraße mit der Nummer 417, die sogenannte Hühnerstraße, verband die Landeshauptstadt mit Limburg und überwand an ihrem höchsten Punkt auf 500 Metern die Platte. Dort hatte man Pitt Mettens Leiche gefunden. Bestand die Ruine des Jagdschlosses nicht aus rotem Sandstein?

Sie wollte keine Zeit mit Grübeleien verschwenden und sich lieber auf den Weg machen, bevor es ›Abend‹ wurde. Die Fahrt führte sie vom Rheinufer quer durch die Stadt in Richtung Norden. Der Radiomoderator versprach das Ende der Regentage und kündigte den neuen Start ins Sommerwetter an. Im Schein der Spätnachmittagssonne lenkte sie den Polo die Platter Straße hinauf und musste in den dritten Gang zurückschalten, um nicht an Tempo zu verlieren. Steil ansteigend und in sanften Kurven zog sich die Straße durch den Wald, bis die Kuppe erreicht war. Bevor es bergab ging, folgte Norma den Hinweisschildern zum Jagdschloss. Ringsherum gab es mehrere großzügige Abstellflächen. Metten hatte man westlich der Platter Straße aufgefunden, das Jagdschloss lag auf der anderen Seite der Straße. Norma parkte nahe beim Schloss. Eine Gruppe Wiesbadener Bürger, der auch Lutz angehörte, hatte sich viele Jahre dafür eingesetzt, dass die Ruine nicht endgültig verfiel. In den letzten Kriegstagen des Jahres 1945 wurde das Jagddomizil eines Nassauer Herzogs von Bomben getroffen und bis auf die Außenmauern zerstört. Mehr als ein halbes Jahrhundert später bekam das Gebäude eine moderne Glaskonstruktion als Dach und mauserte sich zum außergewöhnlichen Veranstaltungsort. Norma interessierte im Augenblick vor allen eines: Dass die dreistöckige Fassade im Erdgeschoss tatsächlich mit rotem Sandstein verblendet war.

Sie stieg aus und näherte sich dem Gebäude, ohne zu wissen, wonach sie suchen sollte. Ob er sie beobachtete? Jedenfalls war sie nicht allein hier oben. Vom Jagdschloss aus führten verschiedene Wanderwege in den Wald hinein. Jogger, Hundebesitzer, Familien und Radfahrer hatten sich vom sonnigen Abend in die Natur locken lassen. Niemand erschien ihr verdächtig oder bekannt, als sie sich verstohlen umschaute. Mit den Blicken überall umrundete sie das Schloss und erreichte die Rückseite, an die sich ein sachter Wiesenhang anschloss. Eine Gruppe junger Leute hatte sich dort zu einem Picknick versammelt. Dicht dabei versuchte ein Vater, seinem Sohn das Drachensteigen beizubringen. Kein einfaches Vorhaben – ohne Wind! Norma wandte sich der rückwärtigen Fassade zu. Irgendein Hinweis? Sie musste nicht lange suchen. In einer Nische klebten zwei Zettel, der eine bunt bedruckt: Eine Farbkopie des ›Schweigenden Rot‹. Die Vorlage stammte aus dem Baseler Katalog, an den jeder herankommen konnte. Auch das zweite Blatt war eine Farbkopie und zeigte den Umschlag des Buchs, das sich mit der Korrespondenz zwischen Galka E. Scheyer und den Künstlern der ›Blauen Vier‹ befasste. Das Wort ›Briefwechsel‹ war mit einem gelben Marker gekennzeichnet. Nichts wies auf eine Geldforderung hin.

Denk nach, Norma, ermahnte sie sich. Bisher war es einfach, zu einfach beinahe.

Die Briefwechsel also. Was verband man mit dem Wort? Nachrichten. Briefmarken. Die Post. Die Post? War die Markierung bewusst in Gelb gehalten? Das Gelb der Post? Sie eilte auf die Jugendlichen zu. Ein Mädchen hielt ihr ein Sektglas entgegen und lud sie mit fröhlichem Lallen ein, mit auf ihren 18. Geburtstag anzustoßen.

Norma lehnte höflich ab. »Wisst ihr, wo die nächste Poststelle ist?«

Der Junge, der das Mädchen im Arm hielt, empfahl ihr, es in Neuhof, einem dörflichen Stadtteil Taunussteins, zu versuchen, wo es einen kleinen Schreibwarenladen mit einer Postagentur gebe.

»Sie sollten sich beeilen«, empfahl er vorausschauend. »Um 18 Uhr macht der Laden zu.«

Das Unternehmen nahm Formen einer Schnitzeljagd an. Norma spurtete zum Wagen. Vor der Auffahrt zur Platter Straße musste sie eine Weile warten, bis sich eine Lücke auftat, und fuhr weiter in Richtung Limburg, bis sie die Ausfahrt nach Neuhof erreichte. Im Radio begannen die 18-Uhr-Nachrichten, als das gelbe Postschild in Sicht kam. Norma ließ den Wagen auf dem Gehweg stehen und drückte die Glastür auf, die in einen Vorraum führte. Dahinter war der Ladenraum zu erkennen.

Über ein Regal mit Schreibwaren hinweg bemerkte Norma eine junge Frau, die hinter dem gelben Tresen einen Stapel Briefe sortierte und nach einem freundlichen Gruß sagte: »Da haben Sie aber Glück. Ich wollte gerade schließen. Was möchten Sie denn?«

Norma schaute sich um. Sie war die einzige Kundin. »Ähm. Ehrlich gesagt, ich weiß es nicht.«

Die junge Frau lächelte verwundert. »Ich helfe gern, wo ich kann. Aber eine kleine Hilfestellung bräuchte es schon.«

»Ich fürchte, mich hat eine Schnapsidee hergeführt«, bekannte Norma. »Oder ist Ihnen vielleicht etwas Merkwürdiges aufgefallen?«

Die junge Frau legte die Briefe beiseite und schaute Norma aufmerksam an. »Meinen Sie damit vielleicht, ob etwas abgegeben wurde?«

Norma trat näher an den Tresen heran. »Was hat man Ihnen gegeben?«

»Ich weiß nicht, ob ich Ihnen das überhaupt sagen sollte.«

»Entschuldigung!« Norma nahm eine Visitenkarte aus der Geldbörse. »Ich sollte mich erst einmal vorstellen. Ich bin Private Ermittlerin.«

»Eine echte Privatdetektivin!«, staunte die junge Frau und nahm die Karte entgegen. »Sie sind Norma Tann!«

»Sie kennen mich?«

»So kann man das nicht sagen. Ich habe etwas für Sie. Ein Paket.« Nur der Name stehe darauf, fügte sie hinzu. Keine Adresse, kein Absender, lediglich der Hinweis, es würde abgeholt.

Sehr merkwürdig, stimmte Norma zu. »Wer hat es abgegeben?«

»Das war ja das Seltsame! Heute Nachmittag klopfte jemand an die Hintertür. Ich habe durch den Spion gesehen – man weiß ja nie – konnte aber niemanden entdecken. Als ich öffnete, stand der Karton vor der Tür.«

»Wann war das?«

Die junge Frau überlegte. »Zwischen 14 und 15 Uhr.«

»Und Sie haben die Person nicht gesehen?«

»Nun, ein Wagen fuhr davon.«

»Konnten Sie den Fahrer erkennen?«

Sie überlegte. »Es war ein Mann, da bin ich sicher. Aber ich würde ihn nicht wiedererkennen. Ich habe ihn nur kurz von der Seite gesehen. Außerdem hatte er so eine schwarze Wollmütze tief ins Gesicht gezogen. Und er trug eine Sonnenbrille.«

»Und das Auto?«

»Ein VW!«, kam es wie aus der Pistole geschossen. »Ein Golf, ganz bestimmt. Silbergrau.«

Na, immerhin! Norma bedankte sich. »Dürfte ich jetzt das Paket haben?«

Die junge Frau zögerte. »Vorher würde ich gern Ihren Ausweis sehen, Frau Tann.«

Norma lächelte. »Natürlich! Ich bin Ihnen sehr dankbar für Ihre Vorsicht. Wenn das Paket enthält, was ich mir erhoffe, ist es sehr wertvoll.«

Gleich darauf hielt sie einen flachen, quadratischen Karton in den Händen. Norma bat um eine Schere und befreite einen schmalen Koffer aus seinem Verlies. Ein Koffer der Art, die in der Galerie Abendstern für Bildertransporte benutzt wurde. Gespannt griff sie nach den Verschlüssen. Mit leisem Knacken sprangen die Riegel auf.

Staunend schaute die junge Frau an ihrer Seite zu, welche Farbenpracht ans Licht kam. »Was ist das?«

Norma hielt das Bild in die Höhe. Auf den ersten Blick schien es unbeschädigt. »Ein echter Jawlensky!«

»Der russische Maler? Ich war neulich erst im Museum und habe die Ausstellung gesehen. Dass einmal eines seiner Bilder meinen kleinen Laden beehren würde! Wurde es gestohlen?«

Norma nickte. »Hauptsache, es ist wieder zurück.«

»Und es ist wirklich echt?«

»Das will ich hoffen. Falls man zwischenzeitlich eine Fälschung angefertigt hat, wird die Besitzerin das leicht herausfinden. Sie ist Expertin.«

»Sie wird überglücklich sein, das Bild zurückzubekommen. So etwas Schönes!« Sie half Norma, das Gemälde vorsichtig in den Koffer zu legen. »Eines verstehe ich nicht. Warum hat der Dieb das Paket hier in der Poststelle abgegeben?«

»Um sicherzugehen, dass es gut aufbewahrt wird, nehme ich an. Irgendein Versteck erschien ihm wohl zu riskant«, sagte Norma und schloss eine Bitte an: »Es wäre sehr wichtig, dass Sie die Angelegenheit für sich behalten.«

Die junge Frau lächelte bedauernd. »Schade! Da passiert einmal etwas Aufregendes in meinen Laden, und ich darf nicht darüber reden. Aber versprochen! Von mir erfährt niemand von dem Bild.«

Norma bedankte sich und wollte gehen.

»Augenblick! Ich habe noch etwas für Sie.«

Überrascht drehte Norma sich um und nahm einen Notizzettel entgegen. »Eine Autonummer!«

»Weil alles so merkwürdig war, habe ich das Kennzeichen aufgeschrieben.«

33

Donnerstag, der 26. Juni

Am Vormittag lud Undine zu einer kleinen Willkommens-
feier für den Jawlensky in die Galerie ein. Der unvermeid-
bare Dr. Regert gehörte zu den Gästen, dazu gesellten
sich Nina und Eiko Ehlers, der Normas Anwesenheit
mit freundschaftlichem Lächeln zur Kenntnis nahm. Mit
leichter Verspätung erschienen Wolfert und Milano. Kurz
zuvor war Lutz eingetroffen, der seinen Rivalen mit eisiger
Höflichkeit begrüßte, bevor er Norma umarmte und ihr
ins Ohr raunte, welcher Teufel Undine bei der Zusammen-
stellung der Gäste geritten haben mochte.

»Das sind die wenigen Eingeweihten«, gab sie leise
zurück. »Ohne diesen kleinen feinen Zirkel müsste Undine
ihren Jawlensky allein begrüßen.«

»Ich bin froh, dass Nina bei Undine wohnen darf«, flüsterte
Lutz. »Weiter bei diesem Daniel, das wäre unmöglich.«

Er wusste von Normas Verdacht gegen Ninas Mitbewohner. Mit Rücksicht auf die Sicherheit der Tochter
hatte Norma auch Undine eingeweiht, die umgehend in
die Rolle der großmütigen und alles verzeihenden Mutter
schlüpfte. Nina konnte im Augenblick reichlich Trost und
Zuwendung brauchen. Trotzdem hatte Norma Zweifel,
dass es lange gut gehen könnte.

Ob sie inzwischen eine Ahnung habe, wer ihr das Bild
zuspielte?, wollte Lutz mit einem Blick auf das ›Schweigende
Rot‹ wissen, das im besten Licht einen Ehrenplatz erhalten
hatte. Normas Geste verriet ihre Ratlosigkeit.

Die Stimmung war gedrückt. Niemand sonst unterhielt sich. Mit einem Gesicht wie drei Tage Regenwetter trug Nina ein Tablett mit Undines liebstem Rheingauer Rieslingsekt umher, den Blick starr auf die Gläser gerichtet. Ihre finstere Aufmachung entsprach der einer Trauernden, wenn man von der Knappheit des schwarzen Lederrocks und den frivolen Netzstrümpfen absah.

Undine sah in die Runde, um dann feierlich zu erklären: »Wir haben uns hier zu Ehren eines Kunstwerks versammelt, über dessen Rückkehr ich überglücklich bin. Das Bild ist unversehrt, Gott sei Dank, und bald wird es verspätet, aber nicht zu spät, seine Reise in die Schweiz antreten. Ich möchte allen danken, die sich so sehr dafür eingesetzt haben. Allen voran möchte ich dir danken, meine liebe Norma!«

Sie hob das Glas, prostete Norma zu und bedankte sich anschließend bei den Kommissaren für den guten Willen, ohne sich in Einzelheiten zu verlieren, und bei Lutz und Regert für die seelische Unterstützung. Dass sie beide Männer in einem Satz abhandelte, brachte ihr einen feindlichen Blick von Regert ein. Lutz wirkte lediglich überrascht.

Zum Schluss wandte sie sich an Ehlers. »Sie haben als Rechtsanwalt dafür gesorgt, dass meine Tochter mit einem blauen Auge davonkommen wird. Ob Nina so viel Nachsicht verdient hat, darüber will ich nicht urteilen. Auf ihre Weise muss sie schwer für ihren Fehler büßen. Sie verlor ihren Freund Rico, wenn er auch, nach meiner Meinung, ihre Freundschaft und Liebe nicht verdient hatte ...«

»Lass Rico in Ruhe!«, rief Nina dazwischen. »Du verstehst gar nichts!«

»Nicht verdient hatte«, wiederholte Undine ungerührt und streifte die Tochter mit einem tadelnden Blick. »Ich bin Ninas Mutter, und eine Mutter liebt ihr Kind, gleichgültig, was es getan hat. Wir haben uns ausgesprochen, und wir wollen einen neuen Anfang wagen. Lasst uns anstoßen. Auf Alexej von Jawlensky und sein meisterhaftes Werk!«

Mit dem erhobenen Glas schaute sie erwartungsvoll auf ihre Gäste. Milano, der sein Glas auf der Fensterbank abgestellt hatte, breitete die Arme aus und begann zu klatschen, um dann – als niemand mitmachte – abrupt innezuhalten. Die anderen hoben die Gläser. Wolfert sah verstohlen auf die Uhr und folgte Milano, dem plötzlich eingefallen war, dass er sich brennend für die ausgestellten Objekte interessierte. Lutz kümmerte sich um Nina, deren Schminke von einem Tränenausbruch bedroht war. Undine wurde von Regert zum Fenster genötigt. Er hielt ihren Ellenbogen fest und redete heftig auf sie ein. Sie wirkte zunehmend verärgert.

Norma betrachtete den Jawlensky, als Eiko an ihre Seite trat. »Gratuliere! Du konntest das Bild also zurückbringen. Ich sehe es zum ersten Mal. Es ist … aufregend. Das Lösegeld muss beträchtlich ausgefallen sein!«

»Du irrst dich. Nicht ein Cent ist geflossen. Und mein Beitrag war bescheiden. Das Gemälde wurde mir sozusagen auf dem Silbertablett serviert. Entschuldige mich bitte! Bin gleich zurück.«

Die Kommissare hatten die Besichtigungsrunde durch die Galerie beendet und traten auf den Zehen mit der Absicht, sich bei der ersten Gelegenheit von Undine zu verabschieden.

Norma ging zu ihnen. »Konnten eure Kollegen etwas über den Golf herausfinden?« Sie wusste, dass Wolfert die Aufgabe zwei jüngeren Mitgliedern der Sonderkommission übertragen hatte.

»Das Kennzeichen«, antwortete Wolfert, »gehört zu einem Leihwagen einer Frankfurter Autovermietung.«

»Wer hat den Wagen ausgeliehen?«

Milano zwinkerte. »Ein Bürger der Vereinigten Staaten.«

»Ihr habt also den Namen!«

»Freu dich nicht zu früh!«, warf Wolfert ein. »Der Name nützt uns nichts. Die Papiere hat der Ami vor Jahren in seiner Heimat verloren. Unser unbekannter Freund hat sie benutzt, und das Mädchen von der Vermietung weiß gerade mal, dass es ein Mann war, der den Wagen abholte. An dem Tag war der Teufel los, sagt sie, und sie hat ein schlechtes Personengedächtnis. Das Phantombild taugt für den Reißwolf.«

»Oder er hat ein großzügiges Trinkgeld gegeben«, überlegte Norma. »Wie sieht es mit Fingerabdrücken aus?«

»Fehlanzeige«, entgegnete Wolfert resigniert. »Das Auto wurde gleich nach der Rückgabe innen gründlich gereinigt. Routine bei der Firma.«

»Wie nannte er sich?«

»Ein Allerweltsname. Peter Richard Smith aus Wisconsin.«

»Wisconsin«, wiederholte sie nachdenklich.

»Daraus ergibt sich allerdings ein Zusammenhang«, verriet Milano. »Die Pfeilspitze, die du gefunden hast, Norma, stammt ebenso wie die Spitze, die Rico Götz tötete, aus Wisconsin. Eine winzige Spur. Aber eine Spur.«

»Und Reisinger und Daniel Götz? Gibt es neue Erkenntnisse?«

Milano schloss für einen Moment demonstrativ die dunklen Augen. »Verschone mich mit deinen Hirngespinsten, Norma Tann!«

Wolfert formulierte seine Skepsis zuvorkommender: »Die Sonderkommission geht jeder noch so unwahrscheinlichen Spur nach, wie du weißt. Wir kümmern uns auch darum. Deswegen ist es höchste Zeit für uns.«

Sie verabschiedeten sich von Undine, die allein stand. Regert hatte sich abgewandt und verließ die Galerie grußlos und mit zorniger Miene.

»Was ist mit dem Doktor los?«, fragte Norma, als die Kommissare gegangen waren. Nina nannte Regert nicht anders. Norma und selbst Undine hatten den Titel wie einen Spitznamen übernommen.

Undine schüttelte verständnislos den Kopf. »Er ist wütend, weil ich Lutz eingeladen habe! So ein eifersüchtiger Kerl! Außerdem ist er der Ansicht, ich hätte mich nicht deutlich genug und in aller Form vor euch allen bei ihm bedankt.«

»Wofür bedankt?«, wunderte sich Norma.

»Dafür, dass er meine Launen ertragen habe! Ich sei unausstehlich gewesen aus Sorge um das Bild, und er meine moralische Stütze. Was bildet der Doktor sich eigentlich ein? Ich bin, wie ich bin. Soll ich mich seinetwegen verbiegen? Ein ungeheuerliches Ansehen! Wo steckt Lutz? Ist er fort?«

Sie blickte sich enttäuscht um.

»Du kennst ihn doch«, sprach Norma ihr zu. »Lutz würde sich niemals davonschleichen. Nein, er hat sich mit Nina in die Büroecke zurückgezogen. Sie braucht jemanden zum Reden.«

»Der Gute! Ich muss zu ihm.«

Undine eilte davon. Norma kehrte zu Eiko zurück, der still abgewartet hatte.

»Dicke Luft?«

Norma nickte. »Die heiße Liebe kühlt sich ab, und Lutz gerät wieder ins Blickfeld. Wenn du mich fragst, ich bin froh darüber. Dieser Regert ist mir unangenehm.«

Eiko beugte sich eine Spur vor. »Hast du gegen ihn einen Verdacht?«

Sie hob ratlos die Schultern. »Verdacht wäre zu viel gesagt. Was gegen ihn spricht: Er lebte eine Zeit lang in Wisconsin. Wie vermutlich viele andere Deutsche auch.«

Eiko dachte nach. »Wisconsin? Wenn ich die Akten richtig im Kopf habe: Stammen nicht die Pfeilspitzen auch von dort?«

»Genau! Dort ist die Jagd mit Pfeil und Bogen erlaubt. Und dort verlor ein amerikanischer Bürger einen Führerschein, der nun seltsamerweise bei einer Frankfurter Autovermietung auftauchte. Im Zusammenhang mit der Rückkehr des Bildes.«

»Na so was! Trotzdem, das muss nichts bedeuten. Du glaubst nicht, welchen seltsamen Fügungen ich während der Jahre im Gericht begegnet bin.«

»Und du kannst dir nicht vorstellen, wie oft mir in meiner Arbeit der Zufall zu Hilfe gekommen ist.«

Er blickte sich zu Undine um. »Ich muss mich verabschieden. Ein Termin beim Staatsanwalt. Und du? Darfst du deine Freizeit genießen, oder verfolgst du bereits einen neuen Fall?«

»Zu tun gibt es immer«, antwortete Norma kryptisch, während sie sich fragte, wie er auf den Gedanken kommen konnte, der Fall sei abgeschlossen. Das Bild war zurückgekehrt, aber solange sie nicht wusste, wer es an sich genommen und wieder zurückgebracht hatte, war die Geschichte für sie nicht zu Ende.

34

Regert wohnte in der Rheingaustraße, die beim Biebricher Schloss ihren Anfang nahm, dem Lauf des Rheins folgte und so die Stadtteile Biebrich und Schierstein miteinander verband. Auf dieser Strecke entdeckte man Mehrfamilienhäuser zwischen Gewerbe- und Industrieanlagen und vereinzelt die Villen der Unternehmensgründer. Ein Dornröschenschloss wartete auf seine Erweckung. Umgeben von einem mannshohen Eisenzaun lag das verwunschene Grundstück dicht am Flussufer. Ein Dschungel aus düsteren Eibenhecken, himmelhohen Tannen und knorrigen Obstbäumen verbarg ein Märchenschlösschen mit Türmen und Erkern. Norma hatte sich durch eine Lücke im Zaun gezwängt und durch das Gestrüpp einen Weg bis zum früheren Rasen gebahnt, auf dem das Gras in hohen Büscheln stand, die ihr genügend Deckung boten. Nach ihren Recherchen wohnte Regert einsam und allein in der Villa, die einer Erbengemeinschaft gehörte. Angeblich konnten die Besitzer sich nicht einig werden, was mit dem Haus geschehen sollte. Regert zahlte eine symbolische Miete und sorgte dafür, dass sich keine ungebetenen Gäste niederließen, hatte Norma vor einigen Tagen von einem Nachbarn erfahren, dem gegenüber sie sich als Immobilienmaklerin auf der Suche nach lohnenswerten Objekten ausgab. Die Villa könne sie vergessen, hatte der Nachbar versichert. Alles sei marode und zu lange dem Verfall preisgegeben, und es wundere ihn nicht, den Herrn Doktor niemals in Begleitung zu sehen. Ein Abbruchhaus sei eben keine gute Adresse.

Norma zuckte zusammen, als es neben ihr im Laub

raschelte. Eine Amsel, die unter den Büschen nach Futter stöberte und zeternd davonhuschte. Angespannt behielt Norma das Haus im Blick. Unter dem Dach und im Obergeschoss waren einige Scheiben zerbrochen, und die Fenster saßen wie hungrige schwarze Löcher in der Fassade. Im Erdgeschoss war alles heil geblieben, wie sie bei einem vorsichtigen Rundgang erkundet hatte. Das Haus besaß drei Eingänge: eine wuchtige Haustür, die Glastür zum Wintergarten und die Kellertür, zu der eine steile Treppe hinabführte. Norma beschloss, es dort zu versuchen. Sobald sie sicher sein konnte, dass der Herr Doktor nicht zu Hause war.

Sie verzog sich hinter eine Tanne und rief in der Galerie an. Eine matte Stimme meldete sich.

»Nina, du bist nicht in der Boutique?«, wunderte sich Norma.

»Hallo, Mieke ... ähm, ich meine, hallo, Norma. Den Job habe ich geschmissen. Fürs Erste helfe ich meiner Mutter hier aus. Sie gibt sich schrecklich viel Mühe. In der WG halte ich es nicht aus, weil mich alles an Rico erinnert. Das hat nichts mit Daniel zu tun. Ich habe keine Angst vor ihm. Er hat bestimmt niemanden umgebracht!«

»Sei besser vorsichtig, solange wir es nicht genau wissen. Eine Frage, ist Dr. Regert vielleicht bei euch?«

Nina flüsterte voller Verachtung: »Der Doktor ist vorhin zurückgekommen. Er wollte sich bei Undine entschuldigen, weil er einfach abgehauen ist, behauptet er. Jetzt zoffen sich beide, was das Zeug hält. Zum Glück sind keine Kunden da.«

Sieh an!, dachte Norma, die Stimmung brodelt. Schlecht für Regert. Gut für Lutz. »Worum geht der Streit?«

»Er wirft ihr vor, sie ist undankbar! Worauf Undine wissen wollte, wofür sie ihm dankbar sein soll. Und dass sie froh ist, dass der Jawlensky wieder da ist. Und dafür muss sie nur Norma dankbar sein, hat sie gesagt. Darauf wusste der Doktor nichts zu sagen.«

»Wo sind sie jetzt?«

»Drüben im Nebenraum tuscheln sie herum. Vielleicht versöhnen sie sich wieder? Was weiß ich, was in denen vorgeht.«

»Würdest du mich bitte anrufen, wenn er das Haus verlässt?«

»Klar, mache ich.«

»Nina, das ist sehr wichtig! Ich muss mich auf dich verlassen können! Hast du meine Handynummer?«

»Klar doch, ist in meinem Handy eingespeichert«, versicherte Nina. Vor einigen Tagen erst, als die Welt für sie noch in Ordnung war, hatte sie Norma stolz das neue Mobiltelefon präsentiert; ein winziges Spielzeug, das sie an einer langen Halskette unter der Kleidung verborgen trug. Bereitwillig wiederholte sie das Versprechen, sich sofort zu melden, wenn der Doktor sich aus dem Staub machte.

Zur Mittagszeit würde Regert etwa zehn Minuten vom Dichterviertel bis zum Rheinufer brauchen. Genug Zeit, sich in aller Ruhe zurückzuziehen. Der Garten war von außen nicht einzusehen. Trotzdem duckte sie sich unwillkürlich, als sie auf den Kellerabgang zu lief. Eine modrige Laubschicht überzog die steilen Stufen, als wäre die Treppe seit Jahren nicht benutzt worden. Vorsichtig stieg Norma hinunter. Die Kellertür sah aus, als genüge ein herzhafter Tritt, leistete jedoch einen verblüffenden Widerstand. Gleich beim ersten Versuch verkeilte sich das Einbruchswerkzeug im verrosteten Schloss. Norma fluchte leise. Als sie an der Klinke rüttelte, hielt sie diese gleich in der Hand. Zwecklos!

Also blieb nur ein Fenster! Sie kletterte über den Laubhügel wieder nach oben und hob das Gitter vom erstbesten Kellerschacht. Hier war nichts extra gesichert, und die einfache Scheibe zerbarst unter ihrem Tritt mit leisem Klirren. Mit einem Ast schlug sie die Splitter heraus, bis sie hindurchgreifen und den Flügel von innen öffnen konnte. Bevor sie einstieg, schaute sie sich um. Ihr Herz raste. Die emsige Geschäftigkeit hatte sie die Gefahr beinahe vergessen lassen. Schlagartig wurde ihr bewusst, was sie vorhatte. Dieser Einbruch war ein anderes Kaliber als das Herumstöbern in den Zimmern ihrer WG-Genossen. Das könnte sie ihre Lizenz kosten, von allen anderen Konsequenzen einmal abgesehen. Regert schien kaum Spaß zu vertragen, und körperlich hätte sie gegen ihn wenig Chancen. Er war bestens in Form und besaß Oberarme wie ein Gewichtheber. Sie kontrollierte mit einem Blick aufs Mobiltelefon, ob sie im Eifer womöglich Ninas Anruf verpasst hatte. Das Display zeigte keinen Eingang an.

Dann los! Mit den Füßen zuerst landete sie in einer Kammer und klinkte die kleine Stablampe, ihre zweite Waffe neben dem Taschenmesser, aus dem Hosengürtel. Sogleich sah sie sich dem nächsten Hindernis gegenüber, das sich als nichtig entpuppte. Die Lattentür war nicht abgeschlossen. Auf Zehenspitzen schlich sie durch den Kellerflur und stieg die Treppe hinauf. Oben hielt sie inne und lauschte. Ein rhythmisches Ticken klang durch das Holz: Eine Standuhr. Nichts sonst war zu hören.

Sie legte die Hand auf die Klinke. Was ist los mit mir?, fragte sie sich. Wieso spiele ich hier die abgebrühte Einbrecherin? Dieselbe Norma Tann, die im Kreis ihrer früheren Kollegen und Freunde in Panik verfiel und in dieser Geistervilla allen Grund hätte, vor Aufregung zu sterben, vertraute fest auf ihre schnellen Reaktionen, ihre Wahrnehmung und ihren Verstand, ungeachtet dessen, dass ihr das Herz bis zum Haaransatz schlug. Wie ein fehlgeleitetes Immunsystem, das vehement gegen Blütenpollen Sturm läuft, kämpfte ihr Geist gegen Schattenfeinde, anstatt sich der wahren Risiken bewusst zu werden, ging es ihr durch den Kopf, während das Adrenalin ihren Körper durchströmte und ihre Sinne schärfte.

Schnell und routiniert verschaffte sie sich einen Überblick. Regert bewohnte zwei Räume im Erdgeschoss, ein Schlafzimmer mit einer einfachen Liege und ein Arbeitszimmer, ausgestattet mit Büchern, Computer und Fernsehgerät. Lebensmittel und Kochgeschirr ließen darauf schließen, dass er sich häufig in der Küche aufhielt, deren auffälligstes Einrichtungsstück eine riesige Kühltruhe war. Im altmodischen Badezimmer fanden sich Handtücher, Rasierapparat und andere übliche Utensilien – nichts Bemerkenswertes. Alle anderen Räume waren so leer und aufgeräumt wie die Zimmer in den oberen Etagen, in denen abgesehen von den vergilbten Tapeten, den fadenscheinigen Gardinen und Vorhängen nichts aus dem Besitz früherer Bewohner übrig geblieben war.

Sie wollte im Arbeitszimmer anfangen und sich nach und nach die anderen Räume vornehmen. Solange Nina keinen Alarm schlug, durfte sie in aller Ruhe herumstöbern. Mit der Handykamera begab sie sich in die Zimmermitte und fotografierte Wände und Ecken, um die Einzelheiten festzuhalten, die ihr auf die Schnelle entgehen mochten. Wie hatte Wolfert gesagt? Die Sonderkommission ging den unwahrscheinlichsten Spuren nach. Das sah Norma nicht anders. Sie hoffte, die dünne Fährte nach Wisconsin würde sie endlich voranbringen.

Noch immer keine Warnung! Vorsichtshalber rief sie noch einmal in der Galerie an. Nina meldete sich umgehend. »Keine Sorge, der Doktor schwirrt immer noch hier herum.«

»Streiten sie noch?«

»Ich höre keinen Laut. Sie hocken im Nebenzimmer und halten Händchen, oder was sonst sie dort treiben.«

Undine zog sich gern dorthin zurück, um Fachzeitschriften und Kataloge zu studieren. Dort standen nur der schwarze Le Corbusier-Sessel und ein Eileen-Gray-Glastisch.

»Bist du absolut sicher, dass Regert noch bei ihr ist?«

»Glaubst du mir nicht?«, empörte sich Nina. »Solange ich am Schreibtisch sitze, ist er nicht vorbeigekommen.«

»Also gut! Halte die Augen auf und melde dich!«

»Verlass dich auf mich!«

Beruhigt durch Ninas Versprechen nahm Norma sich den Schreibtisch vor. Zwischen einem Stapel medizinischer Bände und Zeitschriften befanden sich die bekannten Bücher über Jawlensky, die sie selbst gelesen hatte. Die Pflichtlektüre eines Kunstliebhabers? Sie schaltete den Computer ein. Als die Eingabemaske auf dem Monitor erschien, fiel leise die Haustür ins Schloss.

35

Der Rechner stand provisorisch aufgebaut auf einem Hocker neben dem Schreibtisch. Norma tastete auf der Rückseite nach dem Schalter und schaltete aus und sofort wieder ein. Nach dieser rüden Stromunterbrechung erstarb das Brummen, und der Rechner schwieg. Sie ging mit zwei flinken Schritten hinter dem Fenstervorhang in Deckung, der zum Glück bis zu den Dielen reichte. Der Samt schien vom Staub der Jahrhunderte gesättigt, roch muffig und war von Motten oder anderem Getier zerfressen. Doch im Augenblick hatte sie andere Sorgen. Eng an die Wand geschmiegt, spähte sie durch ein Loch im Stoff und hielt entsetzt den Atem an, als Regert das Zimmer betrat und den Schreibtisch ansteuerte, der nicht mehr war als eine Spanplatte auf zwei Böcken. Er rollte den Bürostuhl heran, der in dieser Umgebung seltsam exklusiv erschien, setzte sich und startete den Computer. Zwei Armlängen von Norma entfernt, wartete er auf das Hochfahren des Rechners und blätterte währenddessen in einer Zeitschrift.

Als er aufblickte, wunderte er sich: »Wieso Fehlermeldung? Blöde Kiste!«

Mit skeptischer Miene verfolgte er die Anzeige auf dem Bildschirm, schien schließlich zufrieden und gab das Passwort ein, wie Norma aus der Kürze der Buchstabenfolge schließen konnte und sehr bedauerte, dass sie ihm nicht über die Schulter blicken durfte. Hoffentlich hatte er nicht vor, die nächsten Stunden am Computer zu verbringen. Lange würde sie es hinter dem Vorhang nicht aushalten. Das Stillstehen kostete Kraft, und der Staub juckte in den

Nasenflügeln. Eine dicke Spinne seilte sich ab und blieb in Augenhöhe dicht vor ihr hängen.

Regert nahm das Handy, drückte die Tasten, wartete aber vergeblich auf seinen Gesprächspartner. »Blöde Kuh! Wirst schon sehen, was du davon hast, mich so abzufertigen!«

Zornig nahm er sich die E-Mails vor, die nicht unbedingt seine Zustimmung fanden, wie Norma aus den gemurmelten Kommentaren schloss.

Er griff erneut zum Telefon. »Dr. Regert hier. Ist Herr Karlinger zu sprechen? Danke, ich warte.«

Er trommelte auf der Spanplatte herum, bis er sagte: »Hör zu, Jens! Danke für die Unterlagen, aber den Termin kann ich unmöglich einhalten. Der Text lässt sich nicht mir nichts, dir nichts übersetzen. Das Thema ist komplex, ich muss in den USA Rückfragen stellen. Ja, ich weiß, wie dringend … sicher, das Heft sollte in Druck. Bis übermorgen? Unmöglich! Wie, der Mayer will das schaffen? Der hat keinen blassen Schimmer von der Materie!«

Er schleuderte das Telefon auf den Tisch und starrte es wütend an, während Norma sich ausmalte, wie er den Nachmittag und die halbe Nacht am Schreibtisch verbrachte und hochschreckte, weil es hinter dem Vorhang rappelte und ihm eine erschöpfte Norma vor die Füße kippte. Inständig hoffte sie, der Herr Karlinger möge den Auftrag dem ihr ebenso unbekannten Herrn Mayer übergeben. In der Hosentasche vibrierte das Handy. Vielleicht Nina, die mittlerweile mitbekommen hatte, dass Regert längst nicht mehr in der Galerie weilte. Selbst schuld! Auf ein Mädchen wie Nina verließ man sich besser nicht.

Auch Regert erhielt einen Anruf. »Jens? In die Redaktion? Wieso? Grundsätzliches bereden? Also gut, bis dann.«

Norma schickte einen von Herzen kommenden Dank an den Redakteur und konnte kaum erwarten, dass Regert das

Haus verließ. Er beendete das Programm und beobachtete den Rechner, ob sich das Gerät dieses Mal korrekt abschaltete, bevor er sich endlich erhob. Sie horchte auf die Haustür. Durch das Fenster konnte sie beobachten, wie Regert dem Pfad zum Gartentor folgte. Nun hätte sie wieder freie Bahn und könnte sich weiter umschauen, aber sie wollte nur noch raus. In dem Bewusstsein, eine einmalige Gelegenheit zu verschwenden, stahl sie sich aus der Villa.

Der Einbruch war für die Katz. Enttäuscht fuhr sie ins Büro. Auch die Fotos gaben nichts her, wie sie feststellen musste, nachdem sie die Aufnahmen auf das Notebook überspielt hatte. Dabei fiel ihr ein Zettel auf, der neben dem Schreibtisch an der Wand hing. Der Text war nicht zu lesen. Pech, dachte sie ergeben, und machte sich kurzentschlossen auf den Weg in die Galerie.

Nina öffnete.

»Dein Anruf kam spät«, sagte Norma kühl.

»Der Doktor muss gegangen sein, als ich kurz draußen war«, erklärte das Mädchen leichtfertig. »Das habe ich erst mitgekriegt, als ein Kunde kam und meine Mutter sprechen wollte. Angerufen habe ich dich trotzdem. Wieso bist du nicht rangegangen?«

»War im Augenblick ungünstig.« Norma fragte nach Undine.

»Drüben in der Wohnung. Sieh dich vor! Ihre Laune ist lebensgefährlich.«

Undine bat Norma ins Wohnzimmer. Ninas Warnung war gerechtfertigt. Zwischen den schmal gezupften Augenbrauen stand eine tiefe Falte. »Wie konnte ich mich auf diesen Kerl einlassen! Den charmanten Liebhaber hat er mir vorgespielt. In Wahrheit führt sich Gregor noch eifersüchtiger auf als ich selbst, was etwas heißen will. Er ist empfindsam wie eine Mimose. Ein unbedachtes Wort, und er ist tödlich gekränkt. Nein, ich bin selbst viel zu kompliziert, um mich mit einem so schwierigen Charakter abzugeben.«

»Ihr habt euch getrennt?«

Undine nickte mit kämpferischer Miene. »Ja, nach unserem Streit vorhin. Von meiner Seite aus ist Schluss. Ich habe keine Ahnung, was er von mir erwartet hat. Er spricht in Rätseln, aber zum Raten habe ich keine Geduld. Ich brauche Fakten und kann keinen Mann brauchen, der aus allem und jedem ein Geheimnis macht. Aus seiner Arbeit. Aus seiner Wohnung. Aus seinem ganzen Leben.« Sie holte Luft und lächelte bemüht. »Vergessen wir ihn! Schließlich bist du nicht seinetwegen gekommen. Nimm bitte Platz. Was kann ich für dich tun?«

Norma setzte sich so, dass ihr der prachtvolle Strauß roter Rosen auf dem Couchtisch nicht den Blick auf die Galeristin versperrte.

Undine bemerkte es. »Die Blumen hat Lutz geschickt.«

Ihre Besucherin kommentierte das Geschenk nicht. »Ich muss herausfinden, wer uns das Bild zurückgegeben hat. Was ist zum Beispiel mit Regert?«

Undines Zornesfalte vertiefte sich. »Du meinst, Gregor könnte der heimliche Komplize sein, nach dem die Polizei sucht?«

Norma ordnete ihre Gedanken. »Er kennt sich mit Jawlensky aus und besitzt alle einschlägigen Bücher. Er könnte mir die Nachrichten geschickt haben.«

Inzwischen wusste Undine von den Botschaften. Sie hatte alle Einzelheiten erfahren wollen, die ihr das Bild wiedergebracht hatten.

Ihre Miene hellte sich auf. »Ich verstehe. Deswegen sein Gerede von der Dankbarkeit, die er von mir erwartet. Aber warum diese Geheimniskrämerei?«

»Wenn er zugibt, dass er das Bild zurückgegeben hat, müsste er auch verraten, wie er daran gekommen ist. Womöglich war es ein Zufall. Jetzt wird er vielleicht erpresst oder bedroht? Daniel und Reisinger haben zwei Menschenleben auf dem Gewissen. Sie sind zu allem entschlossen. Verständlich, wenn Regert sich nicht mit ihnen anlegen will.«

Undine rückte auf die Sesselkante vor. »Wieso laufen die beiden überhaupt noch frei herum?«

»Weil die Sonderkommission meine Hypothese nicht ernst nimmt«, räumte Norma ein. »Daniel und Reisinger streiten alles ab. Solange nicht einer der beiden gesteht, wird man ihnen nichts nachweisen können.«

»Das perfekte Verbrechen?«, fragte Undine sarkastisch.

»Nicht mit mir!«, murmelte Norma düster.

Undine lächelte bitter. »Mittlerweile glaube ich, dass du schaffst, was du dir vornimmst, Norma. Nur damit ich das richtig verstehe: Wie passen Gregor und die Bilderentführung in deine Theorie vom Mord-über-Kreuz hinein?«

»Gar nicht!«

»Danke. Ich liebe eindeutige Antworten.«

Norma warf einen Blick auf die Rosen, deren Duft sie umfing. »Zugegeben, das klingt verwirrend. Ich gehe davon aus, dass keinerlei Zusammenhang zwischen den geplanten Morden und dem Raub des Jawlenskys besteht. Rico, Nina und Pitt Metten haben den Bilderdiebstahl ausgeheckt. Zur selben Zeit – und ohne davon zu wissen – planen Reisinger und Daniel, jeweils für den anderen einen Mord zu begehen. Reisinger will seinen Rivalen loswerden, und Daniel möchte den Bruder aus dem Weg schaffen.«

»Der Rivale, nun gut«, warf Undine ein. »In Gedanken habe ich Lutz' jeweilige Geliebte liebend gern gerädert und geviertelt. Aber den eigenen Bruder töten zu lassen?«

»Daniel glaubte, seine Gründe zu haben. Rico drängte ständig darauf, das Haus zu verkaufen, und hatte heimlich

Kontakt zu einem Makler aufgenommen. Mit dem Bruder als Mitbesitzer hätte Daniel seine selbst gewählte Aufgabe auf Dauer nicht durchhalten können. Das Heim für Straßenkinder ist sein Lebenswerk, für das er alles tun würde.«

»Daniel wollte also freie Handhabe und das Haus allein für seine Zwecke?«

Norma nickte. »Dazu kommt ihm das Geld aus der Lebensversicherung gelegen. Immerhin 80.000 Euro! Er schmiedet gemeinsam mit seinem alten Sportkameraden einen üblen Plan. Der eifersüchtige Ralf Reisinger hat Pitt Metten seit längerer Zeit beschattet. Er weiß, dass sein Rivale frühmorgens zum Joggen zur Platte hinauffährt und gibt Daniel den Tipp, Metten dort aufzulauern. Es ist reiner Zufall, dass Metten kurz nach der Bildübergabe erschossen wird.«

»Nun kommt Gregor ins Spiel«, ergänzte Undine Normas Gedankengang. »Zufällig findet er den Koffer mit dem Bild, den Daniel Götz unbeachtet zurückließ.«

»So könnte es gewesen sein. Regert nimmt das Bild an sich. Er spürt dessen Qualität, kennt sich vielleicht sogar mit Jawlensky aus. Um mehr zu erfahren, kommt er hierher in die Galerie und gibt sich als Interessent aus. Von dir selbst erfährt er, dass dir ein Bild gestohlen wurde. Das ›Schweigende Rot‹.«

Undine runzelte die Stirn. »Und er setzt alles daran, dass ich es unversehrt zurückbekomme. Ohne ein Lösegeld zu verlangen. Ich habe Gregor unrecht getan! Er mag anstrengend sein – ein schlechter Kerl ist er nicht. Gott sei Dank, ich habe mich doch nicht so sehr täuschen lassen. Trotzdem ist es aus. Die wunderbaren Rosen kamen übrigens, als Gregor hier war. Am liebsten hätte er sie zertreten.«

Dass Undine den Strauß nicht gleich in den Müll befördert hatte, steigerte Lutz' Chancen.

»Noch etwas gibt mir zu denken«, wandte Norma ein.

»Die Botschaft an Nina. Sie passt zu den Briefen, die ich bekommen habe, und kann nur von ihm stammen.«

»Weil Gregor mehr wusste als wir und Rico warnen wollte!«

»Eine Warnung, die leider zu spät kam.«

»Willst du mit der Polizei reden?«

Norma überlegte. »Nicht sofort! Ich brauche etwas mehr als nur Vermutungen, wenn ich mich nicht völlig lächerlich machen will.«

Das Telefon gab eine kurze Tonfolge von sich.

Undine griff danach. »Eine SMS. Von Gregor! Er beschwert sich, weil ich jeden Anruf abweise.«

Norma beobachtete Undines flinke Finger. »Ich möchte nicht neugierig sein ...«

Undine lächelte. »Kein Geheimnis! Ich frage ihn gerade heraus, ob er das ›Schweigende Rot‹ bei sich hatte.«

Beide warteten gespannt auf die Antwort, die umgehend kam. Undine reichte das Telefon an Norma weiter.

›Was soll die Frage? Damit habe ich nichts zu tun! Wann können wir uns sehen?‹

Mit einem Seufzer nahm Undine das Handy zurück. »Er wird es niemals zugeben. Falls wir nicht grundsätzlich auf dem Holzweg sind.«

»Was wirst du ihm antworten?«

»Er soll mich in Ruhe lassen, im übertragenen Sinn. Dafür reichen zwei Worte«, sagte Undine herzlos und tippte die wenig damenhaft Antwort ein.

36

Den Nachmittag verbrachte sie damit, die Rechnung für Undine zusammenzustellen, und hatte dabei einige Mühe, die Tastatur zu bedienen. Der Kater gewährte ihr eine seltene Zuwendung und ruhte lang ausgestreckt auf ihren Oberschenkeln. Ursprünglich hatte sie sich vorgenommen, sich für Undines Launenhaftigkeit mit einem gepfefferten Honorar zu revanchieren. Im Großen und Ganzen war die Zusammenarbeit jedoch unerwartet harmonisch verlaufen, sodass sie nicht übertreiben wollte. Wenn es darauf ankam, konnte Undine die postpubertäre Zickigkeit beiseite lassen, und so rundete Norma den Betrag nach unten ab, bevor sie das Blatt ausdruckte.

Als das erledigt war, schaute sie nach den neuen E-Mails. Zwei Nachrichten waren eingetroffen: Das Reisebüro schickte drei Termine zur Auswahl, und der Makler ließ anfragen, ob er die Wohnung in der Taunusstraße endgültig aus dem Angebot nehmen sollte. Zwischen den Zeilen schwang Unverständnis mit. Norma antwortete ebenso höflich wie bestimmt, dass ihr nicht mehr an einer Vermietung gelegen sei. Das Reisebüro hatte einige Tage Bedenkzeit eingeräumt, aber sie wollte möglichst bald mit Lutz sprechen. Über die Mobilnummer war er, wie so oft, nicht zu erreichen.

Unter der Durchwahl im Verlag meldete sich seine Sekretärin, eine sanfte, kluge Frau und seine rechte Hand seit einem Vierteljahrhundert. »Der Chef ist eben aus dem Haus, Frau Tann. Oder – Augenblick bitte – nein, ich höre ihn im Flur. Warten Sie!« Der Hörer klackte gegen etwas Hartes.

Kurz darauf vernahm sie seine Stimme. Er klang äußerst zufrieden. »Ich bin auf dem Weg in die Druckerei. Eines muss ich dir schnell erzählen. Stell dir vor, Undine hat diesen Regert endlich abserviert.«

»Und du hast nichts Besseres zu tun, als ihr Rosen zu schicken!«

»Bitte, Norma, versteh doch. Ich kann nicht anders. Was gibt's denn?«

»Damit komme ich wohl zu spät.«

Ob sie ihm ihr Anliegen nicht trotzdem verraten könne, flötete er.

»Es geht um die Reise. Fährst du mit nach Florenz?«

Die Antwort ließ einen Augenblick auf sich warten.

»Ach, Norma, ich würde dich so gern begleiten, aber ...«

Dumpfes Schnurren drang unter der Schreibtischplatte hervor. Ihre Beine wurden taub. »Lass gut sein, Lutz. Manchmal nimmt man eben kindisch viel Rücksicht, wenn man jemanden gern hat.«

Sie wünschte ihm Glück, bevor sie auflegte. Vor dem nächsten Anruf vergrub sie die Finger im Katzenpelz, zog den vor Behaglichkeit schlaffen Kater in eine andere Position und beriet sich mit ihm. Leopolds grollendem Kommentar war keine eindeutige Meinung zu entnehmen.

»Du bist mir eine schöne Hilfe, Poldi«, murrte sie und griff zum Telefon. »Wahrscheinlich steckt er sowieso mitten in einer Verhandlung.«

Mit dem eisernen Entschluss, nicht mehr als diesen einen Versuch zu unternehmen, zählte sie die Signale. Beim fünften war er dran. Sie würde gern etwas mit ihm besprechen, erklärte sie knapp.

»Heute habe ich jede Menge Termine.« Im Hintergrund war das Rascheln von Papier zu hören. »Könnte ich sofort zu dir kommen? In einer Viertelstunde? In deinem Büro?«

Norma schluckte. So schnell?

Sie hatte kaum den Kaffee aufgebrüht und den Besucherstuhl von Katzenhaaren gesäubert, als Eiko eintraf.

Unaufgefordert reichte sie ihm einen Becher. »Setz dich!«
Zögernd folgte er ihrer Aufforderung. Er wirkte auf der
Hut. »Worum geht es?«

Sie begnügte sich mit der Schreibtischkante. »Ich will
gleich zur Sache kommen. Bist du noch auf Wohnungssuche?«

Er zögerte mit der Antwort: »Ich habe etwas in Aussicht, eine schöne helle Wohnung in Sonnenberg. Näher
am Zentrum wäre es mir allerdings lieber. Deswegen habe
ich noch nicht zugesagt.«

Sie suchte nach den richtigen Worten. »Ich habe über das
nachgedacht, was du neulich gesagt hast. Es stimmt: Jedes
Mal, wenn wir uns getroffen haben, kam mir der Prozess
in den Sinn.«

In seinem Blick lag Wärme. »Du musst dich nicht rechtfertigen, Norma. Du hast deinen Mann verloren. Dein
Leben wurde bedroht. Was du dabei getan und empfunden
hast, musstest du vor der Öffentlichkeit bloßstellen. Dabei
kann man schnell zum zweiten Mal zum Opfer werden. Ich
hätte dir gern beigestanden.«

»Du gehörtest auf die andere Seite.« Sie schaute dem Kater
zu, der schnurrend um Ehlers Waden strich. »Der Prozess ist
vorbei, Eiko. Lass uns nicht mehr darüber sprechen. Sofern
du überhaupt noch willst, kannst du die Wohnung haben.«

Er war einverstanden. Sie schlug vor, den Mietvertrag in
den nächsten Tagen abzuschließen.

»Denk in Ruhe darüber nach«, sagte er.

Norma lachte leise. »Keine Sorge, gegrübelt habe ich
lange genug. Mein Entschluss steht fest. Versprochen!«

Er trank den Kaffee aus und streichelte den Kater. Dabei

fiel sein Blick auf die Reiseunterlagen auf dem Schreibtisch. »Planst du einen Urlaub in Florenz? Meine Ex-Frau schwärmt in höchsten Tönen von der Stadt. Ich war noch nie dort.«

Norma biss sich auf die Zunge. In ihrer Erleichterung, die leidige Wohnungsgeschichte endlich hinter sich zu haben, hätte sie ihn beinahe zum Mitfahren eingeladen. Nachdem er gegangen war, schob sie die Rechnung in einen Umschlag. Mitten in der Überlegung, ob sie den Brief besser persönlich abgeben sollte, rief Undine an.

»Ich wollte gerade zu dir«, sagte Norma.

»Kannst du Gedanken lesen? Bitte komm sofort in meine Wohnung!« Undine klang höchst beunruhigt.

»Was ist passiert?«

»Sieh es dir selbst an!«

Undine war nicht allein. Nina wartete im Wohnzimmer und schlich wie eine hungrige Katze um den Couchtisch herum. Neben dem Rosenstrauß lag ein Karton, und allein diesem galt Ninas Aufmerksamkeit.

Sie hob ihn mit gespreizten Fingern hoch. »Das Päckchen hat ein Kunde vor der Haustür gefunden und mit hochgebracht. Ich musste gleich an diese widerlichen Sachen denken, die ich bekommen habe. An dem Morgen, als Rico starb.«

Norma übernahm den Karton. Er besaß eine handliche Größe und fühlte sich leicht an. ›Galerie Abendstern‹ stand in Courier-Schrift gedruckt auf einem weißen Papierstreifen, der sorgsam ausgerichtet auf den Kartondeckel geklebt war.

»Wir haben nicht reingeschaut«, bekannte Undine mit unsicherer Stimme. »Würdest du das bitte übernehmen, Norma?«

Die Schachtel war nicht zugeklebt, sondern nur zusammengesteckt. Norma zupfte vorsichtig am Deckel und hob ihn an.

»Was ist drin?«

»Seht selbst!« Norma hielt Mutter und Tochter die offene Seite hin.

»Igitt!«, rief Nina. »Ein toter Vogel!«

Undine verzog das Gesicht. »Eine Krähe!«

Norma betrachtete den taubengroßen Vogel, dessen Gefieder in tiefem Schwarz glänzte und allein im Nacken stahlgrau gefärbt war. Das Tier lag auf der Seite, die Krallen zusammengeballt und die hellen Augen ins Leere gerichtet. »Wenn ihr mich fragt, ist das keine normale Krähe. Das ist eine Dohle.«

»Eine Dohle?«, wiederholte Nina, als hörte sie zum ersten Mal von dieser Vogelart.

»Auch eine Art Krähe«, erklärte Norma, »aber kleiner als eine Rabenkrähe oder Saatkrähe.«

»Woher weißt du das?«, wunderte sich Nina.

»Ich bin auf dem Land aufgewachsen. Mein Vater hat mir früh beigebracht, die bekanntesten Vogelarten zu unterscheiden. Er hat sich sehr für die Natur begeistert.«

»Interessiert er sich heutzutage nicht mehr dafür?«

»Er ist seit Langem tot. Er starb, als ich ein Kind war.«

Undine ließ sich auf die Couch sinken. »Wieso schickt jemand eine tote Dohle in die Galerie? Was soll das bedeuten?«

»Es ist eine Warnung«, vermutete Norma. »Und sie gilt dir persönlich. Du bist als Förderin der Kunst bekannt. Wie damals Emmy Scheyer.«

Nina setzte sich neben ihre Mutter. »Wer ist das nun wieder?«

»Eine Zeitgenossin von Jawlensky«, antwortete Undine bemerkenswert geduldig. »Emmy Scheyer war eine sehr wichtige Person für ihn, nicht nur als Freundin. Sie kümmerte sich um den Verkauf seiner Bilder. Sie soll ihm im Traum als Dohle erschienen sein, und seitdem war sie für ihn nur noch Galka, wie ›Dohle‹ auf Russisch heißt. Später nahm Emmy den Namen auch in der Öffentlichkeit an.«

Nina sprang auf. »Rico könnte noch leben, wenn ich die Warnung kapiert hätte! Und jetzt bist du in Gefahr!«

Norma stimmte ihr zu. »Du musst in der Wohnung bleiben, Undine. Oder besser noch für ein paar Tage zu Lutz ziehen. Bei ihm bist du in Sicherheit.«

Undine schüttelte verwundert den Kopf. »In Sicherheit wovor?«

»Vor den beiden Bogenschützenmördern!«

»Warum sollte mich jemand töten wollen?«

»Keine Ahnung. Ich weiß nur, dass wir diese Warnung ernst nehmen sollten.«

Undine fragte nachdenklich: »Du glaubst also, Gregor hat den Karton geschickt? Weil er weiß, was die Mörder vorhaben? Ich muss mit ihm reden!«

In Normas Kopf drehten sich die Gedanken. »Das wird uns nichts nutzen. Er wird alles abstreiten. Halte dich von ihm fern!«

»Wie du meinst. Also gehe ich zu Lutz und verschanze mich in der Villa Tann. Zufrieden?«

»Solange du außerdem auf die Nordic-Walking-Runden im Rabengrund verzichtest!«

»Meinetwegen. Was machen wir mit Nina?«

»Sie geht am besten mit dir zu Lutz!«

»He!«, rief das Mädchen. »Darf ich dazu auch etwas sagen? Das Rumgeturtel tue ich mir bestimmt nicht an! Ich bleibe hier in der Wohnung.«

Sie ließ nicht mit sich reden, versprach aber, das Haus nicht zu verlassen.

»Und was hast du vor, Norma?«, fragte Undine.

Die Antwort fiel kurz aus. »Einen Besuch machen.«

37

Den Donnerstagnachmittag hatte Wolfert sich frei genommen. Er wollte raus, brauchte frische Luft und Abstand von den Kollegen. Für ein paar Stunden mochte er nicht einmal Luigi um sich haben. Seit zwei Wochen arbeitete die Sonderkommission am Fall ›Bogenschütze‹. Unzählige Spuren waren erwogen, verfolgt und akribisch niedergeschrieben worden. Anstatt sich fassen zu lassen, präsentierte ihnen der Täter einen zweiten Mord, als wollte er die Ermittler verhöhnen, die nicht einmal sicher sein konnten, ob es sich tatsächlich um einen Einzeltäter handelte. So absurd Normas Theorie von den Über-Kreuz-Morden klang, beim derzeitigen frustrierenden Zustand der Ermittlungen durfte man gar nichts mehr ausschließen. Falls die ehemalige Kollegin richtig lag, würde es schwer. Verteufelt schwer. Er glaubte nicht an das perfekte Verbrechen. Jeder Täter machte Fehler. Aber es würde mühsam. Kleinarbeit. Aktenberge. Überstunden. Als ob sich davon nicht längst mehr als genug angesammelt hätten.

Er machte eine kurze Zwischenstation in der Wohnung, um ein Wurstbrot zu essen und sich umzuziehen, und fuhr danach ohne Plan aus der Stadt heraus. Als er den Wagen zur Platte hinaufsteuerte, wurde ihm klar, dass der Fall ihn nicht aus dem Griff ließ. Nun, da er einmal dort war, konnte er genauso gut beim Jagdschloss parken, einen Spaziergang machen und sich anschließend im Biergarten niederlassen. Ein frischer Wind strich ihm entgegen, als er bald darauf zügig über die Trompeterstraße wanderte. Hier auf der Kuppe war es deutlich kühler als in der Stadt, und er

war froh über die Weste, in deren Tasche der Fledermausführer steckte. Vielleicht würde er bis zur Dämmerung
bleiben. Bald zweigte ein Pfad nach rechts ab und führte
an einem provisorisch umzäunten Areal entlang, dessen
Bäume sich mit baumelnden Seilen und abenteuerlichen
Konstruktionen schmückten. Das musste der Hochseil-
garten sein, in dem sich Gruppen in Zusammenhalt und
Teamgeist üben konnten. Mit Unbehagen fiel ihm Eppmeier
ein, der erst kürzlich den Abteilungsleiter für ein solches
Unternehmen begeistern wollte. In Gedanken schaute er
sich bei dem vergeblichen Kraftakt zu, Luigi in die Baum-
wipfel hinaufzuwuchten, und fühlte sich völlig frei von
dem Verlangen, dort oben über ein Seil zu hangeln. Für so
vieles war kein Geld da! Warum also dafür auch nur einen
Cent verschwenden? In der Hoffnung, dass die finanziellen
Mittel eine so überflüssige wie unbequeme Fortbildung ver-
baten, spazierte er weiter und erreichte einen Aussichts-
punkt. Ein Holzgeländer kennzeichnete den Verlauf des
Steilhangs. Ein einsamer Wanderer, der dort abstürzt, malte
Wolfert sich aus, würde auf Nimmerwiedersehen zwischen
Gestrüpp und Felsbrocken verschwinden. Als ›Steinhaufen‹
war dieser Hang auf der Karte verzeichnet, wusste er und
stimmte dem Namen gern zu. Weitere undurchdringliche
Stellen gab es in diesem viel besuchten Waldgebiet überall.
Der Jagdpächter, der das gewilderte Reh gemeldet hatte,
war nach dem Fund gezielt auf die Suche gegangen und
in abgelegenen Senken auf weitere Tierkadaver gestoßen,
die von einem Pfeilschuss gezeichnet waren und zurückgelassen wurden, weil dem Wilderer der Abtransport wohl
zu riskant erschien. Außerdem hatte der Jäger tierische Ein-
geweide gefunden, die Wildschweine und Füchse umher
geschleppt hatten. Diese Aufbrüche ließen darauf schließen,
dass der Wilderer die Beute nach Möglichkeit mitnahm.

War der Wilderer identisch mit dem mordenden Bogenschützen?

Genug gegrübelt! Er musste den Kopf frei bekommen – wenigstens für die kommenden Stunden. Entschlossen hob er den Blick und schaute über die waldigen Kuppen hinweg auf die Stadt im dunstigen Nachmittagslicht. Diese Stille ringsherum, nur unterbrochen vom Vogelgezwitscher. Wie gut das tat! Nach einem prüfenden Blick auf die spröde Holzbank setzte er sich und blieb, bis sich ein junges Paar näherte, das nur Augen für einander hatte. Gemächlich schlenderte er zum Ende der schmalen Lichtung und betrachtete das wahrhaft denkwürdige Denkmal, das – wie eine Tafel kundtat – mit der Absicht, an die Toleranz zu mahnen, hier inmitten des Waldes aufgestellt war. Ein Monument aus grauem und lackiertem Stahl, das ihn an einen Fahrstuhl mit roter Tür denken ließ, der in das geheimnisvolle Innere des Berges hinabführte, und in ihm den irrsinnigen Wunsch auf eine solche Entdeckungsreise weckte. War er so überarbeitet? Nach wenigen Schritten verflog der Fluchtgedanke, und er spürte, wie ihn die Ruhe umfing. Der Pfad folgte der Abbruchkante in sicherem Abstand, führte im letzten Stück steil bergab, bis er in einer Kurve auf einen Waldweg stieß, der ihn mit sachtem Anstieg zum Jagdschloss zurückbringen würde. Zwei Mountainbiker rollten heran, schlugen einen knappen Bogen und hetzten weiter. In seinem Rücken schnaufte ein Jogger und quälte sich mit kurzem Gruß vorbei. Wolfert spazierte gelassen voran. Der kräftige Wanderer, der ihm mit ausholenden Schritten entgegenstrebte, kam ihm bekannt vor. Richtig, er hatte den Mann in der Galerie gesehen. Während der Feier anlässlich der Rückkehr des Bildes war er wie ein Gockel um Undine Abendstern herumstolziert. Der Mann senkte den Blick, als würde er den Kommissar nicht erkennen, erwiderte den Gruß unwillig mit stummem Nicken und eilte weiter.

Eine Viertelstunde später saß Wolfert auf der Gasthausterrasse und ließ sich ein Hefeweizen schmecken. Er setzte das Glas zum dritten Mal an, als sich das Mobiltelefon bemerkbar machte. Bloß kein neuer Mord!, war sein erster Gedanke. ›Norma Tann‹, lautete die Anzeige.

Wolfert wischte sich über den Mund. »Dein Anruf kommt wie gerufen, Norma! Sag mal, wie heißt der Mann, der neulich in der Galerie dabei war? Mit einem Doktortitel, soweit ich mich erinnere.«

Ihre Stimme klang hellwach: »Du meinst Dr. Gregor Regert. Warum fragst du nach ihm?«

»Nichts von Bedeutung«, beruhigte er sie. »Ich habe ihn eben getroffen und kam nicht auf den Namen.«

»Wo hast du ihn getroffen?«

»Während eines Spaziergangs bei der Platte.« Er wolle auch mal raus, fügte er an und ärgerte sich gleich darauf über die unbedachten Worte. Seine freie Zeit musste er vor niemandem rechtfertigen.

»Wo genau?«, fragte sie beharrlich.

Er erinnerte sich an ein Schild am Wegrand. »Auf dem Herzogsweg! Der zweigt von der Trompeterstraße ab, hinter dem Jagdschloss. Warum interessiert dich das?«

»Nicht so wichtig«, antwortete sie hastig. »Worauf es ankommt: Undine Abendstern hat eine Warnung bekommen. Das sollten wir ernst nehmen. Denk an das Päckchen, das an Nina gerichtet war!«

Er seufzte unwillkürlich. »Wie könnte ich das vergessen.«

»Daniel Götz und Ralf Reisinger müssen observiert werden.«

»Norma, du mit deiner Fantasie! Muss ich dir erklären,

was Gert von deiner verrückten Hypothese hält? Er wird dafür niemanden abstellen.«

»Dann tut es mir leid um deinen freien Abend, Dirk. Und um Luigis Feierabend.«

»Du erwartest nicht wirklich, dass ich mich deswegen mit Luigi anlege!«

»Wollt ihr die Täter überführen, oder nicht?«

Er spürte ein Kribbeln im Nacken. »Wo ist Frau Abendstern jetzt?«

»In der Villa Tann bei Lutz. Dort kann ihr nichts geschehen.«

»Und die Tochter?«

»Nina ist in Undines Wohnung. Sie hat versprochen, im Haus zu bleiben. Also, was ist?«

Er konnte Norma nicht widersprechen. Das war die bisher größte Chance, den Fall endlich aufzuklären. Doch davon müsste er zunächst Luigi überzeugen. Norma war hoffentlich klug genug, sich selbst von den Verdächtigen fernzuhalten – die beste Vorsichtsmaßnahme, sofern sie von der eigenen Theorie überzeugt war.

Entschlossen hob er die Hand. »Zahlen, bitte!«

38

Norma baute zuversichtlich auf die Fachkompetenz der Ex-Kollegen. Ihr Ziel war das Dornröschenschloss. Keine halbe Stunde nach ihrem Besuch in der Galerie parkte sie ein Stück entfernt in einer Nebenstraße. Sie fuhr mit Absicht einen unscheinbaren Wagen, der am Straßenrand gewöhnlich nicht weiter auffiel. Regert jedoch kannte den Polo. Einmal hatte er eine wenig schmeichelhafte Bemerkung darüber fallen lassen. Sie wollte nicht riskieren, dass ihm in der Nachbarschaft ihr Auto auffiel. Regerts dunkler BMW stand vor dem Gartentor.

Sie holte das nötige Werkzeug aus dem Kofferraum, schob den Dietrich für die alten Schlösser und das Taschenmesser für alle Fälle in die Hosentasche und klinkte die Taschenlampe in den Gürtel. So ausgerüstet, kroch sie, sobald sie sich unbeobachtet fühlte, durch das vertraute Loch im Zaun. Aufmerksam pirschte sie an die Villa heran. Das Haus lag still. Alle Fenster waren geschlossen. Ob Regert überhaupt zu Hause war? Während sie überlegte, unter welchem Vorwand sie ihn anrufen könnte, erschien seine Silhouette für einen Augenblick hinter einem Fenster im Erdgeschoss. Es musste das Küchenfenster sein. Fest entschlossen darauf zu warten, dass er das Haus verließ, hockte sie sich auf den Boden. Selbst wenn es die ganze Nacht dauerte! Sie musste rein in die Villa und suchen, bis sie irgendeinen Hinweis auf den gestohlenen Jawlensky fand. Dieses Mal würde sie das Feld nicht so schnell räumen.

Das Handy signalisierte eine SMS.

›Luigi ist dabei! Er hat Götz im Visier, ich kümmere mich um Reisinger. Melde mich!‹, schrieb Wolfert.

Er hatte Luigi tatsächlich auf die Beine gebracht! Respekt, Dirk! Das lief deutlich besser als bei ihr. Auf ihrem Posten tat sich wenig. Abwechselnd sitzend, stehend oder auf den Fersen hockend, ließ sie das Fenster nicht aus dem Blick. Regert wanderte ab und zu vorbei und hielt dabei etwas in den Händen. Eine Flasche, ein Päckchen und was man sonst noch zum Kochen gebrauchen konnte.

Ihr Magen knurrte. Die letzte Mahlzeit war das Frühstück, knusprige Croissants vom Bäcker gegenüber. Besser nicht daran denken! Außerdem wurde ihr kalt, und die Beinen schmerzten vom langen Hocken. In einer Baumkrone flötete ein Amselmännchen sein Abendlied. Es dämmerte. In der Küche sprang das Licht an, und Regert blieb unsichtbar. Saß er am Tisch und ließ es sich schmecken? Die Ungeduld packte sie. Am liebsten hätte sie sich ans Haus herangeschlichen, brach das Vorhaben aber nach wenigen Schritten ab, als das Licht plötzlich erlosch. Auf dieser Seite blieb die Fassade im Dunkeln. Im Schutz der Büsche schlich sich Norma auf die Rückseite. Im Arbeitszimmer brannte Licht. Neben dem schweren Vorhang, hinter dem sie sich versteckt hatte, fiel ein Lichtstreifen auf ein verwildertes Rosenbeet. Sie tauchte hinter einem Säulenwacholder ab.

Erneut meldete sich Wolfert per SMS. ›Reisinger zu Hause. Götz mit Freundin Sabine in Kneipe. Bleiben dran.‹

Als sie einen Dank schickte, kam die Frage: ›Wo steckst du?‹

Sie schrieb zurück: ›Keine Sorge. Komme euch nicht in die Quere.‹

Der Gedanke an die Kommissare, die sich aufgrund der verwegenen Hypothese einer Privatdetektivin die Nacht um die Ohren schlugen, rührte sie und weckte zugleich ein zartes Neidgefühl. Beide saßen – wenn auch jeder für sich – bequem und trocken im Wagen und mussten sich nicht mit der aufsteigenden Bodenfeuchtigkeit plagen. Anderseits, sie würde im Auto bestimmt einschlafen. Hundemüde, wie sie war. Der Gedanke an ihr warmes Bett, das keinen Kilometer entfernt auf sie wartete, machte das Ausharren schwer.

Das Licht erlosch. Norma schüttelte die steifen Glieder und tastete sich ein Stück weiter, bis sie im Schein der Straßenlaterne das Gartentor erkennen konnte.

›Götz übernachtet bei Freundin. Reisinger brav zu Hause‹, lautete Wolferts letzte Nachricht.

Als Regert eine halbe Stunde später das Haus noch immer nicht verlassen hatte, brach sie das Unternehmen ab. In der Wohnung nahm sie eine heiße Dusche. Dadurch halbwegs aufgewärmt, kochte sie sich einen Tee und aß sich an Brot und Käse satt, bevor sie ins Bett kroch. Sie fand keinen Schlaf. Irrwitzige Gedanken schossen ihr durch den Kopf, bis sie aufstand, sich anzog und das Haus verließ. Sie nahm den Polo und fand ihren Platz in der Nebenstraße wieder. Regerts Wagen stand an derselben Stelle wie vorhin vor dem Haus. Vor Sonnenaufgang nahm sie aufs Neue ihren Posten mit dem Blick auf die Haustür ein. Ein Streifen Morgenrot über den Dächern kündigte den neuen Tag an.

39

Freitag, der 25. Juni

Sie war keine Minute zu früh. Kaum hatte sie sich hinter einer Eibe eingerichtet, öffnete sich die Tür und auf den Stufen erschien ein Schatten. Regert! In Jeans und dunklem Hemd strebte er an ihr vorbei. Das Gartentor knarrte, und gleich darauf sprang ein Wagen an. Wohin mochte er so früh unterwegs sein? Mit Spekulationen wollte sie keine Zeit verlieren. Sie hatte sich vorgenommen, jede Chance zu nutzen. Also los! Das zersplitterte Kellerfenster war ihm offenbar entgangen und hing in den Angeln, wie sie es zurückgelassen hatte. Im Keller nahm sie die Taschenlampe zu Hilfe, bis sie ins Erdgeschoss gelangte. In der Küche roch es nach Essen. Schmutziges Geschirr stapelte sich in der Spüle. Sie hob den Deckel vom Topf, in dem ein Rest des Bratens lag. Als Kind hatte sie zum letzten Mal Fleisch gegessen, doch sie kannte den Geruch von geschmortem Wildbret. Das dunkle, feine Fleisch könnte vom Reh sein.

In Regert steckte ein Feinschmecker, der für eine einsame Mahlzeit keine Mühe scheute. Mit Unbehagen näherte sie sich der pompösen Kühltruhe. Unvermittelt überfiel sie ein Schreckensbild: Arthurs Gesicht mit gläserner Haut. Brüchig vom Frost, zersprang es in tausend glitzernde Splitter. Sie machte auf dem Absatz kehrt, rannte aus der Küche, riss die Badezimmertür auf und übergab sich ins Waschbecken. Als sie sich aufrichtete, sah sie sich einer wachsweißen Blondine mit panischem Blick gegenüber.

Verflucht, wo sollte das hinführen? Hastig spülte sie das

Waschbecken aus und polierte den Hahn mit einem Handtuch trocken. Den zweiten Versuch mit der Truhe verschob sie auf später. Unverdrossen nahm sie sich das Arbeitszimmer vor. Den Computer ließ sie unberührt, um keine Zeit mit dem Passwort zu verschwenden. Wo anfangen? Ordnung gehörte nicht zu Regerts Tugenden. Auf dem Schreibtisch herrschte ein Wust von Papierstapeln und Zetteln zwischen medizinischen Bänden und Zeitschriften. Ebenso wenig schien ihm an persönlichen Dingen gelegen. Nirgends waren Fotos oder Briefe zu entdecken. Keine Musik-CD, kein Roman, der einen Hinweis auf Regerts Vorlieben geben könnte. Lediglich die Bücher über den Expressionismus und speziell über den Maler Alexej von Jawlensky verrieten eine Leidenschaft.

Sie las den Zettel, der mit Klebestreifen an die Wand geheftet war, ein Computerausdruck:

›»*Ach es gibt so viele Maler und so wenig Künstler. Der Künstler lebt still und unbekannt und der Maler ist reich und lebt in Schloss.*«

Alexej von Jawlensky an Galka Scheyer, 1. November 1925‹

Ein Zitat aus den ›Briefwechseln‹, erinnerte sie sich. Als sie den Band aufnahm und darin blätterte, fiel ihr ein gefaltetes Blatt entgegen. Sie überflog die Liste, die auf bemerkenswerte Weise der Aufzählung glich, die sie selbst im Museum angefertigt hatte. Eine Auflistung aller ausgestellten Werke mitsamt der Titel, aus denen die Botschaften formuliert worden waren: Die blauen Berge, Großer Weg – Abend, Landschaft mit rotem Haus, Nikita und alle anderen. Das war der Beweis, nach dem sie gesucht hatte! Also war tatsächlich Dr. Gregor Regert der Verfasser der Botschaften.

Norma spähte zum Fenster. Ihre Anspannung war kaum noch zu ertragen. Sie wollte nur noch raus, aber ihre Mission war längst nicht beendet. Worin bestand seine Verbindung zu den ›Bogenschützen‹? Sie rieb die Hände an der Jeans trocken und stöberte weiter, bis eine SMS die Suche unterbrach.

›Reisinger geht. Jägerkluft und Gewehrtasche. Bleibe dran. Verstärkung kommt.‹

›Was ist mit Undine?‹, schrieb Norma eilig zurück.

›In Sicherheit. Kollegen bewachen das Haus.‹

Um Undine brauchte sie sich keine Sorgen zu machen. Zum eigenen Schutz lief sie alle paar Minuten zum Küchenfenster, von dem aus der Fußweg zu sehen war. Was mochte ihn so früh aus dem Haus geführt haben? Bisher hatte sie außer der Titelliste nichts Bemerkenswertes gefunden. Die wenigen Kleidungsstücke im Schrank, zwei Paar Schuhe, die Küchenutensilien, der Fernseher, die Sachen im Büro: Alles wirkte neu angeschafft, als wäre Regert mit leeren Händen nach Wiesbaden gekommen und hätte sein bisheriges Leben auslöschen wollen.

Entschlossen kehrte sie in die Küche zurück. Sei nicht kindisch, ermutigte sie sich. Er wird schon keine Leiche in der Truhe aufbewahren! Wenn sich nur die Gedanken an Arthur nicht so hartnäckig hielten. Sie holte tief Luft und riss entschlossen den Deckel auf: Unmengen von Fleisch, verpackt in handliche Päckchen und bis zum Rand gestapelt. Wahllos griff sie nach einigen davon. Als Enkelin eines Jägers war sie sicher, das war Wildbret. Keule, Rücken, Blatt. Vom Reh. Mehrere Hasenrücken.

Nachdenklich packte sie das Fleisch zurück und klappte den Deckel zu. Der Gedanke, der sich ihr aufdrängte, gefiel ihr nicht. Gefiel ihr ganz und gar nicht. Wo zum Teufel hatte er den Bogen versteckt?

Sie hatte jeden Winkel durchsucht! Die oberen Etagen waren ebenso ausgeräumt wie Kellerräume und Dachboden, und in den Wohnräumen hatte sie nichts entdecken können, das auf seine Jagdleidenschaft hinwies. Oder bekam er das Wild von Reisinger? Aber warum in diesen Mengen? Oder verwahrte er es für den Wilderer? Alles wäre möglich, aber jetzt erst mal raus hier. Nachdenken konnte sie zu Hause in Ruhe und Sicherheit.

Bevor sie die Kellertür erreichte, kam ein Anruf. Wolfert? Nein, ›Nina‹, zeigte das Display an. Durch ein Rauschen und Kraspeln klang ein unverständliches Hauchen, aus dem sie die Worte ›mitgenommen‹ und ›Wald‹ heraushörte, unterbrochen von einem Schrappen, wie das Reiben von Stoff gegen Stoff, und Ninas verängstigte Stimme. Sollte das ›Doktor‹ bedeuten? Damit riss der Kontakt ab.

Norma hielt hier drinnen nichts länger. Sie verließ die Villa durch die Haustür und nahm im Garten den verstohlenen Weg, den sie gekommen war. In Gedanken war sie bei Nina. Machte sich das Mädchen einen Spaß? Nein, dafür hatte die Panik zu überzeugend geklungen. Doktor! Meinte sie Regert? In welchem Wald? Was hatte Wolfert gestern beiläufig erwähnt? Er habe Regert auf der Platte getroffen. Dort, wo Metten starb, und wo sie die ersten Hinweise auf das Bild gefunden hatte.

Ohne es mit der Temporegelung allzu genau zu nehmen, steuerte sie den Polo durch die einsamen Straßen quer durch die Stadt und hinauf zum Wald.

40

Das Jagdschloss lag verlassen. Zu dieser Stunde ruhten selbst Frühaufsteher noch in den Federn. Unterwegs hatte sie mehrmals versucht, Nina anzurufen, und jedes Mal die Mailbox erreicht. Sie ließ den Wagen nah am Waldrand stehen und lief zu einer Weggabelung. Die Trompeterstraße führte geradeaus in den Wald hinein. Der untere Weg war der richtige, wie sie nach wenigen Schritten erkannte, als sie das Holzschild ›Herzogsweg‹ entdeckte. Im leichten Trott lief sie bergab.

Sie war nicht sehr weit gekommen, als sie ein Stück abseits vom Weg eine Bewegung bemerkte: Eine dunkle Gestalt zwischen den Bäumen. Mit einem Satz sprang sie in den Graben und warf sich auf den Bauch. Das Laub roch modrig, war aber halbwegs trocken. Ein Spaziergänger, der wie sie den Weg vom Parkplatz herunter nähme, würde sich über die Frau im Graben wundern. Der Mann unterhalb des Hangs könnte sie kaum entdecken, solange sie nur vorsichtig genug den Kopf über die Böschung streckte. 50 Schritte entfernt, bewegte er sich im rechten Winkel auf den Herzogsweg zu und kam nur langsam voran, weil er einen schmalen langen Sack über den Schultern trug und schwer daran schleppte. Während er den Weg überquerte, wurden ihr zwei Dinge klar: Es handelte sich um Regert, der irgendwo einen versteckten Parkplatz wusste. Und: Die Last bewegte sich und wurde zunehmend zappliger, bis Regert den Kopf wandte und mit der freien Hand hinter sich schlug.

Wolfert und Milano mussten her! Sofort! Norma zog

das Handy aus der Tasche. Kein Empfang! Ausgerechnet hier und jetzt? Zurück zum Wagen und Hilfe holen? Und Regert ziehen lassen? Schon war er im Begriff, ihrem Blick zu entschwinden, als er einen Gras bewachsenen Weg einschlug, der vom Herzogsweg fort und in ein buschiges Gelände hineinführte. Norma sprang auf und lief geduckt voran. Wenn sie richtig vermutete, befand sie sich unterhalb eines Aussichtspunktes, auf dem sie vor Jahren einmal mit Arthur gestanden hatte. Hinter der Abgrenzung fiel der Hang beinahe senkrecht ab und war in ihrer Erinnerung von Felsbrocken und Gebüsch überzogen; ein alter Steinbruch oder von der Natur zu einem Kessel geformt. Der Grasweg mündete in einen offenen Platz, der von hohem Gras bestanden und von jungen Bäumen und dichten Sträuchern umgeben war und sich in einem sanften Bogen fortzusetzen schien. Mehr konnte sie aus ihrem Versteck nicht erkennen. Sie hatte sich hinter einen Felsbrocken gerettet, als sie Regert erspähte, der sich in eine Senke zurückgezogen hatte und damit beschäftigt war, seine Last auszupacken. Er ruckelte am Stoff, bis zierliche nackte Füße zum Vorschein kamen. Darauf folgten schwarze Hosenbeine, ein blaues Shirt, ein blasses Gesicht und ein schwarzer, zerzauster Haarschopf. Nina blieb reglos liegen. Was hatte er ihr angetan? Norma musste an sich halten, nicht mit dem erstbesten Knüppel auf ihn loszustürmen.

Er beugte sich herab, zerrte Nina an den Haaren hoch und schlug ihr auf die Wangen, bis sie sich aufbäumte und mit einem Hustenanfall zu sich kam. Er ließ ihr keine Zeit zur Erholung, sondern band ihr ein Tuch als Knebel um den Mund, fesselte ihr die Hände auf den Rücken und stellte sie auf die Füße. Halb ziehend, halb tragend schleppte er sie tiefer in den Kessel hinein, verfolgt von Norma, die das Gebüsch als Deckung nutzte und sorgsam darauf bedacht war, jeden Zweig zu vermeiden. Sie holte ihn ein, als er in einer Mulde Halt machte und seine Geisel an einen Baum fesselte. Nina hielt die Augen halb geschlossen und hing in den Stricken, als könnte sie sich ohne die Fesseln nicht auf den Beinen halten.

Norma lauerte wenige Schritte weiter. Sie konnte Regerts Atem hören, als er nun zwei Armlängen entfernt vorbeiging. Kaum war er außer Sicht, kroch sie an Nina heran. Das Mädchen schien durch sie hindurch zu blicken. Norma riss den Knebel herunter.

Nina stöhnte. »Er kam in die Wohnung. Wollte reden. Hat mich ... gepackt ... Spritze. Das Handy ...«

Auch das Telefon des Mädchens, das unter dem Stoff verborgen an der Halskette baumelte, half ihnen nicht weiter, wie sich Norma eilig überzeugte.

»Später, Nina. Ruhig jetzt«, flüsterte sie und klappte das Taschenmesser auf, das eben so klein und handlich war wie die Klinge scharf. »Kannst du laufen?«

Das Mädchen sackte zusammen, als die Fesseln nachgaben. Mit welchem Gift mochte der Doktor sie betäubt haben? Norma kniete nieder und schob die Arme unter Ninas Nacken und Kniekehlen, wollte sie hochheben, als ein Hüsteln sie herumfahren ließ.

Sie brauchte einen Moment, ihn zu erkennen. Er hatte sich das Gesicht geschwärzt und die Jeans gegen einen Overall im Camouflagemuster getauscht. Dazu trug er wadenhohe Schnürstiefel. Ein schwerer Lederstulpen schützte den Unterarm, die Hände steckten in groben Lederhandschuhen. Was Norma besonders beeindruckte, war der Jagdbogen in seinen Händen. Der Pfeil mit der schwarzen Metallspitze schien präzise auf ihr Herz gerichtet.

»Überrascht?«, fragte er.

Sie räusperte sich. »Und Sie?«

Der von Kohle verschmierte Mund verzog sich zu einem Lächeln. »Durchaus! Das muss ich zugeben. Dieser Platz ist mein geheimer Ort, müssen Sie wissen. Auf Besuch bin ich nicht eingestellt.«

»Hier halten Sie also Ihre Ausrüstung versteckt. So nah an einem beliebten Wanderweg?« Sie war verblüfft, wie normal sich ihre Stimme anhörte.

Sein Lächeln wurde sanfter. »Genau darin liegt die Sicherheit. Wo, glauben Sie, würde den Jagdpächtern ein Fremder eher auffallen? In einem einsamen Waldstück, in das sich kaum ein Spaziergänger verirrt? Oder hier, wo Hinz und Kunz durch den Wald trampeln?«

Nina wurde unruhig. Ihr Blick schien wachsweich. Norma richtete sich auf den Knien auf.

Regert beobachtete sie lauernd. »Dass Sie mich gefunden haben, ist natürlich ein Problem. Nicht für mich. Für Sie!«

Er spannte die Sehne. »Eine falsche Bewegung, ein Hilfeschrei, und Sie sind auf der Stelle tot. Das gilt auch für das Mädchen!«

Norma nahm Ninas Hand. In der anderen Hand hielt sie das Taschenmesser bereit. Das Mädchen schloss die Augen und schien in tiefe Träume zu versinken.

»Was haben Sie ihr gegeben?«

»Ein überdosiertes Beruhigungsmittel. Über Spätfolgen müssen Sie sich keine Gedanken machen.«

»Wie gut!«

Er schüttelte den Kopf. »Nein, weil es keine Rolle spielt. Sie wird sterben. Hier und sofort! Doch der erste Pfeil gehört Ihnen, Frau Tann. Ich war nicht darauf eingestellt, Sie zur selben Zeit zu töten. Aber auch das ist kein Problem.«

Norma zwang sich, ihn anzusehen, seinen Blick zu suchen. Sie wusste, dass sie Regert im Gespräch halten musste. Solange er redete, würde er nicht töten. Ninas Hand regte sich. Sie krallte sich um Normas Finger, drückte zu und ließ locker. Dann noch einmal.

»Warum die Tochter? Ich dachte, die Warnung gelte Undine?«

»Die Dohle war keine Warnung, sie war eine Drohung«, verbesserte er sie. »Ich habe Undine eine Kostbarkeit wiederbeschafft, damit wir uns gemeinsam daran erfreuen können. Zum Dank stieß sie mich von sich wie ein abgelegtes Kleidungsstück. So lasse ich mich nicht behandeln. Wenn ich den Jawlensky schon nicht zurückbekomme, nehme ich ihr etwas anderes, das sie liebt.« Er verzog den Mund. »Sie waren mir eine große Hilfe, Frau Tann. Indem Sie dafür sorgten, dass das Mädchen in der Wohnung allein blieb. Der Rest war einfach. Die Frau Galeristin geht erstaunlich sorglos mit ihren Wohnungsschlüsseln um. Die Kleine war eine leichte Beute.«

»Sie wollen Undine bestrafen, indem Sie Nina töten? Das Mädchen trifft keine Schuld!«

»Schuld! Was kümmert mich die Schuld? Die Schuld ist unerheblich. Hatte ich Schuld daran, dass meine Eltern so früh starben? War es meine Schuld, dass meine Frau sich mit einem anderen davonstahl? Dass zwei Mitarbeiter in Frankfurt verbotene Versuche machten, für die ich den Kopf hinhalten musste? Ich habe für so vieles bezahlen müssen, ohne der Verursacher zu sein. Das Leben fragt nicht nach Schuld und Unschuld.«

»Und der Tod?«

»Der Tod ist eine Gnade, wenn er so schnell kommt.«

»Die Polizei weiß, wo ich bin. Die Kommissare Wolfert und Milano sind alarmiert.«

»Unsinn! Hier ist ein Funkloch. Sie konnten keine Hilfe holen.« Die Armmuskeln spannten sich. Er zog die Sehne straffer.

Norma starrte auf die Stiefel. »Warten Sie! Nur noch eine Frage.«

Er zögerte. »Meinetwegen.«

»Wie sind Sie an das ›Schweigende Rot‹ gekommen?«

»Es war purer Zufall. Der Koffer interessierte mich zunächst gar nicht. Ich hatte einen jungen Rehbock erlegt und hierher gebracht. Später wollte ich ihn in aller Ruhe zerlegen, damit ich ihn stückweise im Rucksack nach Hause transportieren kann. Der Übermut packte mich, als ich oben am Parkplatz diese Leute sah, das verdruckste Pärchen und der aufgeblasene Typ. Mir war sofort klar, dass sie Dreck am Stecken hatten. Nur so, zum Spaß, zielte ich auf den Mann. Als das Pärchen davonfuhr, hatte ich ihn immer noch im Visier. Ich wollte ihn nicht töten. Es geschah einfach. Ich habe den Richtigen getroffen, obwohl ich nichts über ihn wusste. Er war ein mieser Krimineller. Das ist der Instinkt des Jägers!«

Um Anerkennung heischend, suchte er ihren Blick.

»Und das Bild nahmen Sie mit!«

Er habe den Wert sofort erkannt, tönte er und kam ins Reden, als wäre er dankbar für ein Gegenüber, dem er sich anvertrauen konnte. »Beim Auspacken traf mich fast der Schlag. Diese Farben, diese Ausdruckskraft! Über das Internet bin ich schnell auf Jawlensky gestoßen. In der Galerie wollte ich mehr über das Bild erfahren. Dort habe ich Nina angetroffen und in ihr das Mädchen vom Parkplatz erkannt. Bald darauf geschah das Unglaubliche: Undine hat sich mir zugewandt.«

»Weil Sie sich in Undine verliebten, sollte sie den Jawlensky zurückbekommen. Sie durften sich nicht zu erkennen geben, das verstehe ich. Aber warum diese seltsamen Botschaften aus den Titeln von Jawlenskys Werken?«

»Das ist die dritte Frage. Nun gut, weil Sie mir auf den Leim gegangen sind, will ich großzügig sein und sie trotzdem beantworten. Für ein Leben mit Undine war ich bereit, etwas Wertvolles zu geben und den Jawlensky zu opfern. Sie waren mein Handlanger, Frau Tann.«

»Warum haben Sie Rico getötet?«

»Wie dumm Sie fragen! Undine war außer sich vor Sorge um das Bild, und er hat ihre Verzweiflung ausgenutzt und unverschämte Forderungen gestellt. Ohne über das Bild zu verfügen. Ich habe ihn im Wald beobachtet und kannte seine Laufstrecken. Auf der Totholzbrücke legte er immer eine Pause ein. Es war ein leichtes Spiel, und er hat die Strafe verdient.«

»Die Todesstrafe für einen naiven Erpresser?«

»Schluss jetzt!« Er zog die Sehne zurück.

Ninas Finger krallten sich fester um Normas Hand.

»Nur noch eine Frage!«, flüsterte Norma. »Warum haben Sie Nina hierher gebracht? Das bedeutet ein zusätzliches Risiko.«

Sein Blick war verständnislos. »Sollte ich das Mädchen in der Badewanne ersäufen? Sie wird durch den Pfeil sterben wie die anderen. Und wie Sie!«

Hinter Regerts Rücken raschelte es. Norma erspähte die rote Decke. Ein Reh, das sich in die Höhle des Löwen verirrt hatte. Auch Regert hatte das Geräusch vernommen, wagte aber nicht, den Blick von Norma zu lassen.

Sie zeigte das breiteste Lächeln, das ihr in dieser Situation gelingen konnte. »Endlich! Da sind sie!«

Regert fuhr herum, im gleichen Augenblick waren Norma und Nina auf den Beinen.

»Lauf!«, schrie Norma, packte die Klinge, so fest sie konnte, und stürzte sich auf Regert.

Sie versuchte, sein Gesicht zu treffen. Überall dort, wo er besonders verwundbar war. An der Kehle. In den Augen. Sie hielt sich dicht an seinen Körper, damit er den Bogen nicht einsetzen konnte. Die Pfeilspitze schrammte ihre Hand. Sie spürte keinen Schmerz. In ihr hatte kein anderes Gefühl Raum als ein unbändiger Zorn. Sie traf. Traf noch einmal. Das Blut floss ihm über die geschwärzte Stirn. Er kam ins Taumeln, als er sich über die Augen wischte, und ließ den Bogen fallen. Mit eisernem Griff packte er Norma am Arm und in den Haaren.

Plötzlich war Nina an ihrer Seite. Sie hielt einen Felsbrocken in beiden Händen, stemmte ihn hoch über den Kopf und schleuderte ihn auf Regert. Im Sturz riss er Norma mit sich. Nina hob den Stein auf und schlug wieder zu. Norma rappelte sich auf. Regert blieb stöhnend am Boden liegen und umfasste den Kopf. Über seine Hände strömte Blut.

Norma riss Nina zurück. »Genug jetzt! Weg hier!«

»Ich kann nicht!«

Norma schüttelte sie. »Was soll das heißen?«

»Meine Füße! Ich kann nicht gehen!«

Nina stand vor ihr. Zitternd zwar, aber auf den Beinen.

»Eben konntest du laufen!«

»Ich bin gelähmt!«

Regert fluchte und drückte sich hoch auf die Knie.

»Nina! Er kommt zu sich!«

Als sie das Mädchen fortziehen wollte, schlug Nina lang hin. Regert angelte nach ihrem Fußgelenk. Norma trat ihm mit Wucht auf die Hand und riss Nina hoch, um sie unter den Achseln zu packen und mit sich zu zerren. Strauchelnd gewann Nina die Herrschaft über ihren Körper zurück.

Es war auch bitter nötig. Regert war ihnen dicht auf den Fersen. Sie hörten sein Ächzen und seinen stoßenden Atem im Rücken.

Als sie den Herzogsweg erreichten, schaute Nina über die Schulter. »Er ist weg!«

Norma schnappte nach Luft. »Was heißt das schon? Der holt seinen Bogen! Dann beschießt er uns vom Hang aus.«

»Ich werde irre!«, stöhnte Nina. »Und das alles für ein Bild.«

Sie hasteten weiter. Das Mädchen war jetzt sicherer auf den Beinen. Dafür machte ihr die Steigung zu schaffen. Sie verlor mit jedem Schritt an Tempo.

Norma schleppte sie mit sich. »Streng dich an! Nicht aufgeben!«

Was war das dort hinter den Stämmen? Eine Gestalt im Tarnanzug? Er hielt etwas in den Händen.

Keine 100 Schritte bis zum Wagen. Sie könnten es schaffen.

ENDE

Weitere Titel finden Sie auf den folgenden Seiten und im Internet:

WWW.GMEINER-SPANNUNG.DE

Privatdetektivin Norma Tann ermittelt:

GMEINER SPANNUNG

WWW.GMEINER-VERLAG.DE
Wir machen's spannend

Manfred Bomm
Eine Minute nach zwölf
Roman
538 Seiten
13,5 x 21 cm,
Hardcover
ISBN 978-3-8392-0118-3
€ 22,00 [D] / € 22,70 [A]

»Alle reden davon, es sei fünf vor zwölf. Dabei sind
wir weit darüber.« Ein junger Mann will auf friedliche
Weise die Welt verändern. Er verurteilt die drohende
Zerstörung der Schöpfung: den Klimawandel, den
respektlosen Umgang mit Tieren, die Umweltver-
schmutzung, das maßlose Streben nach wirtschaft-
lichem Wachstum. Er fordert soziale Gerechtigkeit und
den Schutz des Planeten. Obwohl er großen Zuspruch
erfährt, wird er von den Medien, der Wirtschaft und
den Religionen als Spinner hingestellt. Unbeirrt mahnt
er uns alle, gemeinsam für die Zukunft unseres Planeten einzutreten. Wir müssen die »Resettaste« drücken,
bevor es zu spät ist.

GMEINER SPANNUNG

WWW.GMEINER-VERLAG.DE
Wir machen's spannend